声音史

罗伟章 著

北京出版集团公司
北京十月文艺出版社

目　录　Contents

卷一：东风引

大清早，杨浪来到这座院子。

空院子。

空无一人的院子。

他这么早出动，是想赶紧把院子打整出来。这本是他的临时起意，可想法一旦产生，他又觉得，自己早就那样想了，再也等不及，必须马上动手。

晨光模糊地流淌。模糊得只有黑，没有光。但杨浪用不着看，里面的景况他清楚得很：房倒屋塌，瓦砾成堆，见缝插针的铁线草，盘盘绕绕地将瓦砾缠住；这是去年乃至更早时候留下的草，新草还没长出来。整个冬天没下过一场雪，却比哪年都冷，就这样一路冷到了三月份。寒气一波一波的，沤人，虽如此，味道依然很重，酸味儿，霉味儿，铁锈味儿，朽木味儿，各逞其能又交互渗透。好在杨浪闻不到这些。他只沉迷在声音里。很久没到这地方来过，他还是认识里面的每一种声音。先前，这里住着十余户人家，房屋倒塌后，瓦块混杂，他能从收拾残瓦时碰出的碎响，识别它们各自的主人，主人生活过的气息，已浸入它们的骨骼。

杨浪认识声音，声音也认识他，他往这里一站，所有飘逝在旧时光里的声音，都如川归海，朝他汇聚，并在他心里暖过来，活过来，随即你争我抢，奔出他的嘴唇："我好想再吃一碗！"这是四十六年前贺大汉说的，他说这话的时候，跟现在一样，小草还没被春雨唤醒。"我就不信邪！"这是二十一年前苟军说的，他站在竹林边，扔下这句，就背着行囊，去了遥远的远方。"我想他们啊！"这是七年前九弟说的，话刚出口，他就闭上了眼睛……

冰冷的晨光中，那些被遗弃了的声音，通过杨浪再次响起。

毫发不爽，惟妙惟肖。

蟑螂受到惊吓，四散逃逸。

连蟑螂的脚步声，在杨浪的耳朵和嘴唇里，也能开花结果。

这不算什么。他能从寂静里听出声音，也能从声音里听出寂静。只要听见过，他就能学；学的意思是原样传声。他会学干雷撕裂天空的声音，湿雷击碎云彩的声音，果子掉落和芝麻炸籽的声音；会学各种家畜叫，藏在土里从没见过样子的虫虫叫，山里的十七种鸟叫；会学风走竹梢和树杪时发出的不同哨音；会学阳光穿越林子时金黄色的细响；会学千河口男女老少说话、叹气、哭泣、大笑和怒吼，或者假装的叹气、哭泣、大笑和怒吼……

这些本领是天生的，他在三岁半的时候就会了。

满七岁过后，一只蚊子从十米外飞过，他也能听到翅膀的震颤，并从颤音里判断它的性别，"一只母蚊子飞过去了！"他说。还能在五十米开外，听出某只孤单的青蛙伏在哪窝稻秧下鸣唱，包括那鸣唱里的欢乐、忧伤、激情或倦怠，"再唱三声，它就要困觉了。"他说。果然，三声过后，田野沉寂。

如果生在城市，杨浪能凭他的绝活，轻易混口饭吃。听说有城里人只会学摩托车发动的声音和锅炉厂放气的声音，再加一点锣声鼓声鞭炮声的粗浅口技，就到处向观众挥手，到处吃香喝辣。可惜杨浪生在山里。千河口是大巴山深处的一个小村庄，小到失去了方位，你可以说，村庄的南方坐落在北方，西方坐落在东方。在村子的任何方向，无论打开哪一道门，都是开门见山，出门走山，却偏偏叫了千河口。其实，这带弧形隆起的广袤地界，河只有一条：清溪河。听这名字，该是秀气得让人生怜，谁知又是名与实的错位。在米仓山以东，大巴山以西，大起大伏的褶皱里，裂出一条蚌壳样的豁口，清溪河即从那豁口里出世，自出世之日，便雄心勃勃，一路融雪化霜，接溪纳流，又冲又撞地把山挤开，在三百公里的流域内，白浪滔滔，吼声贯耳。然而，站在九百米高处的千河口，只能看到一条静止而无声的河流，飘带似的，蜿蜒到云端里，蓝得发翠。

据此推测，清溪河这名儿是山里人取的，千河口是外地人取的，那些外地人出于某种因由，拖家带口地长途跋涉，在若干年前某个疲惫的黄昏，来到这片山野，安营扎寨，繁衍生息，但他们怀念失去的故土，就把故土的名字捆进行李，落脚之后又含进嘴里。

想必是这样。

千河口共三层院落，东院、中院、西院。很早以前就形成了这样的格局，只是规模有变。院落间相距不过百米，沟渠款款相连，使之如手拉手的三姐妹。中院外的慈竹林里，暴凸的竹根紧紧搂住一块卧碑，仅现小半碑身，剥去上面的青苔，可依稀辨出这样的文字：

"……互为表里，结庐三院……开济明□，宏深包含。恩及卑众，禽鱼自安……人得其所，乃怡乃欢。继属千秋，瓜□绵绵……"

庐舍彼此偎依，唯学堂在二里地外的鞍子寺。那地方形如马鞍，一座古寺端坐正中，因而得名。但鞍子寺不仅指那座庙宇，还指那片半平方公里的马鞍形区域。杨浪出生前八年，寺庙毁弃，扩建成学堂，菩萨由站而躺，做了窨磲的石料，只留下一尊大肚如来佛，安放在校舍背后掏空的壁洞里——土洞，除冰封的日子，洞里积水成泥，仿佛嫌如来佛还修行不够，得继续受苦。操场前面，也就是毁弃的古庙门前，立着四个面朝远方的石雕战将，同样是先前的遗物，个个宽袍长袖，低眉颔首，实在更像文官，但老辈人说那是战将。古庙门前为什么会有战将，不知道。奇怪的是，四个战将的脑袋都从颈子处被劈开，劈得很不规整，有两个的颈项也跟着缺了一块，脑袋放不妥帖，硬弩似的大风一吹，就沉重地掉入斜坡上的草丛，甚至滚进坡下的水田里。事实上风不吹也这样，它们是学生最好的也是唯一的玩具，下课的时候，男生分成四组，排在战将身后，摩拳擦掌，依次上阵，哗！推一把，将脑袋摘掉，从草丛或水田里抱起来搁稳；哗！再推一把，又将脑袋摘掉。

　　杨浪住在东院。到了上学的年纪，他就去鞍子寺小学读书。

　　只读到三年级就被开除了。

　　开除他的决定是校长亲自做出的，也是校长亲口宣布的。

　　校长姓房，是个转业军人，据说他当兵期间进过仪仗队，果真有那架势，两腿修长，腰板笔挺，仪表堂堂，举手投足间，自带一种气派。就是嗓子狭窄，即使叹口气，那声音也在喉咙里打挤。不过房校长从不叹气，有什么想法，都是直截了当地说出来，因此他的喉咙总是忙碌得很。第一次跟他见面的人，往往都有一个适应他的过程：先是被他过分"考究"的外表镇住，待听了他说话，又会大吃一惊；谁也无法将那尖厉的嗓音跟电影明星似的长相扯到一起。

　　他本人也需要适应——适应别人对他的适应。他的方法是主动出击。刚来鞍子寺教书，开学的前一天，他就去千河口走动，从东院走到西院，远远地看见一个人，他就打招呼："吃了没得？"他要让别人先认识他的声音，再认识他的脸。他的声音和他的脸，像两个形影不离的姑娘，一个丑，一个俊，他把丑的推到前面，把俊的放在后头，人们在议论他的时候，就会说：房校长声音难听，可那人才！这跟说房校长人才好，但声音难听，完全是两种效果。

但也要看对象。有些人，比如他手下的李兵老师，并不把人才好坏当回事，他的那番心思就算白费了。不过这也无所谓，房校长又不是凭外表吃饭。他那样做，无非是想给人留下一个好印象而已。

事实上，村里人同样不把人才好坏当回事，在他们眼里，人跟土地是一样的，肥沃就中看，贫薄就难看。

房校长中看。

李老师难看。

这是人人都知道的，就像知道他们之间有解不开的过节。

因为有过节，房校长经常找李老师的话说[①]。

杨浪被开除的那天下午，李老师正讲算术，房校长突然进来了，一板一眼地说开了："老李，李兵同志，你看见我们的肉没有。这里没猫，没狗，没黄鼠狼，厨房门也锁得牢牢的……你不要又说没看见，老李你要是又说没看见，那羊就要吃狼了。"

后面一句是房校长的口头禅。他当兵那几年去过远方，淘了比山里人多得多的见识，他说，天地洪荒时，就有了狼，也有了羊，但是狼吃羊，还是羊吃狼，老天爷一时没拿定主意，就在它们中各选了一只，让被选中的蹲到同一棵矮树上去，结果刚上树，它们就变成了树叶：一模一样的两片树叶。老天爷花了眼，分不清谁是狼谁是羊了，于是随便一指，说："你（狼）吃它（羊）吧。世世代代，你以它为食，它以草为

---

① 找话说：川话，近似找麻烦。

食，草以土为食，土以万物为食。"言毕，狼和羊现了原形，并按老天爷的指令行事。

只要说到自己不相信的事，或者觉得不应该发生的事，特别是那些违反天理的事，房校长都要来一句："那羊就要吃狼了。"

李老师当时正在板书，听到房校长第一句话，他就钉在黑板上了。待房校长说完，他才转过身，脸上像被人打了几耳光，鼻翼和左边的嘴角抽动着。

看样子，他要跟房校长吵一架。

李老师不怕房校长。这学校加房校长在内，共有三个教师，还有个姓桂，三人都来自河对面绵延无际的马伏山；下了这边的老君山，再上那边的马伏山，猴子也怕累出气喘病——尽管这山放鞭炮，那山也听得炸耳。因此三人都住校。上级分派老师异地教学，为的就是让他们住校，以免除家累，专心工作。房校长和桂老师搭伙做饭，每隔些日子，两人便去村里，买只活禽、兔子或称一两斤猪狗羊肉，又炒又炖地办生活，打牙祭；李老师负担重，往往数月不沾油荤，单独开伙。但厨房只有一个，火塘也只有一个，每顿饭都是房校长和桂老师先做，李老师后做，有时，房校长和桂老师没吃完的肉变少了，或者感觉变少了，就问李老师看见没有，要是李老师说没看见，他们就摆出很多事实，证明李老师不可能没看见。为此，三人常常吵架。一个吵两个，李老师先就把自己放在弱者的地位，一种需要奋起反抗的地位，所以房校长和桂老师还在心平气和的时候，李老师往往就脸红脖子粗了。

今天他之所以克制着把房校长的话听完，是因为他在课堂上。

可也恰恰因为在课堂上，使他更加恼怒。

房校长竟闯进教室，当着学生的面羞辱他（其实以前说那样的话，也并不回避学生），还拿他跟猫比，跟狗比，跟黄鼠狼比……李老师忍不下去了，转过身要跟他吵了。

转过身来却没看见房校长。房校长说完那几句，就走了。

李老师站在讲台正中，喉咙里挤出咕嘎咕嘎的响声。那不是在吞口水，是在吞冒上来的酸气、闷气和怒气。他要把那些气吞回肚里，把这堂课上完。尽管不怕房校长，可是，能跟乡中心校领导（村小的直接上级）和乡政府领导说上话的，只有房校长，李老师是代课教师，他畏惧房校长奏他一本，抹了他的教师资格，那样，每月二十元的津贴和十八斤大米就没有了，家里的穷声就会更加嘹亮。怕是真的，不怕是假的。房校长私闯课堂给他难堪，固然不对，但你丢下大半节课，离开神圣的岗位去吵架，更是明明白白的罪状。李老师不会不惦记这些。

他中规中矩地继续上课。

那天讲的是混合运算，李老师已讲过例题，正在板书习题，没板书完房校长就进来了。这时候他把题目写完，再侧过身念给学生们听："杀猪匠甲三分钟理一丈肠子，杀猪匠乙三分钟理两丈肠子，九分钟后，他们一共理出了多少丈肠子？"

小半举手，大半没举手。

李老师崇尚的是有教无类，从某种角度说，他还是个教学上的完美主义者，班上只要有一个没懂，他就重三四遍，直到那人也懂了。虽然李老师只念过初中，但他是全乡村小里教得最好的老师，有统考成绩为证，想不承认都不行。这除了得益于他的耐心，更得益于他痴爱读书，无论在哪里，见到被扔掉不要的书，他都捡起来，下细翻阅，如果是他认为的好书，他就宝贝似的往胸前一抱，眼睛不由自主地闭一下，脖子和腮帮紧起来，鼻子里唑唑抽气；在路边草丛里瞅到皱巴巴的碎报纸，说不定是人家擦过屁股的，他也拾起来读，要是正好有人看见，对着他皱眉头，他就咕哝一声："报纸臭，知识香，你晓得个啥子！"房校长凭他的家境、地位和见识，包括那个关于狼和羊的传说，赢得了所有学生和家长的尊敬，但李老师不尊敬他。李老师说见识不等于知识，见识是浮在水面上的泡沫，知识也浮在水面上，却是水面上的航船。李老师还说，凡是真知识，都跟人的精神同体；不能减少甚至造成精神残缺的知识，是伪知识，最多是浮光掠影淘来的见识。房校长跟他关系不好，地位和家境恐怕是次要的，主要是他认为自己比房校长有知识。但学生几乎看不出李老师有知识，因为再深的道理，他都能吹糠见米，还能一竿子捅到底，捅到底过后，才发现那道理并不深。既然你讲的道理不深，怎么能说你有知识呢？李老师上课太好懂了，这在渴望高深知识的山里学生看来，其实是个缺点。他现在教的三年级，一般而言，例题讲过，就都懂了，即使有不懂的，也只可能有一个，不会有两个。那个人就是杨浪。杨浪的脑袋里盛满了各种声音，没给知识留下多少位置。

今天太奇怪了，竟有大半没举手。

李老师以为是受了房校长的干扰，其实不是，房校长那样对李老师说话，还有三个老师吵架，学生早把耳朵听出茧子。是李老师自己干扰了学生。当他念了题目，教室里即刻弥漫着猪大肠的香味，香味里掺杂着若有若无的猪粪的气息；猪粪的气息也是香，粪香。学生们咽着口水，想象着母亲站在墙角的案板前，带着无比幸福的表情，把乳白色的肠子一段 段切下来，和上粗粗的米面，放进竹屉里蒸，要么加上香料和一大把撕成两半的红辣椒，在铁锅里熬，熬熟后倒一筲箕青菜叶子进去。

李老师费了好大的劲，才把学生的魂唤回来。

当最后一个人，也就是杨浪也计算出是九丈后，下课铃响了。

铃铛是镀铜的铁器，形状像个喇叭，据说是从民国过来的一位老先生赠送的，那层铜由黄变白，闪烁出苍老的亮光，里面的铃舌虽是铁条，也像干了水分，黑黑的，细细的，有些微的弯曲，像风干的牛筋。铃铛由房校长掌管，遇周一开课前和周末放学前全校集合，房校长会站在校舍和操场之间的高台上，把铃铛举到略高于肩膀的位置，铆足了劲儿摇。几乎所有学生都明目鼓眼盯住那根摆动的铃舌。真是牛筋就好了，真是牛筋就可以吃了。十年前，千河口西院的李成还在上学时，果然偷偷溜进教师办公室，从房校长忘锁的抽屉里拿出来咬过，心急，加上心狠，再加上越心急越心狠，当即咬掉了两颗牙齿……

这是最后一节课，下课也就是放学，通常情况下，李老师会在铃响后交代几句，让学生在回家路上不要逗留，不要打闹，不要搬起石头往山下滚。山势陡如竖着的楼梯，特别是现在，四月份，砍过春柴不久，站在路上，颈项一伸，能光溜溜地一眼望透，滚石头下山，就可能把山下的房子砸个窟窿，就可能打死一头牛、一个人，要是蹦跶一下，还可能蹦到河心，砸沉一条船。总之是很危险的事情。李老师说，你自己的危险不一定是别人的危险，但别人的危险肯定是你自己的危险。

然而今天，这样的话他一句也没交代。

快下课的时候，他就闻到了肉香。那可不是想象出来的，是货真价实的肉香，热烈，绵密，固执，直朝鼻孔里扎，躲都躲不开。这明显是在烧肉。房校长跟桂老师昨天晚上进村，李成煮了一碗干豇豆，炒了一盘镶边儿洋芋片，也就是不刮皮的洋芋片，请他们喝自酿的红苕酒，然后卖给了他们一块草鞋样的宝肋腊肉，桂老师把肉提回来，用棕绑子挂在厨房火塘背后的墙钉上；兴许是酒喝得太多，今天早上起来晚了，实在没时间弄来吃——老师也跟村民一样，一天只吃两顿，学校早上八点钟开课，下午四点钟放学，四点过后他们才能做第二顿饭——否则那块肉早就下了"肚家坝"。每次买了好吃的，桂老师都等不及，如果非要等到下午才能弄来吃，最后一节课，他至少要留出三分之一的时间让学生自习，他则溜进与教室相距不到十米的厨房，去杀鸡宰鸭剔毛烙皮。

一点没错，此刻桂老师正是在烧那块肉。

铃声一响，李老师冲出教室，直接去了厨房。

那时候肉已烧好，围住火塘的石条上流着几滴黑油。

桂老师没听到李老师进来，就把肉放进木盆，木盆里盛了事先烧好的热水，桂老师将肉在热水里浸了，用刀刮那层烧糊的、带着肉香和猪汗味的皮屑。

李老师弯腰一把将肉夺过，反身跑出厨房，朝操场外奋力一扬。

土坝操场小小的，像个城里人的客厅那么小，春天里，学生上堂课出来，上课前被踩死的小草，就会重新泛青。操场正前方，除那四个断头战将，还等距离地长着刺槐树，刺槐树正试探着吐芽。那块水淋淋的肉翻着跟斗，由低到高，愈飞愈高，飞过刺槐树光影迷离的枝桠，飞到虚空里，像《三打白骨精》里面的孙悟空。可它不是孙悟空，它是一块肉，高到不能再高的时候，就掉下来了。

这是冻桐子花的时节。大巴山深处，一年有两个冬天，第二个冬天就是冻桐子花那些天。太阳苍白，土路苍白，风也苍白，白毛风把麻雀吹上了天，把人的脖子吹得短了一截，可是脸没法短，风就把脸揪住，一刀一刀割；不仅割脸，还把衣服吹得像铁皮那么硬，也像铁皮那么冷，水田和堰塘再次结冰。只有豌豆不怕冷，紫色的花朵开遍了田野。正是这豌豆花，让第二个冬天显得不像第一个冬天那么严酷，可也是像模像样的冬天。那块肉在这第二个冬天里飞翔，也在第二个冬天里坠落。

坠落的动静总是大过飞翔的动静。

砰！炸了，像爆一个雷管。

是肉把水田里的冰炸开了。

后果可以想见，不仅吵，还打了起来。学生都不离开，看他们打。学生看老师打架就像看父母打架，古怪的兴奋里，埋着不古怪的悲伤。

房校长到底是校长，首先住了手，还把不想住手的桂老师拦住了。

但他要李老师给个理由。他说："你要是不给个理由……"

调皮的学生立马接腔："那羊就要吃狼了。"

尽管在李老师看来，理由是最低级的迷信，但他还是说了。

房校长愣在那里。愣的时间很短，接着赌咒发誓，说他既没进过李老师的教室，更没说过那些话。他还让他班上的学生做证。他教的是复式班，四年级和五年级，都在一个教室里，前半节他给左边的四年级讲，后半节给右边的五年级讲，整堂课，他就只是这样把脸从左到右移动过一次。

其实不仅他班上的学生可以证实，别的班也能。学校是老旧木房，板壁削薄，夏季连下几天雨，壁上就生绿霉，一生霉就得刮，否则会烂掉，如此越刮越薄，很不隔音。三年级和四、五年级之间，虽然隔着一、二年级（也是复式班），但房校长那拨动独弦似的声音还是能够传过来。李老师下细回忆，觉得房校长的讲课声确实像没断过。

可他分明又到三年级教室来质问过"李兵同志"，这又是怎么回事？

"那是杨浪说的，是杨浪学房校长说的！"

杨浪的同桌告了密。

这是很多年前的事情了。

多年以后，杨浪已经四十岁。

四十岁的杨浪个子矮小。他小时候不矮，十一岁之前，在同龄人中还算冒顶的，但到了青春期，别人都兴兴头头地出苗拔节，他却懒眉日眼地不想再长了。由于太矮，什么衣服和裤子穿在身上，都要把袖子和裤腿挽几转。因腿受过伤,走路有轻微的跛,腰也跟着一塌一塌的。他一直未娶,也从没沾过女人。

在千河口,没娶过的男人还有两个,中院的九弟,西院的贵生。他们没娶过,却沾过女人。那些年,山里女人总是跑来跑去,她们被婆家虐待,感觉自己有了非残即死的危险,就跑。这样的女人被称为"跑跑女"。"跑跑女"在深山密林里胡闯乱撞,撞到天黑,就随便找个干燥无蛇的洞子,往里面一缩。山里的夜,黑得连黑色本身也能闪耀光芒,白天的声音停了,夜晚的声音起来了,白天的声音是化过装的,夜晚的声音才是真实的声音,诡魅、戾气、深沉、哀婉,阵阵怪风过后,留下东一声西一声莫名的叹息。分明那么黑,却能瞧见远远近近的影子,影子双脚离地,轻飘飘的,荡一下,又荡一下。这时候,各类鬼怪故事纷至沓来。缩在洞里的女人,越缩越小。对自己的逃跑,她有了一些后悔,残也罢死也罢,都比在山洞里过一夜强。她想哭,又不敢哭,一心只盼着天亮。天亮后不后悔了,又跑。终于在万山老林里发现一个村庄。她刚在村口出现,就被围住,包着肮脏头帕的妇人偎过去,简单地交谈几句,就把她领进一个光棍屋里。几乎没有一个村庄没有光棍。千河口的九弟和贵生,都得到过这样的女人。他们跟这样的女人过上几天,最长的是过了一个月,女人的大家浩浩荡荡找来了。其实没必要这么兴师动众,女人是别人的,别人找来,再不舍也得给,这是规矩。女人一般也愿意低首下心地回到夫家去,哪怕新找的男人待她再好。夫家有太多她们丢不下的东西:做熟了的田地,养顺了的猪牛,跟前跟后的儿女,甚至,夫家的棍棒和烟头……

杨浪从没得到过这样的女人。

没人给他带去。

他太懒了。

跛脚还是其次，主要是懒。

尽管女人来路不明——问她们是哪里人，为什么跑，又是怎样跑到了千河口，她们一概不答——可也要对人家负责。不往懒男人家里带，是最大的负责。当年，鞍子寺小学的李兵老师说，人有两宗罪，一是急，二是懒，因为急，人被逐出天堂，因为懒，人再也回不了天堂。李老师大概觉得自己正是个急躁人，因此又说，人其实就一宗罪：懒。因为懒被逐出天堂，又因为懒回不去。李老师说，这话是一个姓卡的人讲的。不管是谁讲的，它一点也不深奥，因为山里人都是这样看的。山里人从不说勤劳这个词，说吃苦，人不吃苦，就没得饭吃，没得衣穿，当然，也没得女人。

杨浪从小就懒。

懒到连个子都不想长！

他父亲死得早，母亲带着他和比他大六岁的哥哥，把他从四岁带到三十三岁，终于觉得，西瓜藤上结不出南瓜，石骨子地里也下不了种子，再把他往下带，也就那样了，便两腿一伸，找丈夫去了。那时候，杨浪的哥哥杨峰，早就下了山，进了城，在陕南安康、汉中和四川绵阳、攀枝花一带，写合同，包工程，并因此发了大财，发财过后，他回老家把老婆娃儿领走，去省城落了户，且很快在那边当了个什么委员。领老婆娃儿那次，是他最后一次回村，后来母亲去世，他只派了十九岁的儿子杨小春回来，小春说，爸爸正开一个重要的会议，走不开。死人刚放进圹穴，阴阳师还没拨字头[1]、撒八花米[2]，更没来得及填土掩埋，

---

[1] 拨字头：以南北朝向将棺木拨正。

[2] 撒八花米：往棺木及墓穴四角撒大米。川俗称，撒了这米，死者去阴间就不挨饿。

小春就走了。他没代表父亲给二爸留下一言半语。哥哥瞧不起弟弟，又怨母亲一直对弟弟偏心。杨峰特别恼恨的就是母亲偏心，他觉得，在母亲那里，手心是肉，手背不是肉，弟弟是手心，他是手背；他不解的是，弟弟分明是条不中用的懒龙，母亲为什么要大事小事向着他。这下好了，向出一条光棍来了。家里出了光棍，是很丢脸的事，杨峰丢不起那个脸，现在更丢不起。

哥哥心目中没有弟弟，弟弟心目中有没有哥哥？

不知道。

村里人偶尔还提到杨峰，杨浪是从不提的。

他懒到有那么好的一个哥哥也不提！

母亲在时，他还揿着腰杆去地里锄锄草，天旱时节往地里浇浇水，母亲走后，把地翻了，种子撒下了，就再不经管，让它们自生自灭。好在种子争气，在坚硬黑暗的泥土里，大口呼吸，顽强地争取日光、空气和雨水，然后将自己毁灭，化为嫩芽，破土出苗；苗子在与野草的搏斗中，拔节生长，并顺应季候扬花结实，让他多多少少打几颗粮食。他就凭那几颗粮食，悠闲自在地混着日月。

这样的男人养不起女人，也不配有女人。

每当有人把跑来的女人带到九弟或贵生家，全村人都去看，杨浪也去。人们拥挤在窄小的屋子里，从白天待到晚上，从晚上待到深夜，叽叽喳喳的，问女人很多话。只要不暴露身份，也不触及隐痛，女人会选择性地答几句。她回答，不是想回答，而是证明自己不是哑巴。她说的每句话仿佛都很重要，也都很有趣，因而都能引出一阵笑声。山村里洋溢着节日的气氛。唯杨浪是个局外人。他坐在角落里，一言不发，对那女人也不多瞧一眼。夜实在太深了，九弟或贵生，该跟那女人洗洗睡了，仁慈的村民便打着电筒，或舞着火把，或摸黑，回自己的屋。

只要一个人走，杨浪就跟着走。

他来得像个鬼影子，去得也像个鬼影子。

他走后，剩下来的会议论他，但没有人同情他。李成算是跟他关系最好的，他爱去李成家坐，空了，李成也愿意跟他闲聊，特别是三儿子李奎在苏州盗电缆坐监后，李成见人就说儿子是冤枉的，别人默默地听着，可那脸上的幸灾乐祸，却像野惯了的狗，再粗的棒子都打不进屋；杨浪从不这样。杨浪也是默默地听着，没有任何表情。没有表情就好，没有表情他就是块石头，又比石头能听懂他的意思。所以李成在杨浪那里，得到了不少没有表情的安慰。即便如此，李成也不同情他。

"那东西！"提到他的时候，人们大都这样开头，包括李成。

千河口虽是杂姓——仅在东院，就有杨、张、梁、鲁、符、苟——但日子久了，女人嫁来嫁去，就如梭子织布，让彼此牵连，也让彼此有了辈分。却没有一个人按辈分叫过杨浪。年龄也不能为他赢得丝毫尊严，那些还穿着衩衩裤的小孩子，也可以当着他的面，叫他"那东西"。叫啥他都答应，脸上还挂着笑。人家说，连泥人也有土性儿，活人哪有没脾性儿的？可杨浪听别人那样叫他，不仅笑，还笑得格外谦卑，像自己的存在，正如他哥哥所说，给家里人丢脸，也给千河口丢脸，他很不好意思。上一定岁数过后，他特别喜欢小孩儿，赶场的时候，手头再紧，也要余下钱买包糖果，回到村子里散给那些娃娃，娃娃们从他手里接过，忙不迭地剥开一颗含进嘴里，再丫手丫脚跑回父母身边，口齿不清地说："那东西给我的，蜜蜜甜！"杨浪听见这话，不仅不生气，还高兴得眉毛都在笑。

他俨然就是个傻子。

"那东西，硬是他妈个傻子！"有一天，李成对他老婆邱菊花说。

"我早就说过，你还不信。"邱菊花刚做好了饭，正抠脸上的痒痒，抠出一道一道的锅灰，也不知那锅灰本就在脸上，还是从手上抠到了脸上。

"我哪里是不信，"李成一掌拍在大腿上，"我是没想到他傻成这尿样！"

李成去咬铃舌的时候，已经换过牙，咬掉那两颗牙，就再没长起来，漏风；他知道那里漏风，说话时老是把舌头往前顶，堵住漏风的地方，说话的声音里，便带着肉肉的、淡紫色的舌头味儿。他把那舌头味儿使劲吸溜了两下，接着说："畜生、虫子、草木，都比那东西精灵，连一条裤子也比他精灵！"

后面一句让邱菊花笑起来。李成也觉得自己说得漂亮，比邱菊花笑得更响，笑过后又连续打了几个比方，来形容杨浪的傻。

事情是这样的——

这天，村里又跑来一个女人，这女人在比黄昏稍早的时候，从朱氏板的青冈林里上来，茫然无措地坐在林子上头的石盆上。她不是村里谁家的亲戚，看样子也不是赶路的，她就是个"跑跑女"。石盆上方十数米，是李成家的旱地，两口子正给即将出穗的麦地理沟，李成首先看到了下面的女人，指给邱菊花看。那女人二十八九的样子，头发跟个乱鸡窝似的，脸像玉米叶子那么窄，但鼻子是鼻子，眼睛是眼睛。邱菊花很兴奋，正要说什么，李成突然心头一软，念起杨浪的好处，觉得今天这个女人既然没别的人看见，他就应该带给杨浪，也算是对杨浪不厌其烦听他诉说的报答。他朝山野望了一眼，几十丈高的渠堰上，只有干女儿夏青背着猪草无声地走过，他便悄悄对邱菊花说："你下去，把她带到背阴处，我去找那东西，叫他把屋子扫干净。"

邱菊花脸一浸："未必给那懒汉？"

谁发现了"跑跑女"，把"跑跑女"带给谁，虽得不到任何实际的好处，却能满足施恩于人的心。邱菊花觉得给杨浪施恩，不值得。

李成恨了她一眼，丢下家伙走了。

杨浪很少干农活，母亲去世后也不养猪牛，可要找到他并不容易。他那么懒，却从不睡懒觉，他比村里的狗都起得早，去三层院落转过了，去村里人洗衣服喂牲口的堰塘转过了，甚至去村后的山林里转过了，还去二里地外的学校和跟学校不远的古寨梁子转过了，狗才踏着熹微的晨光，奔向野地拉屎拉尿或寻找爱情，而人依然赖在被窝里，因为天还没亮明白。整个白天也是，他的腰一塌一塌的，窸窸窣窣地踩着落叶，在人基本不去，连鸟兽也很少去的地方，攀藤爬岩，竖着耳朵慢慢走过。他是在搜集各种声音。更确切地说，不是他在搜集，而是声音把他叫过去的。叫他的声音越来越弱。在别人看来，这个世界不是声音太少，而是太多，太吵，太喧哗，可在杨浪那里不是，他太清楚声音不是在增加，而是在湮灭。每一种声音的湮灭，都让他的耳朵荒凉一分。对他来说，每一个傍晚，都是一个被遗忘的人；每一个深夜，都是一个被遗忘的村庄。如果真有人生下来就是带着使命的，杨浪的使命，就是在自己脑子里建起数不清的仓库，把村里村外散失的声音捡拾起来，再分门别类存放进去。但他并没真正意识到自己在干些什么，如同所有痴迷于某件事情的人，他那样做，很难讲出什么目的；要说有，需要就是目的。声音跟空气和食物一样，早就成了他的需要……

这天，李成装出没事人的样子，从麦地出来，走过十数根弯弓似的田埂，走过半亩见方的堰塘，再穿过几座无主的坟茔和一段长满蒿蒿的狭窄台地，进入一小片毛竹林，踩着满地飘落的笋箨，来到一坡石梯前。他在石梯前停下了，先抬头望了一眼，又仔细听了片刻，才反剪着双手，爬上梯坎，进了东院。

东院住着七户人家，杨姓两家，张、梁、鲁、符、苟姓各一家。其中两户已经没人：苟家和杨峰。也可以说是三户，因为鲁家好些年不跟人来往了。并没有什么过节儿，就是不跟人来往。听说是不想送礼，把女儿鲁细珍嫁出去后，那家里该娶的娶了，该嫁的嫁了，连孙女小凤的满月酒也办了，多少年都不会有开酒设席的大事情，怕礼送出去收不回来，干脆不送；请帮忙的时候还是帮，但绝不送礼。而在乡村，礼就是情，人到情不到，等于不到，久而久之，连帮忙的事也没人请他们，就像他们不住在千河口。

但真正没人的就是那两户。苟家本来剩了个孤老婆婆丁桂芝，前年死了，杨峰又早就搬走了。杨峰的房子跟杨浪的连着榫头，杨峰一家离开没几年，房子塌了，捎带着把杨浪的房子也扯塌了半边。在先就有人提醒杨浪，叫他去把哥哥的房子收拾一下，比如翻盖一下屋瓦，再进去烧些柴烟，熏熏蚊虫，他没有做，叫的人也知道他不会做；但他还是说了不做的道理："哥哥又没把钥匙给我。"这分明是歪理——就像别人骂他懒的时候，他会咕哝："我这是懒吗？我是要不了恁多。"——因为有没有钥匙并不碍事，那门板早就脱了轴，龇出半尺宽的黑洞，只门扣勉强连着，门扣也快锈成干黄的铁灰了。现在好了，骨头断了，筋也断了。不过杨浪无所谓，有半边房，就够他住，反正有根粗大的梁柱撑着，剩下的半边一时半会儿塌不了。他把卧室和厨房都并到了这半边屋里。因为烧柴火的缘故，床上常有柴枝草梗和烟灰，被子从没叠过，也很少洗，看上去比狗窝都不如。

再是个"跑跑女"，见到那景象恐怕也要摇头。女人摇头，就不能成事。这样的情况是出现过的。五年前有个女人，先被带到贵生家，见阶沿下草梗迤逦，鸡屎连片，换下的衣服裤子扔在墙角，跟破鞋烂袜混在一起，她马上就摇头了，于是又被带到九弟家，脏是没那么脏了，可简陋得只有张歪歪扭扭的细桌儿，灶台就是一个包包垒垒的土堆，罐盖豁着缺口，因此还是摇头，且摇得更快。带她来的人见她一个"跑跑女"还这么挑三拣四，很不乐意了，说："那就只有把你带给那东西了。"女人一听，单称呼就知道多半不是什么好去处，细声说："我还是去开头那家。"贵生先是天上，再是地下，接着又到了天上，所以那天他熬了一大锅红糖开水，请所有人喝。

东院多数人未回，只有刚进屋的夏青，撅着屁股在扫她屋前的石坝子，是想扫出一块干净地方砍猪草。这太好了，李成就是不想人多。他朝夏青快步走去。

脚步声把夏青的头扭过来。

"爸爸。"

见了李成，她亲热地叫。

她是嫁进来的媳妇，长得不好看，额头凹，个子小小的，因嫁进来不久得过一场大病，拜了李成做保爹；李成会些石匠活，还会些泥瓦匠活，算是匠人，匠人才能保平安。

李成没应，只把嘴往杨浪屋里一努："那东西回来没有？"

夏青说没看见回来。

李成将事情三下五除二说了，叫夏青帮忙，赶紧去把杨浪的屋子打整一下。

家无长物，杨浪从不锁门。

收拾完床铺、地板和灶台，李成又仔细察看塌掉的半边。灯泡只有五瓦，电压又弱，光晕使屋子呈一口浑浊的水潭，手放进去，就看不见手，脚放进去，就看不见脚。第一次晚间进来的外地人，不可能看出那地方是塌的。那里低矮了大半，还以为旁边是个养猪养牛的偏厦。

一切就绪，李成又到院坝里等。院坝边紧靠青石坎的地方，横着一个用了几辈人的石磙，李成蹲到石磙上去，摸出旱烟来裹，顺便跟砍猪草的干女儿拉些闲话。

　　夏青的丈夫符志刚，本是跟杨峰一同出门的——他们，加上李成的三儿子李奎，是千河口最早出远门的人。最早出远门的不叫出门打工，而叫出门当老板，在山里人心目中，大山之外个个都是老板。结果只有杨峰当了老板，后来还当了什么委员，另外两人，李奎当了囚犯，符志刚没当囚犯，可也没当老板，一年三百六十五天，只有春节回来几天，可也没见挣到什么钱。这让李成和夏青，特别是李成，对杨峰心怀怨恨，尽管他们三人从出门那天就各走各的路，谁也不跟谁牵扯，没有怨恨杨峰的道理，可李成就是怨恨他。

　　李成对杨浪比别人对杨浪好些，与他对杨峰的怨恨不无关系，你杨峰对弟弟冷，我作为一个不相干的外人，偏要对他热。李成就是这样想的。他跟杨浪闲聊的时候，总是把话题扯到杨峰身上，以一些道听途说和他自己的臆想，渲染目前而今眼目下的杨峰，是如何的裘马扬扬，如何的花天酒地、挥金如土，以此来映照杨浪的一贫如洗，激起杨浪的愤慨。不管怎么说，母亲是生你的母亲，而生你的母亲是你弟一个人照顾的。杨浪在农活上像个蛤蟆，要母亲戳一下才知道跳一下，可回到家，饭碗是他递到母亲手上，洗脚水是他顺到母亲脚下；特别是母亲落气前的七十多天，中风躺在床上，动不得，杨浪为母亲寻医抓药，翻身擦洗，喂水喂饭，端屎端尿，那是大热天，没风的夜晚，热得像蒸笼，他就整夜整夜地坐在母亲床前，为她摇扇子，摇得手抽筋，七十多天下来，母亲身上没长过一颗褥疮。这是古书上的大孝子才能做出的事体。让李成遗憾的是，无论他渲染得多么惊涛拍岸，杨浪都是那副卵样：没有任何表情，像块石头。

现在趁没旁人在，李成的心里又开始冒泡。每一个泡泡都是对杨峰的怨恨。

他想跟干女儿说说。不好直接说杨峰，就问志刚最近怎样。

"他在东莞，进了家电厂，造电熨斗。"夏青高兴地回答。

她来自更高的山上，那里叫白花嘴，地广人稀，林木蔽日，鸟叫声也比别处的洪亮，人的嗓子非尖即粗，目的只有一个：让很远很远的人听到自己。声音是他们走向别人，也让别人走向自己的桥。夏青属粗嗓子，粗而亮，这样的嗓子一表达高兴，那是真的高兴。只要提到丈夫，夏青就总是高兴的，好像丈夫在外面干着多么了不起的大事伟业。

李成心想：这女子，一点儿心胸不长，完全听不懂我的意思。这么些年过去，志刚还是个打工的，不知道有啥值得高兴的。你家住的房子，还是志刚爷爷起的木房，烟熏火燎的板壁上，挂满阳尘、壁钱和蛛网……要是志刚干的就算大事，杨峰怎么说？

事实上，夏青刚提到一个"电"字，李成的心情就败坏了。他的三儿子李奎，正是偷电缆被抓的，判了整整十年，现在才坐一年半，还有八年半，八年半哪，近三千天哪，还不把牢底坐穿！二十四五岁的年轻人，本该活在旺处，却进了大牢，李成想不通。他翻年就上六十岁了，等儿子出来，就快上七十了，古话说，人生七十古来稀，现在活上七十倒不着难，可生死由命，他这辈子还能不能见到三儿子出狱，真说不定呢。

他想刺一下干女儿，把裹好的烟使劲捏，边捏边说："听说杨峰……"

夏青立即把话接过去："他当然能干哟，安逸哟。"

她蹲在地上砍猪草，上身前倾，一起一伏，每起一次，压住草把的左手就均匀地往后退一点，贴着右耳门子挥舞的宽面砍刀，刀身漆黑，刀刃雪亮，在她伏下去的瞬间，准确无误地将左手退开的那一点，在垫着的木板上宰成碎末。碎末跟着暮色和植物新鲜的香气，一同溅开，在她身前扇形堆积，溅到远处去的，饿了渴了的鸡，便啄着吃。她"咝——咝——"地吆着鸡。说话和吆鸡，一点儿也不耽误她做活路。但她的保爹李成，已经相当失望，甚至恼火了。他希望干女儿跟他一同怨恨杨峰，可干女儿只怨，不恨，连怨也是淡淡的。

李成便换了话题，问起干孙子小栓。

夏青跟符志刚七年前结婚，儿子小栓现在五岁多，从去年底开始，小栓就病恹恹的，一路往下瘦，还特别嗜睡，吃着吃着饭就睡了，脑壳一耷就耷到碗里，到了床上更是睡得昏天黑地，不去叫他，他就不醒。现在肯定又是在床上睡。夏青为儿子焦麻了筋，但又无可奈何，从住在中院的赤脚医生孙凯那里，弄了背也背不动的草草药，吃了屁作用不起，去乡卫生院看了，还是蚂蚁摔岩，没啥动静。

每当提到儿子，夏青说话的声音就没有那么响亮了。

这时候，她小小的圆屁股往下一挫，手里的刀像条挣扎的鱼。

李成的心情好了许多。

心情一好，他就不忍了。他和邱菊花都是把夏青当亲女儿看的。他们没有女儿，有个女儿蛮好的。对父母，女儿比儿子更知冷知热。自从拜了他们做保爹保妈，农忙时节，夏青就总是跑来帮忙，犁田耙地，栽秧打谷，啥活都干，连男人干的活也干，老两口有个三灾六病，她也总是丢下自己的活路，前来端汤递药，日夜伺候；且不把他们叫保爹保妈或干爹干妈，而是直接叫爸爸，叫妈。她说，反正志刚的爹妈都不在了，这样叫又不会叫混。

有了不忍，李成的心里便泛起父亲对女儿才有的那种深沉的怜惜。他点上烟，下了石磙，走到夏青身边，摸出八十块钱递给她，要她赶场天带小栓去下街驼背医生那里看看，听说驼背医生看疑难杂症有一套。夏青推辞，可李成恨了她两声，就像父亲对女儿那样恨两声，夏青就收了。尽管李成有个儿子在坐牢，但他并不缺钱花，倒不是因为他是匠人，而是他大儿子李益早就到了乡场上做生意，做的都是光天化日之下的"地下生意"：收蛇，收青蛙，收瘟猪死狗和注水牛肉，收到一定数量，便装上木船，船走下水，半天过后就能把那些东西卖到县城里去。

当然了，再不缺钱，若为人小气，也不会随随便便把钱往外拿。

当初夏青拜保爹，也是有过比较的。

千河口的匠人还有好几个，木匠孙相品，篾匠张胖子，盖匠梁春，补锅匠刘三贵。他们的手艺都比李成精湛得多，尤其是孙相品，不仅是千河口和老君山最好的木匠，也是整条河流最好的木匠，荒村野店，大河上下，行路人都在传言，说孙相品做个风车，安张嘴就能说话，做个女人，那女人就能生娃娃。但拜谁不拜谁，手艺之外，主要是看人，一看辈分，二看年龄，三看为人是否和气、大方。

表面上，辈分和年龄是硬指标，其实那并不重要。乡里人得了险病，无药医治，也无钱医治，会揣一圆鞭炮，大清早就去拦在一条路上，见到第一个从那路上经过的，无论是谁，都点燃鞭炮，跪下便拜。这叫"打撞拜"，撞到谁是谁。如此，很可能撞到一个晚辈或者小孩子，但既然拜了，该怎么叫就怎么叫。还有撞到一条狗的，同样要叫；若是一条野狗，鞭炮一响就跑了，叫过几声也就算了，若知道狗的主人，逢年过节，起死回生的干儿干女，还要提着礼物去走动，到吃饭的时候，没见那狗，干儿干女会问："保爹（或保妈）哪去了？"那一天，那狗会受到特别的优待。狗也很醒事，仿佛知道来客是它的干儿或干女，不仅不咬一声，还老远就摇着尾巴去接，走的时候也要送出老远。

夏青不是打撞拜，但除了只拜匠人外，年龄和辈分同样不太考虑。当然这方面本身也都没问题，只是刘三贵那人，经常没大没小没男没女地乱开玩笑，跟人这样不算，还跟神也这样，他说神最恨的，就是人只晓得供他，不晓得让他开心。农历二月二是敬土地神的日子，当年村后的大包梁上，还立着一座土地庙，有次刘三贵进去，焚香作揖过后，就望着神像打吃子："噢哟！"这是他要说怪话。每次说怪话前，他都这么噢哟一声。果然，怪话出来了："土地老儿本姓肖，结个婆娘也姓肖，生个儿子还姓肖，结个儿媳又姓肖。儿媳跟公公打核桃，公公树上打，儿媳脚底瞄，瞄就让她瞄，两个核桃甩圆了。"这话逗得土地神笑岔了气——刘三贵是这么说的，但有几个在场的人证实，土地神根本没笑，而是朝刘三贵吐了泡口水。不管土地神是笑了还是吐了，像刘三贵这样太没正经，想必拜给他也保不了平安。孙相品又爱装大，像他木匠活做得好，就比天底下所有人都行，你跟他说话，他倒理不理的，即使回你一句，也不看你的眼睛。张胖子粗暴得很，他胖得肚子从脖子那里就开始了，可体胖心不宽，动不动就生气，他去邻县做了三个月活路，带回一个眉清目秀的小徒弟，那小徒弟在他面前大气也不敢出，稍不称心，他就给人家一耳光。不仅粗暴，还有洁癖，家里不许有鸡鸭粪便，也不许叶痰，挑担粪去地里淋了，回来即刻把粪桶洗得发亮，而且马上洗澡。他天天都要洗澡，据说他去外地做活，首先就问人家能不能让他天天洗澡，不能，给再高的工钱也不干。即使夏青不怕他的粗暴，也怕他的洁癖。梁春嘛，太抠了，几年前，他在去徐家梁的路上，碰到有人打撞拜——遇这种事，不管你愿不愿意，都不能拒绝，因为那是救人之急；被拜是要回礼的，有钱给钱，无钱给物，多少不论，只表示个"认了"的意思。梁春身上分明有两块七角二，他却一分也舍不得给人家，只揪下一颗缺了半边的纽扣。难怪人家来走了两年，也就不再走了。

李成跟他们完全不同。和气和大方，李成一样都不缺。这才是最重要的。至于手艺差点儿，那并不打紧。是个匠人就好了。于是夏青就拜了李成。

不过，夏青这时候收李成的钱，既不是因为他有钱，也不是因为他做人大方，而是女儿收父亲的钱。

天空比地上更亮了，证明真的黑下来了。院坝底下那棵树身空洞却开枝散叶的黄桷树，也成为墨绿的一团。闹林的麻雀归了巢，那团墨绿也因此显得比白天沉重。

一只斑鸠蹲在向河的枝桠上，时断时续呼唤它的伴侣："斑鸠咕咕——斑鸠咕咕——"声音寂寞、惆怅而辽远。斑鸠再多，也不会两只或两只以上同时叫，而且即使离你很近，那叫声听上去也很远。在苍茫的暮色里，斑鸠的叫声是一个村庄的声音。

杨浪还没有回来。

李成怕再等下去，东院别的人回来看见他，特别是被梁春看见，他就难得脱身了。梁春是个话痨子，一个人上房盖瓦，跟瓦片也能说上几个时辰，见到人更是唠叨个没完，全是东拉西拽地扯南山网；有时你忙得起火，不想听他扯，可你走一步，他走一步，你停下来，他也停下来。村里所有人都烦他，后来是怕他，见他朝自己家走来，三伏天也立即关了门窗。再后来，连他妻室儿女也怕他了。他老婆汤广惠虽是近五十岁年纪，但皮肉紧扎，脸面光生，自从丈夫有了那毛病，每天起床过后，她都松松垮垮的，像在水里泡过。是被丈夫的话泡了。汤广惠说，梁春睡着了还说话，但又不是梦话——他睡着了不做梦也说话。

他以前不是这样的，孤老婆婆丁桂芝过世后，才突然有了这毛病。

其实丁桂芝跟他一点关系也没有。

丁桂芝一生没育孩子，到五十三岁那年，丈夫苟运祥病逝，她成了孤人，到前年的农历五月初九，也就是过了她八十岁生日的第二天，天刚擦黑，就听见她在屋子里发出接连不断的惨叫。她的身体好得很，不仅能种庄稼，还能去山里劈树疙兜，至多十分钟前，才见她背着半篓子树疙兜回来，这是怎么了？大人孩子都跑去看，只见她搭张独凳，坐在伙房中央，双臂搂在胸前，痛苦得脸上的皱纹绞成一团乱麻。问她，她不答言，只是呼痛，嘴皮子扇得扑扑响。张胖子说去叫孙凯，可丁老婆婆把脖子奔过来奔过去，说她没病。没病这么惨叫干啥？而且面色乌青，汗水起淌。她说我真没病，是有个娃在吃我奶。

难怪她的臂弯和胸脯之间，留出了半尺左右的距离，真像是抱着个孩子喂奶的模样。

可她从没给孩子喂过奶，何况她现在八十岁了，没有奶了。

那看不见人形的孩子，吃不到她的奶，就吃她的血。她深青色的斜襟衫上，果然有血浸出来。几步开外就是灶台，灶台上放着把削红苕洋芋的尖刀，张胖子的小儿子东升，那时候不满四岁，屁颠屁颠地跑过去，站在草凳上将刀拿过来，递给爸爸，说："爸爸，把他杀了。"他是说把那个吸血鬼杀了。除丁老婆婆，所有人都笑，张胖子笑几声，觉得儿子说得有理，便握住刀柄，要朝丁老婆婆臂弯和胸脯间的空隙捅下去。但丁老婆婆勾下头，死死地护住，说让娃娃吃，我不痛了，让娃娃吃。言毕，她不再叫痛，但弓缩的后背剧烈地抽搐，满头白发急速地抖动。血像蜜蜂那样飞出她的身体，在她胸口上做窝。她就这样被吸干了。死后，依然保持着搂抱的姿势，环着的双臂，铁一般硬，怎么掰也掰不开，只好那样将她装进棺材，埋了。

丁老婆婆的这种死法，确实让村里人感叹了很长时间，但那段时间一过，也就淡忘了。

不知道梁春为什么忘不了，像在他身上，特别是在他漏也漏不完、泼也泼不完的话里，附着了丁老婆婆的某种影子，致使村里人一看见他，一听见他说话，就想起丁老婆婆的死……

李成怕梁春回来把他绊住，也怕邱菊花见他老不露面，就自作主张把那女人带给了九弟或贵生，便给夏青打声招呼，下院坝走了。

他想的是，先别管杨浪，先把那女人领到这里再说，反正杨浪迟早是要回来的。他回来得那么晚，女人还以为他在庄稼地里下苦呢。尽管杨浪人才差了点儿，只要能吃苦，屋子又打整得那么干净，女人应该不会摇头。

回朱氏板的半途就是堰塘，李成在堰塘边碰到了归来的杨浪。

两人站下来。堰塘里一高一矮两个星光下的影子，也站下来。

李成格外神秘地把事情讲了，并且说，他和夏青已帮杨浪收拾了屋子。

杨浪不看李成，顿了片刻，说："劳慰你们帮我收拾。"

这显然不是李成所期待的。他要杨浪的感激，但更希望杨浪兴奋。没有兴奋的感激算不上感激。可杨浪不仅没有兴奋，还现出苦恼的样子。而且，他那声平平淡淡的感谢，也只是因为帮他打整了屋子，对更重要的事，却绝口不提。这让李成觉得，自己这趟辛苦和好意不值得。邱菊花开始就觉得不值得——果真不值得。

然而他还是等着杨浪进一步的反应。

他不相信杨浪没有进一步的反应。

杨浪窜着头，沉吟了一会儿，说："我沾不得女人。"

这话倒是新鲜得很！

"沾不得？为啥？"

"我又没别的本事，我就这么一点本事。"

无头无脑，李成听不明白。

杨浪只好解释。他指的是他能够精确捕捉并能够精确模仿各种声音，只是没说模仿这个词，说"学"。几十年过去，他学声音的本事已大有长进，可谓炉火纯青，刚刚出生的婴儿，张家婴儿哭和李家婴儿哭，常人听来，除音量不同，哭法大同小异，在杨浪听来，却是天壤之别；今天和昨天，哪怕天气完全一样，村里人畜的活动也完全一样，但这两天发出的声音，却决然不同，他从不记日子，只凭声音数日子。每种声音于他都是独特的，每种声音在他那里都有质地，有颜色，有气味，也有尺寸和形状，对他而言，一个人的声音就是一个人的指纹，一个时辰的声音就是一个时辰的长相。他挂着声音的万国相印，每一道声音的门都朝他敞开，他能够自由来去，随意进出。他怕自己沾了女人，坏了童身，那本事就被老天爷没收了，他就没有了。

"哼……哼哼……真他妈蠢得屙牛屎！"

李成愤愤地扔下这句话，起步离开。

走几步又觉得好笑。他实在犯不着跟杨浪这样的废物赌气。

但这时候他不是笑自己，是笑杨浪。

那东西也不想想，他连女人也不近要保住的本事，能叫本事吗？小时候学几声鸡儿咕咕鸭儿嘎嘎，还给人添个乐子，现在……你要是学一声，就能催生五谷，兴旺六畜，那算本事，既然不能，叫啥尿本事？可为了保住那"本事"，他竟然连女人也不近！

李成想笑都笑不出来。

他又回过身，迈着大步，在堰塘尽头两棵李子树旁边赶上杨浪，扳过杨浪的肩头，再使劲儿抹了把自己尖尖的山羊胡子，说："女人是多好的东西呀，你还不要，——你龟儿子还不要！你不要，我只好给贵生了，要不就给九弟。每次九弟和贵生有了女人，你回去都在床上呻唤，你以为我不晓得？你呻唤起来狗都睡不安生，这村子里谁不晓得？你叫得那么造孽，还不是想女人想的？以前是没人给你，现在给你你不要，就怪不得哪个了。说你龟儿子蠢得屙牛屎，是抬举了你，你比牛还蠢！哼哼，你这一辈子，不是烂在懒上，是烂在嘴上！"

杨浪的脸红一阵白一阵，好在李子花正喧喧嚷嚷地盛开，星光底下，繁花如霞，如粉，把他的脸色涂抹了，看不清。

过度的羞愧，逼使他也生出了一些脾性儿，至少是有了一些土性儿，他嘟嘟嚷嚷地说："蚊虫遭扇打，只为嘴伤人，我的嘴又没伤过人。"

"你还没伤人？"李成揪住自己的胡子，舌头不停地往前顶，"你不仅伤了自己，也伤了别人。当年，要不是你学房校长，你的脚就不会跛，李兵也不会跟着遭殃！"

这话提起来，倒确实是杨浪的一块心病。

如果他这辈子也有心病的话。

那天——几十年前的那一天，杨浪被同桌告了密，李老师怎么也不相信，尽管他感觉房校长讲课的声音似乎没有断过，也跟别人一样，知道杨浪有拟形绘声的本领，可那实在太像了，像得不可能是杨浪在学，只能是房校长本人在说。模仿狭窄尖厉的声音并不难，但房校长当兵的时候是在湖北荆州，他便固执地保持着一点儿学来的荆州口音，在李老师的知识范围内，腔调可以学，口音不能学，口音是个神秘的东西，比语言本身还神秘，它帮人识别自己的族群，也为族群保守秘密，因此口音是世上最隐秘的记忆，是不可翻译的天书，只有那些有着共同血脉的人才能继承，如同树叶对枝条的继承，枝条对躯干的继承。所以房校长的荆州口音，不过是他自以为是的假象。问题在于，当某个人固执地保持某种假象的时候，对他本人来说，那假象就成了真实，他一个人的真实。这样的口音更不可学。李老师觉得，杨浪可能是声音的天才，却不可能是声音的"天"。

自从来到鞍子寺小学，李老师就遭受房校长和桂老师的白眼，这让他变得多疑，认为那个告密者是受了房校长和桂老师的指使，把房校长本人说的话，怪到杨浪身上。

他正要找杨浪亲口证实一下，房校长就叫杨浪了。

全校总共不过七十多个学生，每个老师都能叫出所有学生的名字。

房校长说："杨浪，滚过来！"

杨浪却没有听从指令。他站在操场边的土梯上，陷入了哀愁。

告发他的同桌，是他最好的朋友。这人叫钱云，住在山脚。七十多个学生中，三分之二来自千河口，余下的三分之一，一部分来自山脚的凉桥村，另一部分来自海拔一千六百米的徐家梁；杨浪在校期间，来自凉桥村的只有钱云一个。从一年级到三年级，每遇大雪封山的日子，钱云放学都要杨浪送他。他回家的路实在艰险。下了操场边的土梯，走四根田埂，就跟千河口学生分道，再沿旱地，走大约三百米渐次上扬的半圆，就到了寨梁，梁上立着一个百余平方米的古寨，黑石垒于崖畔，石缝间探出倾斜的松树和锋利如刀的马儿芯草，撩开松枝利叶，可以看到圆溜溜的炮眼和枪孔。古寨记录着最早来到这片山野的先祖守卫疆土的决心，也记录着为争夺土地所进行的杀戮和牺牲。周年四季，风在丈多高的石墙内打旋、嘶吼，吼声悲切而惨烈；风有两股，要么三股，势均力敌或此消彼长。千河口的赤脚医生孙凯说，那是先祖的魂在跟敌人的魂撕扯。他是医生，本不该说这话，可他对自己的话深信不疑。

站在石墙外，就能看见钱云家的瓦房，小小的，小得眼睛一花就看不见。从寨梁扔下的一段路，名叫"三十丈"，曾经没路，只是三十丈陡直的峭壁，很多很多年以前，一对夫妻看到峭壁中央的崖柏树上，悬着一个卵形蜂巢，丈夫便将一只木桶捆在背上，鞋口插支火把，腰系绳索，贴壁而下，先熏跑了蜂，再把蜜割进桶里，然后骑在枝柯上，解下绳子，系住桶，喊上面的妻子把桶拉上去，再把绳子扔下来拉他。他比桶重得多，妻子用力过猛，崩断了裤带，心下一惊，手跟着松了。尽管绳子的一端系着大石，可另一端的丈夫，急坠直下，绳子断裂，跌崖身亡。妻子为丈夫办丧事，用桶里的蜜待客，丧事结束，蜜就吃得一勺不剩。现在，三十丈成了一条路，但路面放不下一只脚，看上去正如立着的绳索，冬日里，绳索上附着积雪。积雪不可怕，怕冰，积雪之下就是黑冰，不小心踩在冰脊上，就可能一路将雪尘犁开，到山下摔成肉饼。

钱云怕古寨上的鬼，更怕成为肉饼，可那时候，再小的孩子，再险的路程，家长也不会接送。家长要挣工分。从没听说过有谁丢了工分去接送孩子，工分就是口粮，没有口粮，何苦留下吃口粮的嘴？

下山比上山难得多，钱云一个人不敢，就要杨浪送他。杨浪基本上都是答应的，有一次没答应，钱云大哭着独自回去，还让杨浪愧疚了很久。送钱云的时候，他跟钱云手扣手，像还不会走路却相依为命的两只动物，一寸一寸朝下滑。雪只有远看才白，近看是很脏的，雪之下笼着寒气。或许是捂得太严太久的缘故，寒气腥味儿浓烈，如同走入深秋里温暖的密林。寒气就这样带给你幻梦中的温暖和仁慈，也带给你不知不觉的死。脚死了，手死了，一直死到脸上，死到神经。下山的动作变得很机械。两个人都不说话。但耳朵里没少声音，风声、心跳和耳鸣，轰隆轰隆——吱——轰隆轰隆——吱——

每次把钱云送到屋后，杨浪立即往回跑，钱云拉他进屋，他坚决不肯；有两次，钱云的母亲和姐姐也来拉他，要他吃了饭再走，他还是不肯。食物匮乏，吃饭是件极其慎重的事情，因过于慎重，一般不去别人家吃，哪怕亲戚家。每当上了别人家的餐桌，杨浪对好饮食和饱餐一顿的极度渴望，使他突然感觉到自己的胃膨胀起来，膨胀成猪的胃，牛的胃，然后继续膨胀，胀到比房子还大，比山还大，他要吃光世上所有的食物，才能把胃填满。可摆上桌面的，只有那么一点点。事实上比家里的多，更比家里的好，但与他的渴望无法匹配，他渴望一块金砖，得到的却是一根铁针，这让他高兴不起来。他看着那一点点，委屈得都快哭了。越是委屈，越不敢伸筷子去夹菜，特别是不敢夹肉，三五片指拇样宽、削薄得能看个对穿对过的肉，和在黑如沥青的老盐菜里，死死地盯住他，像他的筷子只要往那边伸过去，肉就要尖叫，就要咬他一口或者逃跑。于是他不去看它，更不碰它，大人拈给他，他也拒绝。由于此，他从小就在亲戚中得到好名声，说他小小年纪就晓得讲礼性。没有人知道他是因为委屈……

他跟钱云是好朋友，他那么多次冒着摔成肉饼的风险，送钱云回家，可钱云出卖了他。

钱云不出卖，别的人就不会知道。

在课堂上学房校长说那段话，是钱云和他课间休息时在厕所偷偷商量的。钱云有个习惯，特别喜欢透过厨房的格子木窗往里瞧，看老师们吃些啥，每到快放学肚子饿得咕咕叫的时候，尤其爱这样，那天上最后一节课之前，他望见了挂在墙上的肉，吞了几泡冷口水，又想起平时房校长和桂老师质问李老师的话，独自笑了几声，就去找杨浪。他在厕所里找到了杨浪，凑近杨浪耳边叽咕了几句。一拍即合。两人兴奋了老半天。杨浪跟钱云坐最后一排，也只有他俩坐最后一排，李老师讲了例题，正在板书习题的时候，杨浪学起房校长的声音来了。在他说那段话的整个过程中，李老师一直面向黑板，全班同学正襟危坐，不敢稍动，总之谁也没转过头来，谁也没看见他的嘴巴在动。

可是钱云出卖了他。

主意还是钱云出的呢！李老师气得吹胡子瞪眼的时候，钱云还把头埋到桌子底下偷偷笑，把鼻涕都笑出来了呢！

杨浪就为这个，陷入了哀愁。

正在他陷入哀愁的时候，房校长迈着矫健的步伐，走过去，抓住了他的头发。

这一下杨浪不哀愁了。他感觉到了锐利的疼痛。他的头发稀稀疏疏的，全是黄毛。母亲偏爱他，主要就因为那几根黄毛。父亲死的那天，在堂屋的停尸板上从晌午停到太阳落土，这时候厨房揭开了锅，该吃饭了，一屋大小，都只是早上吃过一顿；杨浪拿着筷子，兴奋地跑进堂屋，叫爸爸起来吃饭，爸爸不答应，他就用筷子打爸爸的额头，爸爸还是不答应，他就说："珍儿，他不吃算了，把碗给他收了，看他能饿到几时。有本事，就一直莫端碗！"这是在学爸爸说话，爸爸在对妈妈说，妈妈叫林月珍。有时候，他和哥哥吃饭之前耍脾气，爸爸就会这样对妈妈交代。人死好几个钟头，路近的亲戚已经来了，村里帮忙的也早已到场，看见杨浪进堂屋叫爸爸吃饭，好些人将心比心，很是悲伤，待他说出那几句话，就笑起来了。母亲也笑，可笑得像哭。其实就是哭。小儿子的高度，恰好是停尸板的高度，他的头跟爸爸的头紧靠着，他的头发比死人的头发还少，还黄，跟尽秋的茅草一样黄。母亲就被那几根黄毛击中了，为他痛。痛了一辈子。那么单弱的一个小人儿，能长大吗？要是像他哥哥就好了，他哥哥喝水都长肉，蛮格格的，头发黝黑。痛一个人就会偏爱一个人。但母亲后来在被大儿子指责时，尽管从来都是不出声地听着，内心却不服，她觉得自己有偏爱小儿子的理由，杨浪在很小很小的时候，吃饭就晓得讲礼性，而你杨峰，心里没有装过别人，有好吃的，历来都是霸着吃，在家里这样，去别人家做客也这样……

那天房校长拎住杨浪的黄毛，让他的头仰起来。他的眼睛因此竖着长。

房校长问："是你学我的？"

杨浪望着天，说："是，房校长。"

房校长问："现在该咋办？"

杨浪说："我不学房校长。"

房校长问："还有呢？"

杨浪说："我不晓得，房校长。"

"不晓得？"房校长的手在暗暗用劲，杨浪竖着长的眼睛变得更加细长，成两条阴影。"你不晓得我就教你：去把肉捡起来。"房校长说。

想了想，房校长又说："不过我问你，是扔了肉的李老师去捡呢还是你去捡？"

杨浪说："我去捡，房校长。"

房校长的手在杨浪的头上继续停了一会儿，才松开了。他的指缝间粘着一小撮黄毛，他拍了拍，没拍掉，便吹了一口。黄毛往地上飘，还没落地，一股冷风刮来，黄毛不知去向。

杨浪脱了鞋袜，挽起裤腿，去水田里找肉。

那块水田约两分大，不幸的是肉刚好落在正中的位置。冰是结过了，结得并不厚，杨浪蹲在田埂上，伸一只脚下去探，他轻轻一踩，整块田里的冰便有节律地晃动起来，被肉砸出一个窟窿的地方，咕嘟嘟冒出白水。田里是沤着牛粪的，冒出的水却那么白，有肥猪的膘那么白。杨浪正在为难，李老师下来了，李老师的手里拿着铁火钳，他夸张地用火钳击着冰面，冰块碎裂，碎得钢声钢气。如此，杨浪可以下田去了。但麻烦也来了，开始还能准确判断肉的位置，现在把那位置丢了。杨浪朝着大致的方向，勾了腰摸索，冰碴子割着他瘦而黑的腿，他感觉不到痛，他的痛神经被冻死了。两条腿和伸进冰水里乱抓的双手，开始是红，后来是紫，是乌。其实，他几次都碰到了那块肉，可他一点儿也不知道。如果不是那块肉被他撸动得像缺氧的鱼那样抬起头来，他还要继续鼓捣下去。手指不能屈伸，想把肉抓起来根本不行。他是用两条僵硬的臂膀把肉夹起来的。走到岸边的时候，李老师把他抱上了田埂。

他刚上岸，铃铛骤响。房校长召集全校集合。

集合只有一件事：宣布开除杨浪。

他就这样离开了学校。

他没有申辩，更没有说学房校长的主意是钱云出的。

离开学校没多久，他的腿瘸了。腿在水田里冻伤了，从皮肤伤到肉，从肉伤到筋，从筋伤到骨头。幸亏瘸得不厉害，要不然场都不能赶了。

对山里人来说，赶场不仅是做买卖，还是看世景。乡场名叫普光，跟千河口的鞍子寺一样，先前也有个寺庙，叫"佛光普照"，里面供着观世音，人们去那里拜菩萨，也通有无，渐渐拜菩萨的意愿小，通有无的意愿大，因所处河谷相对开阔、平整，人越聚越多，成为集市，且成为后来的乡政府所在地。乡政府挂牌之前，寺庙就连影儿也没有了，菩萨也了无踪迹，据说是菩萨自己走掉了，寺庙拆毁的前一天夜里，观音就带着身边的童男善财、童女龙女，连夜回到了南海的波涛之上。自此，这里再非佛地，只留下一个与佛相关的名字：普光。普光乡距千河口十五里，下五里山路，再沿河走十里沙滩和芦苇地。

杨浪差不多每个赶场天都要上街。母亲去世后，他除了上街买盐，再就是村里有人办红白喜事，他要想法凑一点人情钱，此外再无别的事务，连衣裤鞋袜也无须置办，他觉得他的那几件衣物，够他穿一辈子，还觉得衣物只有穿上无数个春秋，才跟你亲，也才真正属于你，就像在一幢房子里住上无数个春秋，那房子才能称为家。买包盐要吃很久，红事白事也不经常，因此大多数时候，杨浪上街就是为了去看看。

赶场那天，他比往天起得更早，因为出门之前，他要先听村子，这是他的功课，一日不可或缺，从东到西，从南到北，凡他认为该去和想去的地方，都不遗漏。上了街，跟在村子里一样，他把两手搭在腹部，沉默地、缓慢地走着，人群对他没有意义，千河口之外，他几乎不再有别的熟人，即便有千河口人碰见他，也最多朝他点个头，就急匆匆挤过去了。他们都太忙，人还在街上，就想着家里的孩子、老人、猪牛和田地。

挟裹在人流中的杨浪，其实只是他一个人。

这种感觉从小就有。十四岁那年的某一天，应该回家的时候，他却蜷在兽防站的廊道里睡着了，当他醒来，已陷入乡场辽阔的黄昏。他只见过白天的乡场，且是赶场天的白天，人多得不会自己走路，只会被人推着走，看不见人嘴巴动，却市声汹涌。那是被装点的乡场。真实的乡场几乎是荒凉的。黄昏如烟，从河面上升起，抖动着散逸，缭绕，顷刻间便笼罩了跟着河水蜿蜒的屋脊。四周轰的一声静下来，空起来，青石条街吐露着比黄昏还要稠密的幽光，幽光渐次黯淡、熄灭，成一摊洇开的墨，直到家家户户亮起了灯。居民的房舍多是前店后家，这时候，他们躲到后面的家里，盘点一天的收获去了，或者又疲乏又满足地做饭吃去了。这是别人的地盘，也是别人的生活。别人的生活总是一致的，而且总是满怀自信。

多年以后，杨浪也理解不了那种自信，更融不进那些共同点。他只是人群中的一个人。但当年迟归的那天，他非但没有沮丧，还很高兴：因为在兽防站睡那一阵，让他碰巧看了场戏。京剧，《智取威虎山》，还是北京京剧团来演的。那时候，清溪河南面，距普光七华里处，有个猫在山洞里的兵工厂，北京京剧团去那兵工厂做了慰问演出，顺便来普光演一场。普光常年为兵工厂提供禽蛋、肉食和蔬菜，免费来演场戏，也算是答谢。那正是六月半天气，杨子荣却穿着厚实的棉袄，舞台上也搅动着鹅毛大雪，杨浪听见汗水泼洒的声音，同时又听见寒风呼啸雪花奔涌的声音。这两种声音构成同一个空间里的两种时间。其中有一种时间被留住了，成了时间外面的时间。时间可以在时间的外面，世间之物，包括声音，也可以在时间的外面吗？"世上的某些东西，"李兵老师曾经说，"并不活在时间里，它们活在时间的外面，这样的东西被称为不朽。"那么声音也能不朽吗？杨浪不知道。如果李老师还在，问问他该有多好。可是他不在了。把钱云他们教毕业，李老师就离开了鞍子寺小学……

北京来人，为普光做了答谢演出，却也是为兵工厂作谢幕演出，没过多久，兵工厂迁走了，或者是废弃了，普光街上的戏楼也垮了。垮的意思，先是指没人来这里演戏，后来是真的垮了：某个月黑风高的夜晚，不知是谁去揭走了舞台上的木板，揭了十多匹，居民们都在谈论、猜疑、怒骂，也在观望，见十多天也无人过问，就一哄而上，不足两个时辰，就拆得精光。居民的房子跟村民的一样，木屋青瓦，戏楼的梁柱粗，板子厚，弄回去大有用处。

那时候的普光乡场，只有傍河的一条独街，依河水走向，分为上街和下街，以戏园为界，戏楼一拆，居民突然觉得少了依傍，大河追波逐浪，无遮无拦地从眼前流过。原来，河水离自己这样近！他们在这里住了若干辈人，有些人家的房屋柱头，直接插进河水里，年年月月，河水的吼声成为他们身体里的声音，河风拂来的水腥味儿，也深深浅浅成为他们自己的气味儿，而且每天夜里，都是水流撸动他们入梦，但在感觉上，也不像现在这样近。

说不上好，也说不上坏，只是有些不习惯。

不过很快就会习惯的，就会觉得本该如此。

没有了戏楼，戏园增宽了许多，成为乡场上最集中的买卖场所。母亲在世的时候，杨浪多次在那里出入，卖掉粮食、烟叶和桦草皮，买回食盐和煤油。每当进入园子，他就总是同时听到两种季候里的声音。他觉得自己既在戏里，又在戏外，多数时候，是不知道自己在戏里还是戏外。这让他迷茫。一旦走出千河口，他就免不了陷入迷茫。尽管他差不多每个赶场天都要上街去，可千河口才是他的中心，千河口之外的所有地方，都是他的郊外和远地。

二十一岁之前，杨浪在街上和去街上的路上，先后五次碰到钱云。

钱云在鞍子寺读完小学，考到普光中学去了。

普光中学以乡所在地命名，却是几十年的县办重点，位于和乡场一河之隔的罗家坝。罗家坝是个半岛，除东面的清溪河，南面和北面，还横着两条比清溪河窄不了多少的大溪。那学校位于半岛中心，管理很严，学生一个月才能回一次家，星期天也最多允许离开两个钟头，这点时间，只够去河坝洗衣服。半岛面积宽广，从学校到河坝，有将近三华里黄泥路，晴天还好，要是雨天，路面的泥浆便没了鞋口，鞋底被泥死死地咬住，每走一步，都要跟泥浆的牙齿较劲，后跟把泥牙踢掉，泥牙乱飞，飞到裤子、后背甚至头发上。

如果赶场天也正好是星期天，无论天晴落雨，钱云都会跑到街上来，找自己的父母。这段路也有将近三华里，远倒说不上，但过河相当难，一条木船，在数十米宽——若是夏季，就有百多米宽；若再加上暴雨刚过，山洪麇集，便只见水汽森森，浊浪滔滔——的水面上摇，赶场天人多，你争我抢，把船压得吭哧吭哧喘气，喘几声便往下沉，眼睁睁看着船舷低于水面。艄公一面发出恶毒的诅咒，一面挥舞篙竿，朝人乱打，将船尖子上的人赶上岸去。即便这么难，钱云也要上街见父母。他总是恋家，总是离不开父母。

杨浪第一次碰见他时，他跟母亲站在邮局和乡政府之间的巷道口，他在哭，母亲在诓他。杨浪过去说话，他眼皮上挂着泪水，但特别亲热。他母亲虽然也很亲热，却明显把杨浪忘了。杨浪那次有些怅惘，不是因为钱云出卖过他，也不是因为钱云的母亲把他忘了，而是觉得，他被开除后，钱云在鞍子寺小学又读了两年多，这两年多时间里，要经历四季里的冬天，还要经历冻桐子花的冬天，没有人送他回家，他照样也回去了。曾经，杨浪以为自己是钱云的需要，可实际上没有谁需要他。钱云在那巷道口表现出来的亲热，是对老熟人的亲热。后来两次碰见钱云，他长高了很多，也没那么恋父母了，他跟父母走在一起，笑嘻嘻的。第四次，钱云刚考上大学，与两个同学站在下街一家副食店门前喝汽水。三个人都意气风发，看来都中了榜。钱云先看见杨浪，招呼他，杨浪背着从戏园买过来的两只双月猪崽走过去，钱云惊讶地问他："你个家伙啥时候生儿子了？"他还没明白，钱云的两个同学便笑得被汽水呛了喉。这时候他才反应过来，钱云指的是他花篮里的小猪。这样的玩笑山里人是经常开的，但杨浪觉得钱云不应该跟他开，他对钱云的感情，容不得任何玩笑。钱云的两个同学也让他受不了，他们笑得太夸张了，其实没那么好笑。更让他受不了的是，钱云也跟他们一同笑。冰冻的汽水冒着凝重的白烟，钱云边笑，边把瓶口送到唇边，不是喝，而是让白烟钻进他的胡子里去。他留着颜色浅淡却明显修剪过的小胡子，嘴唇红润，鼻梁高挺，是一个很英俊的人。杨浪背着猪走了。最后一次相遇，是在去乡场的半途。半途一个叫苏湾的地方，山溪水与清溪河相接，横出一条乱石累累足有十丈宽的河汊，河汊上架了石拱桥，杨浪那天背了八十多斤洋芋去卖，走到拱桥顶端，他把背篼搁在桥栏上歇气，刚歇下，见不远处坐着一个人，也在歇气，那人戴着草编礼帽，拄着深紫色龙头拐杖，拐身刻着"峨眉山"三个字。那是钱云。他前不久放了暑假，大概是放假后去峨眉山游了一趟，买了这些行头，今天才回家。杨浪看钱云的时候，钱云也正看他，他们都把对方认出来了，但都把眼睛错开。错开了又相对，然后又错开。两人始终没有说话。

杨浪在乡场上碰见过很多很多人，却偏偏没有碰见过李老师。

李老师离开鞍子寺小学，不是调到了别处，而是被辞退了。

对他为什么被辞退，说法不一，但每种说法都与房校长有关。后来，李成的大儿子李益去乡场做生意，经常听到来自各方的消息，其中也包括李老师被辞退的事，说那年，李老师扔了房校长和桂老师的肉，三人当着学生的面打了一架，晚上又大吵了一架。桂老师认为，那块肉在沤了牛粪的水田里泡过，就带着一股牛屎味儿，他吃两口，放了筷子，对房校长抱怨："我们从李成那里花钱称的是肉，不是牛屎，这牛屎让李兵拿去，他赔我们的肉！"

房校长认为桂老师说得有道理，就去把意思转达给李老师。李老师那时候坐在教室里，一面饿着肚子备课，一面等房校长他们吃完离开厨房后，他再去做饭。他在本子上写了几笔，就拿起旁边一本残缺不全很可能又是捡来的书，哗啦啦乱翻。看样子他没法静下心来。饿确实饿，但饿还是次要的，主要是气。尽管杨浪招认了是他在课堂上学房校长，李老师依然憋着一肚子窝囊气：要是房校长和桂老师平时不那样羞辱他，杨浪能学吗？他甚至觉得，杨浪学，比房校长本人说，还让他窝火。而且房校长开除他班上的学生，竟然不跟他通气，直接就宣布了，难道你是校长，就可以把老师和学生抹干吃尽吗？如果让你当警察局长，你不是就能凭心意开枪杀人吗？本来就在气头上，还要让他赔肉，李老师手里的笔杆都气断了。他把断笔往地上一掼，和房校长大吵，紧跟着桂老师加进来，三个人吵得天翻地覆。

李益的话大半是事实，但其中有个关节他不知道，知道了他也不会说：桂老师抱怨之前，房校长就觉得肉有股怪味儿。说穿了就是臭味儿。房校长非常清楚是肉臭了，煮的时候他就闻到了；桂老师比房校长知道得更早，烧的时候就闻到了。那年缺盐，很可能是李成抹的盐少，又没熏透。房校长心里很不舒服，觉得自己被李成要了，李成用几大碗又苦又涩的烂红苕酒把他们灌麻，就把一块臭肉卖给他们。但房校长不愿意承认自己被昔日的学生要了（李成读书时，桂老师和李老师都还没来鞍子寺），宁愿相信桂老师的话，于是去找李老师。那一顿吵，的确比哪次都凶。

吵了也就吵了，李老师拒绝赔肉。

那年的暑假前夕，全县有个村小教师技能大赛，每个乡派一个教师参加，普光乡中心校领导经过研究，决定派李兵去。房校长去中心校开了会，却没把这消息告诉李老师。正式参赛那天，中心校领导在等着李老师领奖回来呢，却只等到了房校长，房校长对中心校的顾校长说，李兵不愿去参赛，而且今天才告诉他。顾校长脸色发白，咬着牙帮，爆着粗口："李兵，哼，龟儿子李兵，你闪老子的色子，你跟老子要傲慢，我就送你两个山字！"

李老师仗着自己有知识，仗着自己学生统考成绩出众，表现得确实比较傲慢，见到顾校长一般也不打招呼，他内心的畏惧——害怕取缔自己的教师资格，增加了他的傲慢。要不是因为教师技能大赛牵涉到一个乡教师队伍的荣誉，必须派个水平过硬的人去参加，顾校长绝不可能想到李老师。

那次普光乡缺赛，顾校长被县教育局领导狠狠地刮了胡子，单独刮过了，又在大会上刮，而且半句解释也不要听。顾校长便下定决心，实现他对李老师的诺言：送他两个山字。如果当时能找到教师顶替，不会等到把钱云他们教毕业，李老师早就被赶出了教室。

这么说来，李老师被辞退，不仅与房校长有关，还与他杨浪有关。

杨浪觉得，自己对不起李老师，他欠李老师的。然而他的心病，却并不是因为李老师由于他的缘故被激怒、被记恨、被辞退，而是三个教师打架时的一个细节。两个打一个，本就胜负已定，何况房校长个子高壮，还在部队受过训。事实上，三个老师都没下狠手，所谓打架，其实也就是推搡，推搡得比较重而已。让杨浪奇怪的是，李老师推搡只用左手，桂老师分明站在右边推他，他用右手能很方便地还回去，却还是用左手。直到推搡快结束的时候，李老师才把右手抬起来，以快到来不及眨一下眼睛的速度，把指头舔了一下。

杨浪从没为自己被开除上过心，母亲也没有。当时哥哥杨峰已上初中，虽没能考上半岛上的普光中学，只考到了乡场上的中心校，但学费也低不太多，加上哥哥花钱大套，还常常偷了家里的米卖，请三朋四友去馆子里吃肉包子；家里钱紧，杨浪对读书又没多少兴趣，开除不开除无所谓的。杨浪先是对钱云的出卖感到哀愁，几天过去，就不想那事了，只专注于李老师舔指头的事。他为那个事着迷。想来想去，他想明白了：李老师用那只手拿过肉，他是在舔指头上的油；他不用右手推搡房校长和桂老师，也是怕揩掉了那些油。

一定是这样的。

从小到大，杨浪有过许多伤口，都由他自己清理了，唯独这一条伤口，始终清理不干净。

每当他碰见房校长，他就记起那件事，那条伤口就从沉睡中醒来。

房校长是跟千河口一起老的。

他转业后就到千河口教书，一直教到退休。李老师被辞退两年后，桂老师离开鞍子寺，去了白花嘴小学，也就是李成的干女儿夏青娘家所在的村小。但房校长一直待在那里。他有多次机会去更好的地方，甚至可以去中心校，他都谢绝了。他说，只有站在鞍子寺小学的讲台上，摇着那个古老的铃铛，他才能体会到做教师的快乐。

在此期间，他多方筹措，并跟木匠孙相品、石匠兼泥瓦匠李成一起，将学校的木板房改成了砖房，连瓦都是他自己盖的。那段时间，梁春去了外地做活，房校长等不及。包括梁春、孙相品、张胖子和刘三贵在内的匠人，只要出门，都是打着铁制的响片儿，一直走到老君山或清溪河的路尽头，通常是三两个月回不来；李成不大出门，一是手头宽松些，二是他可能对自己的手艺缺乏信心。房校长盖的瓦有些漏雨，后来梁春回来收拾了一下，也就不漏了。此外房校长还把桌凳全部换成了新的，黑板也由他重新漆过。他对漆过敏，身上肿得淌黄水，二十多天才好。修砖房之前，他已被评为全县首批小学特级教师。在砖房里上了七年课，房校长退了。

退休过后，他回了马伏山老家，但并没在老家待多久，就住到镇上——普光乡已变为普光镇——去了。

他养了三个好女儿，不仅读书成绩优秀，还个个长得如花似玉：她们都跟父亲一样，身体像桉树条子那样直，脸蛋儿和眼睛的那种美法，不管怎么形容都不为过，皮肤嫩汪汪的，亮得晶莹，白得晃眼。大女承袭父亲走过的路，去了部队，只不过去的是大连，不是荆州。二女也承袭父亲走过的路，中师毕业后，在县城某幼儿园当了老师。房校长退休的时候，幺女还在南昌上大学。他退休半年多，二女嫁了人，嫁的是县委宣传部一个干事，那干事毕业于某名牌高校，行事稳沉，前途无量；大女早嫁一年，有人说嫁的是个团政委，有人说嫁的是大连某地方干部，总之是嫁了个好人家。老二结婚后，跟姐姐商量，她们共同出钱，在镇上给父母买套房子。姐姐自然答应。那套房子在新街上。以前的那条独街，现在叫老街，老街里侧，把山像切豆腐那样切掉几大块，空出位置建成了新街。

自从有了新街，老街便如打入冷宫的妃子，或流落民间的贵妇，内里有一种怨，有一种落魄，却尽量克制，穿上素服，系上围裙，白天黑夜地操持起自己的生活。新街也可以叫作商业街，一切买卖都被它抢占了，在这样一个时代，商业就是皇帝，难怪老街只能听辘辘远去的辇声，也只能想象别人受恩宠。但要活下去，单凭想象是不够的，带着嫉恨和仇视的想象尤其不够。新街建成后，老街就大面积开茶馆。以前也有茶馆，那时候的茶馆里养着说书人，现在不养说书人，只养赌客。其实是赌客养茶馆，茶馆老板从赌客那里抽头，收入并不比先前差，经营得好的，还能比先前翻倍。他们的办法是，给输得精光的赌客借钱，你借了他的钱，就只能去他那里赌，如果他发现你去别人家赌，立即追债，直接往你家里追，大年三十也不放过；后来变成借高利贷，利息高达一角五，还有高到两角的。

房校长的房子在新街中段，有条巷子通向老街的戏园。戏园里也不经营买卖了，仅供大妈跳舞和老人打太极拳。因此戏园变成了小广场。在下街尾子上，砌起来很高的堡坎，建了一个大广场，叫"河边广场"。沿河别的镇子，羡慕普光镇有两个广场，但普光人，特别是那些渐次老去的人，并不这样看，他们认为普光也只有一个广场，戏园就是戏园，不是广场。他们固执地守住戏园这个名字，谁要是把戏园叫广场，他们会严肃地纠正。曾经，他们以为戏楼拆了，自己也会习惯的——的确习惯了，但内心的某个暗角，却残缺了一块。人活到某个时候，是要往回走的，在往回走的路上，他们发现了那里的残缺……

房校长在镇上没住多久，又去了县城。幺女大学毕业后，迅速嫁给南昌市一个经营电子产品的年轻富商。幺女一人出资，为父母在县城买了套一百三十多平方米的房子。

住到县城去的房校长，经常独自回到普光镇。

镇上的房子并没有卖，但他回来的目的，不是为了看房子，而是想趁天气好的时候，可以随时到千河口，去鞍子寺小学走走。

上了一定岁数的千河口人，凡进过学堂的，都是他的学生，即使他没亲自教过，那学校也是他领导的。他在千河口受到热情接待。当年卖给他们一块臭肉让他郁闷了好些天的李成，请他喝酒的时候最多，当然不再是喝红苕酒了，而是闻名全省的"清溪白酒"。李成对眼下的生活非常满意，那段时间，动不动就要忆苦思甜，有天招待房校长时，几杯香醇的美酒下肚，再拈一筷子兔丁在嘴里嚼着，他第一次说出了自己为什么缺了两颗牙。此前他对任何人，包括对自己父母，都说那两颗牙是摔跤摔掉的。

"牙齿整崩了，我还不晓得，"这时候他对房校长说，"我只晓得痛，抓心扯肺的痛。"他苦着脸，摆着头，仿佛那痛还活着，"我赶忙把铃舌子从嘴里取出来，见上面有血，又赶忙用袖子揩，哪晓得那龟儿子想留下证据，好让我背时，不愿我揩，朝旁边一晃，当当响了两声，虽说响得轻，我还是吓得屁滚尿流，放下就跑。跑两步，喉咙里咕嘟一声，吞下大口腥稠东西，我以为吞的是血水，不晓得还有牙齿，后来我摸两颗牙不见了才晓得还有牙齿。"

房校长哈哈大笑，说你呀，李成哪，幸好我当时不晓得，要是晓得了，给你个损坏公物的罪名，当场就可以把你开除！

这么说着的时候，房校长自然而然地想起了那块臭肉。他故意把话题朝那方向引，想等李成自己交代。绕来绕去说了一大堆话，李成也没有交代的意思，房校长也就用满满一杯酒，把那段往事赶进肚子里去，淹死了。

在村子里受到热情接待，鞍子寺小学的新教师，对老校长更是恭敬有加。他们当然听说过老校长在位时的点点滴滴，他不仅挤开了李老师，也挤开了桂老师，还挤开了周老师吴老师郑老师王老师，他这辈子挤掉的老师，真是数也数不过来，那些老师要么被清理出教师队伍，要么跟桂老师一样，黯然地背着铺盖卷，去到深山更深处。新教师们知道这些，同时也知道，老校长现在已没有能力来挤对自己了，同时还知道，是老校长把烂朽朽的木板房变成了砖房，为此，他自己还贴进了七百块钱，那是他多年教书的积蓄；砖是上好的火砖，石灰勾缝，红白相间，浑然一体，墙面花一般好看，在这美丽如花的教室里上课，心情特别舒畅。桌椅换过了，门也换过了，是柏木做的双扇门，沉实，严整，冬天把门一关，再野的风也透不进来。操场太小，打不了篮球，老校长便请人做了二个水泥乒乓球桌，用砖柱垫了，结实耐用。此外，老校长还多方游说，把操场底下那两分水田，也就是多年前那块惹是生非的肉砸破了冰面的水田，从千河口划过来，变成了校产，其实就是老师们的财产，他将其割为两半，一半深挖，用水泥做了底子和四墙，且在外墙底部安了龙眼，灌水养鱼，另一半改为旱地，栽种时鲜小菜。

房校长成了这片土地上的某种精神象征。

他经营了一辈子的鞍子寺小学，与不远处的古寨两相对望，春去秋来，不知道彼此能说些什么？跟古寨比起来，学校是小字辈，古寨又能教给它什么？

杨浪既在千河口，也在普光镇上，多次碰见过开除了他的房校长。

但房校长已记不住杨浪是被他开除的。

跟喜欢挤对身边的教师一样，房校长也喜欢开除学生。他严格按照德、智、体、美、劳的排列顺序，将德放在绝对的位置，他开除的所有学生，都是德出了问题。比如杨浪，学校长讲话，明显是目无师长，目无师长就是坏学生，学得越像越坏。再比如，当初跟李成同时发蒙的一个女生，名叫赵林秀，老师教唱《东方红》，她一点儿也不懂意思，也完全听不清歌词，连"毛泽东"三个字也没听清，因为她不知道毛主席叫毛泽东，还以为毛主席就叫毛主席。老师教了几遍，抽学生起来唱，第一个就抽到赵林秀。老师觉得她学得最认真。赵林秀站起身，眼睛朝上翻了几下，猛然间像老师那样，双手在胸前奋力一划，放声唱道："丝瓜藤，青又青……"炸耳的笑声引来了房校长。他知道这个班在教唱《东方红》，唱《东方红》怎么能这样笑呢？当他问明事情的原委，横着脸，把老师和学生都臭骂了一通，接着当场宣布开除赵林秀。赵林秀总共上了四天学堂。赵林秀的父亲后来对人讲：那女子饿怕了哇，见到一堆牛粪都往吃食上想，她上中学的堂哥放假回来，坐在阶沿下念古诗，"两个黄鹂鸣翠柳"，她抓住堂哥就不松手，说你有两个黄梨，你给我一个！……

开除的学生那么多，房校长哪能记得住杨浪。

有一天，房校长在鞍子寺小学坐了一会儿，喝过老师们递来的老鹰茶，又抽过两支纸烟，就下山了。下山的路就是钱云当初上学的路，要从古寨梁子经过，杨浪正独自一人在寨梁旁边的林芟里割牛草，见到房校长，就给他打招呼。

房校长问："你是哪一届的呀？"

杨浪说了。又说："我是李兵老师教的。"

房校长没什么反应，好像李兵只不过是他生命中一个普普通通的过客。

的确也是。

杨浪问："房校长看到过李老师没有？"

"看不到他了。"房校长说。

杨浪吃了一惊。

"他早就到广东去了，"房校长接着说，"先跟人办报纸，后来做玉石生意，发了大财了，跟你们村的杨峰一样发财呢。"

房校长不知道杨峰就是二十米开外这个手拿镰刀、身材矮小、脸色枯干、头发焦黄的人的哥哥。他没问杨浪的名字，即使问了，同样不知道杨峰是他哥哥。

"李老师一家人都去深圳落户了。"房校长又添加了一句。

这算不算消息？自然算。但在杨浪听来，它虚幻得就像啥都说了，又像啥都没说，尤其是将李老师和哥哥比较过后。哥哥是存在的，而且千真万确是他的哥哥，可那就像一个梦，遥远而缥缈。他无法想象发了大财的李老师会是什么样子。在他心目中，只有一个李老师，就是拿过了生肉就要舔舔指头的李老师。只有那个李老师才是真实的，或者说那个李老师才是他的李老师。那个李老师曾经说："一个人要是吃饱了饭，别的一切事情都会让他心满意足，他会因此把所有人都看成朋友。"这证明，李老师当时不仅数月不沾油荤，还连饭也没吃饱过，否则他不会那么容易激动，以至于房校长和桂老师一过问他，他就脸红脖子粗地跟他们吵。他跟他们吵，跟他们推搡，却没忘记舔一舔拿过他们肉的指头。

这个动作让杨浪痛。痛让他知道痛的地方是他活着的伤口。

不过，李老师现在跟哥哥一样发财了。当发了财的李老师穿着西装，打着领带，与当地领导共进晚餐时——哥哥杨峰在陕南当包工头那阵，回来总是跟乡亲们说他以这样的装扮和当地领导吃饭——会不会想起那个冻桐子花的四月的下午，他扔了房校长和桂老师的肉，然后三人推搡，他怕揩掉指头上的油，始终不愿出右手，并在人们不经意的时候，把指头上的油舔掉了？会不会跟房校长一样，觉得往昔的事和往昔的人，都只是无关紧要的过客？

每当企图揣摩别人的时候，杨浪才会注意到自己读书太少，也才注意到自己的傻。

难怪村里的男女老少都说他傻，包括哥哥。

据镇上那些相识和不相识的人讲，哥哥现在不仅是委员，还是常委。杨浪既不明白什么是委员，也不明白什么是常委，更不明白委员和常委有啥区别，只是从别人的口气听出，委员和常委都很厉害，常委比委员又更厉害。而且说哥哥现在的生意越做越大，省城的好几处黄金地产，都被他捏在手里，他只喝茶，睡觉，睡醒了将其中一块地拨出去，就能进资巨万。那些人还说，最近几年，哥哥做了不少公益事业，拿出很大一笔钱，在省城西区建了所儿童医院，又拿出很大一笔钱，在省城某郊县建了个恐龙博物馆。他就是不把钱往家乡拿。谈论的人并不避讳杨浪，面带鄙薄，说：像杨峰这样的家伙，真没意思，连两千年前的刘邦也晓得富贵不归故乡，如锦衣夜行，杨峰竟然不晓得。又说，家乡有人去找杨峰帮忙办事，他连见都不见。如果谈论的人根本就不认识杨浪，话就说得更加难听。"杨峰那东西，"他们像千河口人称呼杨浪那样开了头，"听说他还有个弟弟在千河口呢，过得跟讨口子差不多，可杨峰一分钱也不给他！"

每当听到这话，杨浪立即躲开。那时候，他锥心刺骨地感觉到，自己给哥哥丢了脸。哥哥以前骂他丢脸，真不是寒碜他。

在这个由钻石和尘土构成的世界里，哥哥是钻石，他是尘土。

然而他还是有些伤心，因为他觉得钻石也该有个老家，但哥哥不要他的老家了。

李老师呢？李老师也是这样吗？

杨浪不知道，也并不关心。

他关心的是，那个让他痛的李老师，或许真的跟哥哥一样，变得缥缈了。

他们离开一个地方，就把那个地方扔了，真正如同钻石，以日渐高涨的身价，被天南海北的藏家收藏和倒手，已经忘记了自己的出处，甚至羞于承认自己的出处。

那天，房校长跟杨浪说过几句话，就朝山下走。无论去哪里，房校长都喜欢背顶草帽，穿老式圆口布鞋，布鞋踩在柔软的田埂上，踩在古寨外面半青半黄的松针上，在田埂和松针上休憩的昆虫，群起群飞，惊慌避让。山野寂静，昆虫起翅的声音，如同疾雨。

刚走到古寨外墙底下的"三十丈"，房校长就听见上面的林子里传来异样的动静。

是竹棍教鞭抽在桌面上的脆响。

接着是说话的声音——绘声绘色朗读和讲解课文的声音：

"蒲公英的花瓣落了，花托上长出了洁白的绒球。一阵阵风吹过，那可爱的绒球就变成了几十个小小降落伞，在蓝天白云下随风飘荡。太阳看见了，亲切地嘱咐他们："孩子们记住，别落在表面上金光闪闪的地方，那是沙漠。也不要被银花朵朵所迷惑，那是湖泊。只有黑黝黝的泥土，才是你们生根长叶的地方。'……"

房校长站住了，久久不动。

"三十丈"的路面已铲宽了许多，可房校长看不见路。

他眼睛打花。

从上面传来的，是李兵老师的声音！

李老师中等身材，头大，体格干瘦，胸骨凸出，胸腔和头腔，形成两个彼此呼应的共鸣箱，使他的声音充满磁性且自带感情。

听到这声音，房校长为什么会眼睛打花，他自己也说不清。他站在那里，只觉得眼前朦胧的一切，都把他带回到过去的日子。那些日子令他留恋，令他伤感。李老师确实是离开了故土，但具体去了哪里，并不清楚，关于他在广东做玉石生意发了大财的传闻，只是若干传闻中的一个，更多的传闻是说，他厌弃了这片山水，便拖家带口去了远方，进了远方的厂房，但没有一家厂房能待得长久，到处的人都不喜欢他……

上面的声音响了好一阵，直到把那篇课文"讲"完。房校长知道割草的家伙是谁了。只有那个人，才能如此不可思议地把消散的声音聚拢，让死去的声音复活。他很想上去，再跟那个读到三年级就被他开除的学生说几句话。但只是这样想，并没有上去。他拿出纸巾，把眼角擦了擦，继续下山。下山也就是走向河流。此刻，高邈的天空和对面的山形，都寂然无声地倒映在河水里，但他知道，那条飘带一样静止的河流，会在他一步步的靠近中变成奔腾的野马，河的喧闹，将吞噬山野的寂静和四面八方辽阔的杂音。

在人们的印象里，房校长自从那次到了鞍子寺，此后再没来过。

他不来，是因为学校垮掉了。村小撤并，鞍子寺小学，自然也包括白花嘴小学，都被撤销。撤销前是两个民办教师在鞍子寺小学教书，通知一到，他们放了学生，让龙眼张开大嘴，把鱼池喝干，鱼全部起出，共有二十多斤，他们煮了三斤左右，喝了散伙酒，便锁了房门，进村把钥匙和剩下的鱼交给千河口的村民组长，就回家去了。回家休息一个晚上，立即出门打工。

过了几天，组长把学校钥匙交给了赤脚医生孙凯。

不过孙凯已不是医生了，他的行医资格被取消了。有人说他是考试没及格，有人说他是上面没人，又不知道给卫生局领导送礼。大家不明就里，但觉得后者的可能性更大些，因为同样住在中院的许宝才，学医没几个年头，论医术，孙凯用脚趾拇看病都比他看得好，他却拿到了证书，都因为他二舅在县药监局当局长。

其实，人们开始也不怎么信任孙凯，可他治好了两个病人，让他名声大振：一个是夏青的儿子小栓，夏青曾去他那里弄了大堆中药，不见效，又去卫生院，还是不见效，再去找李成指点的驼背医生，依然不见效，最后只得又回过头找孙凯，毕竟他这里近由、方便。孙凯把夏青狠狠地剋了一顿，说你家小栓这病，古书上叫"尸瘟症"，听听这名字，那么容易治？你把他盘来盘去，不仅病人受罪，还搅乱了我的方案。夏青以为孙凯这样说，是为留住病人，也为将来治不好病人留退路、找借口，惟知道他真的把小栓治好了，既不干瘦，也不嗜睡了。第二个更厉害，那是徐家梁的一个老太婆，县医院判了死刑的，且说死期就在这一两天，家属急急忙忙地抬回来，是怕她死在城里遭遇火化。山里人很惧怕火化。火化后变了模样，阴间的亲人就不认他们了。上徐家梁要经过千河口的朱氏板，那天孙凯刚好在朱氏板捡干柴，抬夫在石盆上歇气时，孙凯也上来歇气，他朝滑竿盯了一眼，盯的是病人裸露出的脚趾，然后起身转过去，撩开盖住病人头脸的毛巾，说："还能治。"抬夫们耻笑他，可病人的儿子却认了真，求孙凯看看，看不好也不怪他。孙凯说："抬到我家里去。"去第二天，老太婆睁眼了，第三天，进汤了，第四天，进食了，小半个月后，老太婆自己走回了家。

许宝才有这本事吗？没有的。他没这本事，却拿到了证书。

孙凯没有证书，就不能行医，若私自行医，被许宝才或别的什么人告发，处罚重金不说，还可能像李成的三儿子李奎那样"吃官饭"。可问题在于，千河口人生疮害病，还有被狗咬了，被蛇咬了，被蜈蚣咬了，一时想不通喝敌敌畏了，吃老鼠药了，割手腕子了，都不去敲许宝才的门，只找孙凯，孙凯医不是，不医也不是。为摆脱难堪，更为了不在许宝才的"胳脚底下"过日子，孙凯便离开村庄，去鞍子寺申请了屋基，那是一块藤蔓交织的野地，他把野地打整出来，起了新房，与学校只隔着两根田埂。

中院外慈竹林里那块不知何年所立、又不知何年遭弃的石碑上，刻着"互为表里，结庐三院"，早已是词与义殊，但毕竟有个形式在，至此连形式也没有了……

组长把学校钥匙交给孙凯，是叫他代为看守。校舍里有几十套桌椅板凳。这正合了孙凯的意。他修新房的地方紧靠山壁，进深狭小，排摆不开，房子扁窄，有了学校，简直就是过去地主老财才能住的宽房大屋了。他把操场用篱笆圈起来，养鸡养鸭，又打开一间教室，将桌凳码起来，把牛牵进去，再打开一间教室，还是将桌凳码起来，把猪拉进去。

这些事情，房校长都听说了。有好几次，他打早就从镇上的家里出来，跟往常一样，不愿从商铺林立的新街过路，而是钻进巷子进入老街，走过戏园，走过下街，走过普光宾馆、河边广场和新建的滨河路，再走过省道两旁绵延的工地，便出了镇子，上了去千河口的路。

但他最多走到苏湾的石拱桥，就打了转身。

刚打转身，在沙滩上走不到十米，他又停下来，像在想着什么事。

其实他啥也没想，为何停下，也没加思索，仿佛是他的腿自己要停下来。

停那么一两分钟，又掉转方向，登上拱桥，在桥面来来回回地踱步。

踱好一阵步，才在桥栏上坐下，面朝老君山。

那面层层叠叠的山野，披着太阳初升的光芒。群峰之上，太阳之下，盘旋着一只岩鹰。岩鹰知道他在仰望，拨开浪涛似的阳光，飞到拱桥上空，凝然不动。岩鹰的投影，石头一样砸在他面前。可刹那之间，那投影在大地上飞速奔跑，跑过桥面，跑过芦苇丛，转眼就登上了金色的林原。那里，才有它的激情和荣光。——正如他的激情和荣光。

他从部队回来，刚和同村一个姑娘办了婚礼，就奉命到鞍子寺小学教书，且出任校长。就在当年的十月间，上级来了指示，开荒置田，要求各地学校停课支农，他带领全体师生，在坡坡岭岭间忙了大半个秋天。树是不需要砍的，上级催逼甚急，队长知道，先砍树再开荒，根本应付不了检查；尽管山里的老林子在大炼钢铁时已砍伐殆尽，可次生的松柏、水杉和白桦，也有小罐粗，砍起来相当费事，漫山遍野的青冈树，虽很难长到那么粗，却硬如铁桦，一斧子下去，不见木屑，只见火星，砍起来更费事。可不砍又想不出别的法子，就来向房校长请教。房校长从报纸和电台得知，外面有些地方，为加快开荒置田的进度，放火烧山，而且得到了上级的肯定，便建议借鉴这经验。那就烧吧。老君山烧山时，对河的马伏山也在烧山。那些日子，整个天空红噜噜的，日月星辰被烧得流血，树身和动物肚肠的爆裂之声，在大河两岸连绵回荡。

当山火熄灭，就刨树根。父母和妻子在马伏山刨树根，房校长在老君山刨树根。他和他的学生们，手上打起血泡，然后血泡破开，再起血泡，再破开，一双手变得稀烂，变得不是手。但他们跟千河口的村民一起，在规定时日内开垦出了三百多亩荒地。

上任的头一年，房校长就接连得到大队部、中心校和乡政府的表彰。

往后，每年春天积肥，他的学校都在各村小中做得最好。家长和学生都尊敬他，也绝对听从他，他一声令下，那些孩子就背着大花篮，从早到晚，不惜力气地去山里采伐新生的树苔。他因此再一次得到表彰，还被推荐到县里，在县委礼堂戴了大红花。

很长时间，老君山的大片坡地没有了树。没有树的山，变高了，也变恶了，是那种脸上没有皮肉、身上只剩骨头的恶，是站着的尸体的恶。正因此，而今谈起那些往事，当年在普光各村小任教的老师们，都拿异样的眼神看房校长，像他应该羞愧，像他得到的表彰是一种耻辱。——他自己从不那样看！当年是他的光荣，现在依然是他的光荣。他尽职尽责尽心尽力地按上级指示办事，为什么要羞愧？这个世界之所以成为一个世界，是因为有规矩，规矩分为两部分，一部分由老天爷制定，老天爷让狼吃羊，狼按这规矩行事，不会因为自己吃了羊而羞愧；另一部分由人制定，当然是由人当中的上级制定，上级让砌土灶炉炼钢，让砍树，让烧山，让刨尽焦土底下的树根，让采伐嫩枝肥田，下级照这规矩行事，同样用不着羞愧。

那些家伙不过是嫉妒他罢了。想当初，见他去台上领奖，还从县里戴回了大红花，不是个个都馋得流口水吗？明白了这点，房校长便掏心掏肺地原谅他们。他们在三尺讲台上黯淡地度过了一生，从没受到过重视，更没有过光彩，就希望别人也跟他们一样。他们拿现时的标准去评说过往，说得慷慨激昂，仿佛自己早就正确，一贯正确。他们以这样的方式，来掩盖自己当时的无能，收获一种自我涂彩的幻想的人生……

不再开荒也不再积肥过后，山野沉重地从内部呼唤出生命，自行修复，到而今又变得郁郁葱葱苍翠碧绿了。因树林遮挡，坐在桥栏上，望不见鞍子寺小学，但那里的每一棵草都奔到房校长的眼前。为那所学校，他付出了几十年的心血，说呕心沥血也并不过分。当年他跟李老师和桂老师搭伙时，桂老师每个周末都要回去，李老师半个月回去一次，而他一两个月也回去不了，校舍漏雨了，板壁发霉了，桌凳瘸腿了，阴沟遭堵了，点点滴滴，他都要亲自经管，情况严重的话，还要进村去请人来修。有年后山塌方，虽没埋掉学校，可他整整半年都不离开，像他守在那里，后山就不敢塌方，更不敢侵犯校舍。他吃的米粮，都是妻子为他背来。怕他挨饿，尽量多背，下山，过河，又上山，爬上四个断头战将之间的石梯，妻子累得话都说不出一句，眼眉上挂着水帘子，两条腿颤颤悠悠，像大风里的枝条。妻子一离家，就要误工分，因此她把背篓里的东西取出后，立即回转。他们之间，连话都没说上一句。

鞍子寺小学搁着房校长的心。

他以为能一直把心安安稳稳地搁在那里，结果那里变成了鸡鸭场和猪牛圈。

他想去把心收回来，可他的心在那里生了根，每次起了收的念头，心就痛。心一痛，搁他心里的鞍子寺小学，也跟着痛。他不敢去触碰那痛楚，在桥栏坐上半个来钟头，又站起身，脚步一撇，转向镇子的方向。回回都如此。

开始留在沙滩上的脚印，浅了，淡了。是风吹的，也是河水舔的。而今的清溪河上，古老的木船已十分少见，多的是汽划子，比木船快过两倍，先前李益去县城卖瘟猪死狗鸟兽蛇蛙，要走半天，现在不足两个钟头就到了。此外还有快艇，坐快艇去县城，四十分钟就可以了。快艇在河上疾驰，犁出倾覆的水山，浪头朝岸上逃窜，恶狗一样咬路人的脚，也舔掉路人的脚印。

看着那些分明是自己留下来却已不再认识的脚印，房校长的耳朵里总会响起一个声音："不管你承不承认，你都是一个'过去了'的人了。你最终收获的，也不过是幻想的人生。"

他摘下草帽，挥舞着，把那声音赶开。

赶开了它又跑回来。

每当这时候，他都会想起曾经在古寨梁子上遇到的那个头发枯黄的瘦子。那家伙能完完整整地学李兵讲课，证明李兵已被复制；李兵许多年前就不教书了，现在还流落到了不明去向的远方，可他身上的某一部分，在房校长看来最珍贵的部分，却长存于这片山水。

"我呢？"房校长问自己。

但他并没深问，更没回答。

他只是低了头朝前走，身后再次留下一串脚印。

每一串脚印都是一串遗失的光阴。

房校长越来越老了。

这只是从年龄上说的，要论身体，他依旧是腰骨挺拔，精力充沛，脸上也很少皱纹，而且不见落牙。只是瘦了许多，可是千金难买老来瘦。瘦让他显得更高，更挺，也更年轻。有一次，李成去街上碰见房校长，回到村里说："我站在邮局门口跟房校长说话，别人都以为我是他老师，他是我学生。"这并不是玩笑话，房校长的好多学生都有这感觉。

年龄老身体不老的房校长，心到底老了。

心老了，很可能也就是身体老了，只是别人还没有注意到，连他自己也还没有感觉到而已。在身体和心的博弈中，最终屈服的，历来都是心，不是身体。房校长退休若干年也去县城住了若干年后，回到普光镇对人说："我最不愿意跟县城那帮老年人打堆，他们说话无非是三部曲，第一是问吃什么药，第二是问墓地买好没有，第三是骂社会不公。"他这样讲的时候，好像他还不算老年人。可眼下的房校长，也积极投身到了那三部曲里。因他德高望重，受人尊敬——走到哪里他都受人尊敬，他在县城住的那个小区，有两千多人口，几乎没有谁不认识他，只要他一出现，就有人忙着敬烟，连在小区侧门外摆烧烤摊和卖凉糕肥肠徽子的小商小贩，见了他也会腾出凳子，恭恭敬敬地请他坐——他很快成为那帮老年人的领袖，谈过了药物和墓地，他又语重心长地说："骂是没有意义的，也是低级的，你批评社会不公，你得指出个一二三来，不仅口头上说，还要形成文字，交给有关部门，让他们用作制订方针政策的参考。批评不能成为批评的目的，以批评的方式在人们心中激发出责任感才是目的……"

最后这句刚出口，房校长立即意识到这是李兵说过的话，他心里硌住了，有些不适，甚至难受，但很快克服了，接着说："你这样做，就高级了，就是为当局建言献策，为政府排忧解难，为社会贡献力量；老年人也要发挥余热！如果老年人只晓得抱怨，不积极地发挥自己的余热，那……"后面是那句口头禅。房校长从不管那句口头禅是否用得恰当，何况他现在早就过了从心所欲不逾矩的年纪。

几十年来，无论做什么事情，房校长都身体力行，现在同样，他非常积极也非常忙碌地发挥着他的余热，经常召集数十上百名老年人，聚集在小区里，公园里，茶楼里，把自己感觉到的不公说出来，记下来，整理出来，请人规规矩矩地录入电脑，打印之后，由他亲自交到县政府去。他回普光镇的时间越来越少了。

卷二：莫思归

房校长这么忙碌着的时候，时光不急不缓，走着自己的路。在不急不缓的时光里，小孩变大，大人变老，沧海变桑田。以前的沧海桑田，需要熬过跟时光一样漫长的岁月，现在倒是大可不必，十几年，几年，几个月，几天，甚至转瞬的工夫，就可以像上帝那样宣称："事就这样成了。"

千河口即是如此。

人们陆陆续续地老去。

陆陆续续地被光阴收割。

更多的，是陆陆续续地出门打工。

刚出去那阵，啥都新鲜，待新鲜劲儿一过，就想家。想家，却不想祖祖辈辈经营的土地。农民只是身份，不是职业。农民没有职业意识。因为农民从事的，仿佛不是职业，更没有过职业的荣誉感。农民即使进了城市的厂房，也不叫工人，而叫农民工，这进一步说明农民只是身份。好在农民工到底比农民更有望，因此再想家，也不能回家。当见识过了城市的高楼大厦，挣钱就成为唯一的信念；城市的好，也不是跟他们无关的灯红酒绿，而是水泥路上长着金山，下水道里埋着银罐。他们根本不去计较是因为城市强烈地需要他们，才把他们从土地里逼出来，由农民变成了农民工，只知道城市给了他们挣钱的路，便感激不尽。于是年年月月，把想念嚼烂了吞进肚里，嚼不烂的也吞进肚里，在城市里出卖与身份相符的苦力，整年乃至数年不回，既错过老人的老去，也错过孩子的成长，都只能那样了；整年乃至数年见不到老婆，老婆的面容都已模糊，也只能那样了。你腰包不硬，见了又如何呢？无非是叹息几声，彼此生气。生活让他们懂得，殷实才是爱，也才能爱。与其花路费回家，还不如把那笔钱寄回去管用。

但也有两个心里不装事的，出去才一个多月就回了村子，还把头发染得红一搭绿一绺，晃眼看去，正像生了绿霉的烂蓑衣。回村住一夜，又走了。此后，两人每出去一阵，就邀约着回趟家，每次回家都住不了三个晚上。他们跑天南地北，就像赶场那样方便。

这其中包括篾匠张胖子的小儿子东升。

东升头两次回来，张胖子蛮欢喜的，从第三次开始，他的暴脾气出来了。他见不得儿子成三脚猫。这只三脚猫不仅没挣钱，没长进，还眼睁睁变坏了。头上的烂蓑衣就是变坏了的证明。据说把那床烂蓑衣打理一下，要整整一百块。

张胖子心痛。

他早就不能干活了，过于肥胖让他周身是病。自然也早就没有徒弟跟在身边，现在惟恐学手艺？当工业品进入村镇，乡村就不再是一个自给自足的社会，手艺便如夜间灯火，一盏接一盏地熄灭。没人学手艺，也极少请匠人。千河口的几个匠人，除孙相品经他妻侄儿介绍，带着老婆去了广东佛山的某个家具厂，算是干了本行，其余几个都闲着。李成和刘三贵倒没觉得啥，梁春也只是惋惜听他说话的越来越少，张胖子却明显感觉到了日子的紧巴。当了几十年匠人，却没存下钱，现在可以去外面挣钱，年龄又大了，何况还生着病。他只能靠儿子。他的另三个儿子都结婚生子，各自是一个家，唯东升跟在父母身边；且一家人早就谈好，老两口跟东升住。也就是说，张胖子有四个儿子，真正能靠的只有小儿子，可看他的这副行头，完全就是根空口袋，自己都立不住，怎么靠？

说他小，其实也不小了，快满二十岁了。有了三个儿子过后，张胖子是结扎过的，结扎了好几年，不知怎么又让老婆王玉梅怀上了。怀上了就生。计生干部多次上门，说结扎了怀上，不引产照样罚款，谁都有出错的时候，骗不干净是正常的，没骗干净并不能成为你破坏计划生育政策的借口，就像银行业务员多给你数了钱，你不退钱照样判罪。但张胖子态度坚决。按他的理想，是要个女儿的，除了因为他已经有了三个儿子，还因为他打心眼里喜欢女儿。若不是想要个女儿，他也没必要让老婆去冒高龄产妇的风险，更不会任由计生干部骑在自己头上，想拉屎就拉屎，想撒尿就撒尿——最后没罚款，却牵走了他的一对母子牛和四条快出槽的肥猪。

结果又是个儿子。

儿子就儿子吧，有些儿子是可以当女儿使的，远的不说，就说杨浪，对母亲就有女儿一样的细致，特别是母亲中风过后，他真的就变成了女儿。"那东西，"张胖子经常这样感叹，"别的啥都不成体统，那份孝心硬是难得！"他觉得自己的四个儿子加在一起，也不及杨浪一半的孝心。前三个儿子出门过后，电话也少打，小儿子倒是随时打电话，还回来得那么勤，看上去是想家，其实是想家里的钱。家里没钱，但只要刮，总能刮出几个，卖粮食，卖鸡鸭，卖牲口，没啥卖的，就找人借。他妈将就他，真为他借了不少钱。

张胖子生王玉梅的气，气大的时候还会朝王玉梅动手。自从没有徒弟跟在身边，张胖子的巴掌基本上都是打在老婆身上，挨惯了，也不觉得委屈，更不觉得痛。现在张胖子老了，加上生着病，想打也打不出个名堂，王玉梅再不像先前那样一声不吭，要是没旁人在，她就说："我那儿子总比李奎强！"

这话让张胖子更气。花那么大代价生个儿子，未必就只是希求他不去坐牢？

他决定不让东升出门，因为东升不仅变坏了，还变傻了。迈进家门，除要钱时跟在妈的屁股后面，其余时候都在玩手机，吃饭那会儿也不例外，指拇在手机上刨来刨去，像这样就能饱肚子，还对着手机傻笑。真傻！他咋会傻呢，丁老婆婆死那年，他才多大点儿？就知道取把刀来，叫把吸血鬼杀了。虽然他只读到高一下学期，就因为学不好英语，常被老师罚站，打死不愿上学，但比较而言，他念的书还算多的。这片大山里，从山顶数到山脚，除早年的钱云念大学后分配了工作，后来的都是自己找，有的读得家里只剩两堵篱笆墙，毕业后还是跟农民工一样，所以大多数人家的孩子，最多读满初中，就把书本撕得粉碎，当风一扬，欢欢喜喜出门去了。

东升本来不傻。可是现在变傻了。

张胖子觉得，是城市把他变傻的。

城市把他变傻了，也变坏了，那不如待在家里。绑在土地上，多少辈人不都过来了嘛。五行当中，金排第一，土排最后，其实土才是最重要的。土生万物。想当年，千河口挤得身子都转不开，虽然烧了山，开了荒，摊到人头上，也没有几分田地，不照样在吃喝拉撒养儿养女嘛。眼下没多少人了，空地到处是，你想种多少种多少，只要你像夏青和贵生那样舍得力气。这村子里，数夏青和贵生最舍得力气，种的田土也最多。当然，就算种一百亩，把肥料一除，农药一除，再把旱一除涝一除，收上手的也看得见，但不管怎么说，待在家里总饿不死，顶了天也就是穷点儿。而穷这东西，历来就不是穷本身，而是比出来的穷，不去跟人比，也就不穷了。

张胖子这样想着，想得很无奈。

当东升又一次回到家里，张胖子先没吱声，让东升歇了下午半天，接着又让他歇了一个晚上，第二天一早，就去床边叫他了。东升从梦中醒来，很是诧异，他以前回来，都是睡到自然醒，也就是吃饭之前才醒，今天这么早，爸爸喊他干啥？东升睡的那间屋，跟鲁家的虚楼挨得近，鲁家靠北，也就是靠外，院坝底下的那棵黄桷树，浓荫四溢，不仅遮了鲁家的虚楼，还把东升睡的那间屋也遮了，天光透不进来，看上去还没亮。不过树上的麻雀叫得一团糟，证明是亮了。但也是刚刚亮。麻雀只在清晨和傍晚，才这样发了疯似的闹林，像它们在规划一天的任务，总结一天的工作，却从来就没达成过一致意见。知道了时辰，东升嫌爸爸把他叫早了，很恼火，翻过身又睡。张胖子抠住他的肩头，使劲一扳，紧跟着把一件家伙往他脸前一横。东升吃了一惊，揉两下眼睛，看清了是一把锄头。

"起来，"张胖子说，"趁现在凉快，跟你妈去挖地。你妈已经走了，在酸梨树坡。从今天起，你不要出门了，就在家里种地。"

东升静静地，在床上挨了两分钟，然后起来，洗漱。

洗漱完毕，人不见了。

太阳落下东边的屋檐，该是上午十点过了，张胖子都不知道儿子去了哪里，说挖地去了，又没拿锄头；既然没去挖地，肯定又是找他伙计去了。他那伙计住在中院，叫强娃。

想到强娃，张胖子又气，气自己儿子。你东升咋能跟强娃比？强娃的表叔是清溪河下游清坪镇人，跟杨峰他们差不多同时出门，虽没杨峰发财，毕竟也在浙江宁波开了几家厂子，大前年，他把强娃的哥哥带去，昨年夏天，就把其中一家厂子交给表侄儿全权经管了。人家哥哥是老板，你哥哥却是打工的。

但张胖子也懒得去揪东升。想去也没那能耐。尽管三层院落相距很近，无非是过几段渠沟、几片竹林，但路很不平整，路上铺的石条，有的还能放下一只脚，有的拱着刀片似的脊背，连根针都放不稳。张胖子现在不敢走这样的路了，病是次要的，主要是胖得让他不敢迈步，或者是因为胖，让他病得不敢迈步。他坐在阶沿底下，面朝村西。眼前是条巷子，巷子尽头，下几步石梯，是梁春家的畜棚，拐过畜棚就是渠沟，久不下雨，渠沟干得起壳。村子跟干涸的水一样安静，只要沟那边响起脚步声，他就能听到。他等着那声音。他想好了，待儿子回来，他就把锄头塞到他手里，由他亲自押到地里。去酸梨树坡要爬坡，对张胖子来说，爬坡比下坡好，爬了坡自然还要下坡，但气头上的他，想不到那么远。

十点过，还没做早饭，要等王玉梅回来才做早饭，而王玉梅啥时候回，不是看时辰，也不是看肚子，而是将就地里的活。很可能要太阳当顶才回来。这正好！张胖子已打定主意，把儿子押到地里后，不干三两个钟头，就不许停，也不许回家做饭吃。要让他手上打起血泡，肚皮贴着脊梁。人是贱皮子，不苦，不饿，心就放不进肚子里去。

又过去半个来时辰，沟那边终于有人朝东院走来。

张胖子尽可能地把腰挺起。

结果出现在巷道口的，是刘三贵。

张胖子到底不是杨浪，如果是杨浪，就不仅能听出是谁的脚步，还能听出走路的人此前干过什么，比如刚在电视里看过武打片，或者刚拟订了一个出色的计划，脚步就下得很干脆，有种自我鼓动的东西在里面；刚吃了一顿满意的饭，脚步便如同点头，每走一步，都在赞美什么——这很像李兵老师说的"别的一切事情都会让他心满意足"，区别只在于，李老师说的是吃一顿饱饭过后，现在吃饱已经不是问题，是否吃得满意，却始终是一个问题。

刘三贵从梁春的畜棚过来，就见张胖子气呼呼地坐在巷道那头，像是要拦路。他想起早年乡场上的说书人讲，晚年的赵子龙，已不能力敌万军，追兵近前，他就端坐在营帐外面，把追兵吓退；赵子龙靠的，是他年轻时候的威信，这意思是说，人家不是当真被吓住了，而是尊敬他，并且以被吓住了的最高礼遇，表达对他的尊敬。生活中，人们对房校长就是一例，无论房校长说啥，都把一张脸儿只管笑着，把一个脑壳只管点着，唯唯诺诺的，好像还坐在鞍子寺的教室里头。然而你张胖子何曾被尊敬过？你天天洗一身皮囊就受人尊敬吗？你以前动不动打徒弟，后来动不动打婆娘就受人尊敬吗？你胖得两条腿成了一条腿，坐在那里吓谁呢？

刘三贵"噢哟"一声，正要说啥，张胖子知道不会是什么好话，连忙截住了问："三贵，看见东升没有？"

"东升不是走了吗？"

"往哪里走了？"

"出门去了哇，未必你不晓得？"

刘三贵这才说，他过来之前，听见隔壁的强娃明显是躺在床上接东升的电话，听强娃那意思，东升已经走了，强娃还怪他为啥没去约他。

张胖子立马起身，扶住门框，进屋去拿了手机，给东升拨。那边关机。

在屋里拨关机，又到屋外的亮处来拨，还是关机。

张胖子一屁股坐下去，周身咣当咣当地晃动。这是胖的，也是气的。他这时候气，已经不是气东升不听他话，而是气他没拿钱就走了。他知道他妈还没来得及去给他借钱。没钱在身上，怎么吃，怎么住，又怎么坐车？这么想着，张胖子立马给大儿子打电话。通是通了，却没人接。一直打到三儿子，才接了。张胖子把事情说了，然后吩咐三儿子跟弟弟联系，给他卡上打点饭钱，并且给大哥二哥也吱一声。三儿子很冒火，说平时，扫把倒了你们都不让东升扶，生怕他吃亏，他没钱用，把房子卖了给他就是，找我们做啥子？张胖子听着，肥厚的胸脯大起大伏，却找不出话来反驳。东升长这么大，连好些农具都认不全。将就小儿子的，哪里只是他妈。

"我把话撂在这里，"三儿子又说，"东升将来比那东西都不如！"

说完就挂了。

张胖子把手机从耳朵边取下来，情不自禁地朝杨浪的屋子瞄了一眼。门照例虚掩着，人照例不在。又满山闲逛去了。他清早起来叫东升，就见那门是虚掩着的。门脊上不远，陡然垂落，那是塌掉的半边。像一个好好站着的人，被逮住衣襟扯弯了腰。张胖子就想象着东升将来的样子：一直弯着腰的样子。而且老三说了，东升将来比杨浪都不如，那该是匍匐到地上去，以土为食。杨浪再懒，吃的也是粮食，东升只能吃土，像蚯蚓。

"那个龟儿子！"张胖子在心里狠狠地骂了一声。骂的是老三。老三分明是在诅咒弟弟。骂过了老三，又骂老大老二。他觉得老大老二不接他电话，是故意不接。

可骂过之后，又觉得最该骂的还是老幺。因为偏爱老幺，前三个儿子跟爹妈不亲，生下的儿女，一律交给外公外婆带，你没帮人家的孩子换过一次尿片，人家不管你，有不管的理由。九九归一，只怪老幺太不争气。他还想要电脑呢！强娃就有台笔记本电脑，听说花了好几千。人家强娃有个好表叔，有个好哥哥，你只能靠爹妈，现在爹干不了活，只能靠妈，妈挣几千块，一年忙到头，还要老天爷别使怪才行，你拿去买台电脑，无非跟强娃一样，背来背去地显摆。

本以为这个意外得来的儿子，是老天爷送来的福分——开始也真像是福分的样子，东升上小学的时候，就说："等我以后有了钱，就带爸妈去坐飞机。"听见这话，张胖子乐和了好些天，还见人就宣扬，别人听了直羡慕，说你那小家伙噻，你们将来要跟着他享福哦。但这时候，张胖子却为自己当初的宣扬感到难堪，别人羡慕的话，怎么听都像是风凉话。

"早晓得……"他出声地说。

他没把话说完，一旁的刘三贵帮他补全了："噢哟，早晓得这样子，还不如把那两滴洒在席子上。"

张胖子是这样想的吗？或许，他想的是该听计生干部的，让王玉梅去引产，或许他真是像刘三贵那样想的。即使像刘三贵那样想，他也说不出口。他有洁癖。不仅说不出口，听刘三贵那样说，他还浑身一抖，垂挂的肉扇动起来。刘三贵哈哈大笑。张胖子厌恶那笑声，更厌恶他说的那句话。开始还嫌小儿子是不生秧的谷种，听刘三贵这一说，他立即觉得，东升再不争气，也并不比你刘三贵的后人差多少。但他知道不能跟刘三贵打嘴仗。他说不赢刘三贵，更骂不过刘三贵。这村子里没几个人能骂得过刘三贵，他平时说话就神鬼不忌，骂起人来，随便蹦出一句，就硬得牛都踩不烂。张胖子只是又愠怒又轻蔑地瞟了刘三贵一眼，就进屋去了，还把门闭了。

刘三贵并没觉得尴尬，但觉得很无趣。

正是因为无趣，老婆做饭的时候，他才想出来遛遛。

他住的中院，本是三层院落中最大的，曾有十四五户人家，院坝也因此敞扬空阔，逢年过节，东西两院都朝这里汇聚，可而今，人声歇，炊烟冷，加他，只剩了四户。这四户当中，许宝才一年前安埋了爹妈，老婆便带着儿子回了陈家埫娘家，陈家埫虽比千河口高，但地势比千河口平，土地也更肥，反正陈家埫也没剩几个人，不如去那里种庄稼，还顺带把老人也照顾了；许宝才自己，因为病人少，妻儿离开过后，他就挎着药箱，翻山越岭，上门问病，长天白日不见他的人影子。九弟和强娃的父母，这时候又都在坡上没回。找不到一个说话的，刘三贵便去了西院。西院有李成和贵生，结果同样都是关门插锁。他在西院空空荡荡的院落里站了一小会儿，又回到家里。柴火是刚砍回来的松毛，火焰小，烟子大，吊罐里的水都没烧开，要等这顿饭好，硬要把人等老。他再次出门，坐到阶沿底下的"八方错"上抽烟。"八方错"是一面石凳，不及一个草凳大，圆柱体上反向雕着十六条青龙，青龙腾空飞舞；当青龙流汗，二十四小时内必有大雨降临。这面石凳不知存在多少年了，刘三贵的高祖辈当小孩子的时候，就在上面坐过，坐到他这一辈，平滑的表面已窝出一个屁股的凹痕。对刘三贵而言，那个凹痕小了些，坐上去左右不舒服。他抽了两口烟，便愤愤地捏熄，起身往东院走。

通常情况他是不来东院的，东院的人不好玩：鲁家不跟人来往，见面最多嗡一声鼻子；杨浪只要不学声音，就三天憋不出一个屁；梁春话又过多，淹人；夏青一个女人家，男人常年在外，就把土地当成了男人，她儿子小栓的病虽被孙凯治好了，却还是像个纸人，听到狗叫吃一惊，见到日头又吃一惊；张胖子病病哀哀，一天到晚愁眉不展。刘三贵觉得，张胖子胖是胖，却说不上有多大病，是东升让他焦出了病。其实何必呢，没几个人能经得起日子的磋磨，七荤八素磋磨一阵，咸淡自明，轻重自知，实在不必着急。

刘三贵有五个儿女，大女之下是两个儿子，接着又是两个女儿。二女秋华是个细气人，个儿细，心眼细，胆子细，声音细，在野地里跟人摆平平常常的龙门阵，也悄言悄语的，生怕把石头吵醒了一样；幺女秋玲只比鲁家的孙女小凤大了不到五岁，跟她二姐完全是两样人，脚杆长，腰身也长，行事疯疯叉叉的，念小学时就敢跟男生打架，念初一就跟街上胡屠户的儿子耍朋友，刘三贵也不多管她。在刘三贵看来，时刻提防着可能的不幸，并不明智。现在两儿两女都早就成家，只有秋玲没嫁，也快了，婚期定在明年夏天，男方当然不是胡屠户的儿子，人家是居民，高攀不起，再说他们那时候本来就是闹着玩。秋玲跟哥哥姐姐一样，出门打工去了。但没跟哥哥姐姐一起，哥哥姐姐都在江苏淮安的磨石厂，秋玲去干了两个半月，有活时苦得要命，没活时闲得发慌，觉得没啥意思，就独自离开，去广东进了玩具厂，比哥哥姐姐还挣钱。

后人把钱是挣回来了，却丢下老人无滋无味地过日子。就像菜里没放盐。开始刘三贵还笑梁春怕没人听他说话，现在他发现自己也怕。

张胖子进屋过后，他转动脖子，把东院扫视过去。除杨浪的门虚掩着，其余都关得很死。当然杨峰的门是龇开的，他的房子倒了，却留着一扇门不倒，门扣看上去已锈成铁灰，可就是不断；杨峰那扇半开着的门，仿佛比铜墙铁壁还要森严。

刘三贵只好回去。

回去干啥呢？等饭吃吗？

想了想，他没回去，直接下了东院的石梯，朝更东边走。

过了堰塘，又过十数根田埂，他看见杨浪坐在朱氏板的石盆上，面朝底下的林子。

他站下来，无声地笑了。他笑的是当年李成在朱氏板发现一个"跑跑女"，要给杨浪带去，杨浪却说自己沾不得女人。这事情李成是到处传扬过的。可这时候，那东西两手抱膝，是不是在想那个女人？他周年四季虚掩着门，是不是在等那个女人？老祖宗发明门这种东西，不是为了开，而是为了关，可杨浪出门从来不关。这证明他是在等待。等谁呢？爹妈是不必等了，哥哥也不必等。等哥哥回来，比等爹妈回来还难。每隔些年头，鬼会在"鸡爪神"无常的押送下，回趟老屋，而杨峰却一去不返。除了爹妈和哥哥，他就没什么人等了——如果不是等女人的话。刘三贵本想过去跟杨浪开几句玩笑，然而，跟杨浪开玩笑实在没啥意思。他听不懂玩笑话。不管和他说什么，他都是那副木偶样。

刘三贵看见杨浪的时候，杨浪刚从朱氏板下面的林子里上来。

穿过林子的路，是千河口走出大山的唯一通道。

很长时间以来，杨浪都徘徊在这条山道上。

道路两旁，密匝匝的青冈林里，很难寻见一根杂木。曾经它也是杂木林，烧山过后，别的树种根浅，被滚烫的泥土焐成了黑炭，只有青冈树留下了不死的种子；也因为青冈树根扎得深而且十分坚硬，开荒时才把这一片放弃了。桀骜不驯或许算不上一种美德，青冈树却以此保住了自己。林间的这条路，不知是哪辈祖先走出来的，想必，当山下的河谷有了"佛光普照"的寺庙，这条路就有了。或许比那更早的时候就有了。

看上去是一条路，其实是两条路。

下去一条，上来一条。或者说，出去一条，回来一条。

近些年来，出去的声音踩得地皮抖动。就在今天清早，杨浪还听见东升出去了；从林子里上来之前，也就是刘三贵看见他之前，又听见强娃出去了。他们走了，却不是迁徙，迁徙要带走老人和孩子，他们不带。偶尔还有人带孩子，但很少听说谁带老人。他们更像是出征。

出征的人回到故乡，即使没受伤残，身上也留着硝烟味儿。

杨浪总是回想起他在前年腊月二十八那天听到的声音。那是两个人的声音：鲁家的小凤和刘三贵的幺女秋玲。隆冬的青冈林，只有稀稀拉拉几片叶子垂挂在枝柯上，腊月中旬过后，就没有雨雪，寒风干冷，残叶在寒风中发出瘦硬之声，一波一波涌向远处，又涌向近处。杨浪把这声音存放进脑子里的仓库，然后更加专注地听另一种声音。他用谛听迎接从远方归来的人。

就这样，小凤和秋玲越升越高的脚步声，从繁复的天籁中剥离出来。

两人背着双肩包，在窄小的山道上并排走着。她俩怎么会在一起？鲁家不和人来往，已经是好些年的事了，鲁家的晚辈以为上辈人跟整个村子有仇，就跟长辈学，也不和人来往。现在她俩却同路回家，还那样亲热。到了火匣坳，两人停下了。火匣坳是朱氏板下面一段不足二十米长的平路，路上败叶盈尺，即使大冬天，也能闻到一股酸腐气息，那些手脚冻麻的人，伸到败叶深处，不一会儿就能暖过来。她们停下后，却不是暖手脚，而是说话。

"你怕回家吗？"秋玲的声音。

"嗯……怕……"

"你恨我吗？"

"我为啥要恨你？"

"你嘴巴上说不恨，其实还是有点恨。我不该叫你去。"

"你是叫我去挣钱，是对我好。"

"开始想的也不是对你好。他们要个台柱子。你长得乖，你才能当台柱子。没有台柱子，我们也扎不住脚。你去了，我们至少能从你那里捡些漏。"

一阵沉默。

"还怕回家吗？"又是秋玲的声音。

"身上有钱，还买了这么多礼物。"

"那就是说不怕了？"

"……"

"赶快把耳环摘下来，把胭脂和口红也擦去。"

"我不想摘，也不想擦。"

"在镇上的时候，就有人怪模怪样地看我们。我们该在船上就收拾好。"

"我才不想收拾。"

"哼，我还以为你当真怕呢。"

"是有些怕，但是，我舍不得漂亮。"

"你够漂亮了，穿劳动布都迷死人！"

这是实话。十七岁的小凤，身子骨柔柔曼曼，跟她姑姑鲁细珍一样；但比姑姑长得好，甚至比房校长的三个女儿也长得好，从头到脚，花是花朵是朵的。

"你不也舍不得擦去吗？"小凤的声音。

秋玲笑起来。然后说："那个姓向的咋给你讲的？"

"别有人吧？"小凤有些紧张。

"鬼的个人！"

那时候，杨浪就站在下面一点的林子里。不知是怕打扰人家，还是觉得自己的存在过于卑微，他来这条通道，都不是走在路上，而是躲进路边的树林里。他穿着灰布衫，在树下站着，就像被树叶掩映的石柱；在树下走着，就像移动的土堆。没有人会注意到他。

"等过了春节去再说。"小凤的声音，"他说要专门买套房子，让我去住在里面。"

"你有福。"

"要是我当真去了，你要经常来看我。"

此话一出，小凤突然哭了，哭得凄凄切切。跟着，秋玲也哭。

朔风乍起，哭声被风冻成粉红色的颗粒，散散乱乱地刮向林带的南方。

哭一阵，秋玲说："胭脂坏了。"

小凤连忙从背包里摸出小圆镜，递给秋玲补妆。秋玲补过了，小凤再补。

这时候，两人已经完全心平气和，只说些女孩子之间快快乐乐的平常话。

补好妆，两人一前一后走了，踩着败叶。

她们是正月初三离开的，但没一起离开。秋玲比小凤先走半个多钟头。在家的几天，两人也跟先前一样，互不往来。但她们在各自的家里，都很欢喜，也很受宠。

从那以后，她们都没回来过；去年秋天，秋玲回过镇上，但没回村子。她是回来订亲的。她未婚夫也是老君山人，去外面打了几年工，然后回镇上开摩托，大河两岸，有些住到镇上去的村民想回趟老家，还有普光镇跟上游的黄金镇、下游的清坪镇，既通水路，也通公路，只是公交车少，要三天才开一趟，他就开摩托载客。人勤快，半夜喊他，他也绝无二话，日积月累，有了积蓄，跟秋玲订婚的时候，他已在镇上买了房子。刘三贵的两个儿子和早已出嫁的两个女儿，都还没挣到足够的钱在镇上买房，幺女还没嫁，就有房子了。当然，既然没嫁，就算不上幺女的房子。小凤是真没回来过，但寄回了不少钱，听李成讲，前不久李益去县城出货，碰见鲁家在县城繁华的大通街选楼盘呢，看来他们要搬到县城去了。

两年多来，杨浪对秋玲和小凤的那段言语，还有她们的哭，她们的笑，一直懵懵懂懂。

但他能隐隐约约感觉到一点，那就是：从千河口出去的人，正改变着远方；他们从远方归来，又改变着村庄。而改变过的村庄，却让杨浪陌生了，有好多声音，他都不认识了。

鲁家果然搬到县城去了。

鲁家搬走没多久，强娃的父母也走了，走的是宁波，父亲去帮大儿守厂，母亲去做饭。

"他们都有走处，我们就造孽哟。"有天李成去中院的时候，刘三贵这样说。

"秋玲不是在街上有房子吗？你去跟秋玲住噻。"

"还没办酒席呢，哪能去住人家的房子？"

李成当然知道，他是故意这样说的。自从秋玲订了亲，刘三贵就跟杨浪一样，有事无事都上街去，去了就让准女婿请他进馆子，从馆子出来，嘴上的油也不揩。李成见不惯那样子。李成自己的大儿子李益在街上做了那么多年生意，二儿子李钟最近也从务工地回来，找哥哥借了底金，在镇上修房子卖，李成也不会像刘三贵那样了。

其实，刘三贵上街，并不是想准女婿请他吃喝。准女婿见他面就把他往馆子里拉，他虽然高兴，却也有负担。就算是过了门的女婿，自己女儿不在身边，当岳父的吃喝起来，再好的酒也烧喉咙，再烂的肉也硌牙齿。他是嫌村子里没耍子才去的。

越来越没耍子了。大白天里，村子也像睡着了一样。夏青的儿子小栓以前嗜睡，也没有现在的村子睡得沉。它像一下子就老了，老得眼皮都睁不开。刘三贵从院前走到院后，又从院后走到院前，看着落到地上的叶子和柴草，被风吹得动一下，又动一下，要是风大一点，就翻几个筋斗，或者飘起来，呼啦一声飞走，没飞多远，就被房屋挡住，没碰到房屋，就挂在竹枝上，荡过来荡过去，跟他一样六神无主。这时候，一只鸟影落到地上，他也走近了看看，但鸟影早就不在了，只有鸟影落下时的感觉还在。他只有带着自己的影子走来走去。偶尔，他站下来，环顾四野，四野也环顾他，他从对方的眼睛里，看到了自己的寂寞。寂寞深长，以至于狗打架，鸡打鸣，牲口撞圈栏，他看着和听着，也格外新鲜。可畜生们跟村庄一样变得木讷，个个神情忧郁，不声不响。有时候，刘三贵气哼哼地把狗踢一脚，它也只是看他一眼，挪个地方了事。

刘三贵觉得，再不能在村子里待下去了，否则就成个活死人了。至少是死活不明的人。他认为村里的老人，大半都是死活不明的人。杨浪且不说，很年轻时就如此。梁春自从丁老婆婆过世后，就把自己变成了蚕，拼了命抽丝，每一根丝都是一串话，先前不明原因，现在想来，怕是被丁老婆婆的孤单镇住了。虽然梁春有家有室，有儿有女，不像丁老婆婆是个孤人，但不是孤人，并不等于不孤单，他要不停地说才觉得自己不孤单。以这种方式活着，跟死了又有什么区别？张胖子更没意思，最近常向老婆交代后事，说自己来日无多，说他不怕死，就怕死了不能洗澡，他叫王玉梅今后天天去他坟头上淋一盆水，并且特别交代，等东升回来后，进屋的第一件事，就叫他去爸爸坟头上淋一盆水。每每说到东升，张胖子都眼眨眨的，他给东升打电话，叫他像往常一样，想回来就回来，可东升没有回来。

不想在村子里待，又去不了镇上，未必就再没个别的去处？

刘三贵想到了外出打工。

既然孙相品能出门，为啥我就不能？

他给儿子打电话，说自己也想跟他们去，去了没人找他补锅，他就跟他们一起做石磨。结果被狠狠地数落了一顿。数落过后，儿子要爹妈丢心落肠地耍，连畜生也不要养，庄稼也不要做。他又给女儿打电话，女儿回他的，跟儿子的话完全相同。

这些电话一打，所有儿女都给他寄了钱，小女秋玲寄得最多，四千块，像他打电话去，就是想要钱一样。平时他们就在寄钱，他不差钱。

下一个赶场天，刘三贵被准女婿带进食店，见两个头发花白的人在那里喝酒，听他们摆的龙门阵，像是刚从外地回来。女婿去点菜的时候，刘三贵凑过去问："两位老哥也在外面打工？"其中一个响亮地嚼着脆骨，回答说："打工！"尽管年纪一大把，可咀嚼和说话，都劲头十足，哪像守在村子里的老人。随后两人告诉他，他们刚从河南回来，河南好找事做，他们是回来换身份证的，顺便也看看家人，过些天还要去。

刘三贵暗暗记下了，却没声张。回到村子，他就积极筹备着去河南。别的无须筹备，主要是找个伴儿，没伴儿，他一个人不敢走那么远的路。这时候他才发现，在千河口找个出门的伴儿竟这么难，三个光棍汉是不会跟他去的，他们过惯了左手摸右手的日子，不怕没人耍，特别是杨浪不怕。张胖子根本不谈。李成也不会去，首先是李成好像跟杨浪一样，并没觉得不好耍，其次李成那人，即使想出门，也是他来约你，要是你去约他，他想出门想得喉咙伸出爪子，也说不去。思来想去，只有梁春能找。梁春让人厌烦，也只能将就了。再说去到外地，各干各的活，他又有多少精力来说话呢，你又有多少时候听他说呢。

于是刘三贵去了梁春的家。

汤广惠一听刘三贵的来意，马上起身给他倒水喝。

她巴不得刘三贵把丈夫带走。

她不知道梁春自己也想走。

——就这样，六十多岁的刘三贵和梁春，结伴上河南打工去了。

梁春打工当然不是盖房瓦，而是推斗车，刘三贵也不是补锅，而是调灰浆。他们都没有孙相品的好运气，能干着自己的本行。开始，正如刘三贵在普光镇碰见的那两个人所说，能顺利地找到事情，后来，跟他们同样老或比他们更老的老人，因手脚不麻利，没躲过从塔吊上掉落的砖头，出了事故，老板再不敢要他们，两人只好回了千河口。

对刘三贵来说，回来得正是时候：到秋玲出嫁的日子了。

秋玲没到千河口办酒席，只在镇上的酒楼里包了席桌。当然选的是个赶场天，赶场天热闹，能添喜庆，村里去送人情的，也能顺便把场赶了。婚礼非常隆重，从县城婚庆公司请了人来主持，秋玲穿的婚纱，也是婚庆公司提供的。秋玲是千河口第一个穿婚纱的女子，也是第一个在婚礼上戴满副头面的女子。这样的秋玲，千河口人几乎认不出来了。杨浪第一眼就没把她认出来，他还以为她也是从县城来的呢。杨浪跟鲁家人不同，鲁家人自己不做事，就不给乡邻送人情，以至于不来往，杨浪一辈子都不会做什么事，但听说了别人做事的信儿（从没人专门邀请过他），他老早就开始准备，家里能卖的，比如他认为多出来的粮食，就一小包一小包提上街卖掉，卖上几回，凑足人情钱——比别人送的要少，人情水涨船高，他实在凑不了那么多——当天穿上干净衣裳，中规中矩地去走动。

秋玲的婚礼真让他开了眼界。司仪把自己当成公诉人，也当成法官，把所有来宾当成陪审员，把新郎新娘当成被告，起诉的罪名是不按乡俗迎亲。乡俗是：结婚当天，男方在媒人的带领下，抬着几方红纸打封的宝肋肉、活鸡活鸭各一只、鲜鱼两尾以及给岳父岳母的全套穿戴，去女方家里，先上女方祖坟祭奠，再给长辈行礼，礼毕聆听完长辈的训诫，才能把新娘接走。这套程序，他们全没履行。宣布了罪名，请法警（伴娘）送上手铐（戒指），并让新郎亲自给新娘戴上。接着宣判：二人终生同床共枕。此为终审判决，不得上诉。从此，他们是正式夫妻了，可拜天地和高堂了，拜过之后，当众亲嘴儿，称为"封印"。

但这并没有完，后面还有鬼子进村、双蚕织茧、猪八戒背媳妇等等一系列节目。每做一个节目，秋玲都笑。最后一个节目是新郎新娘对歌。秋玲事先应该知道有这一项，可她还是愣了一下，像打了个冷战，要新郎先唱。新郎不肯，硬把话筒塞到她手里。她又笑，笑得两眼毛茸茸的，但还是唱了。她唱的是："妹是青铜锁，哥是一把钥，先开爹妈门，再开妹心窝。"以前没听秋玲唱过，没想到她唱得恁好听，跟林翠芬唱得一样好听！林翠芬，就是多年前李成准备带给杨浪的那个"跑跑女"，她特别爱唱歌。新郎长得敦敦实实，面相上有些憨，可脑瓜子灵，秋玲的歌声没落地，他就仿那调子接上了："妹是花一朵，哥是蜜里钥，没开爹妈门，已开妹心窝。"秋玲听罢，举起两只小拳头，又恨又笑地捶打新郎的胸脯。

以前出嫁要哭，后来不哭了，但也不笑，秋玲却笑得那么欢，杨浪看着，心里喜悦。下意识里，他把秋玲当成了自己的女儿。上五十岁后，凡千河口的后生，杨浪在感情上都把他们当成自己的儿女。秋玲笑，证明她开心，她感到幸福。这时候，杨浪完全忘记了从火匣坳听来的事。其实他当时本身就没怎么听懂，他只是有些担心而已。现在完全用不着担心了。

秋玲确实开心，确实幸福。她还为自己没更加开心和更加幸福感到惊讶。出嫁过后，她没再去广东，也没回过一次千河口，只把爹妈接到镇上住了两天。

当婚礼的余波平息下去，秋玲就迅速担起了"家长"的角色。她的见多识广和精明强干，让丈夫心悦诚服地听从她。既然嫁了，秋玲就绝不在丈夫面前要心眼，悉数掏出自己这些年存下的私房钱，在普光宾馆附近开了家规模可观的火锅店，名叫"玲妹火锅"，老板让丈夫当，但丈夫照旧去开他的摩托，店子由她全权打理。

"玲妹火锅"的菜品广告牌上，有"野味"一栏。普光镇的每家餐饮店，都有这一栏。时间就是空间，随着快艇的开通，与县城之间的距离缩短了，而且最近又通了公路，不是普通公路，是高速路——川陕高速从市里直达西安，既从县城边上过，也从普光镇边上过，因此周末来普光镇的县里人，包括市里人，越来越多，尤其是开菜花的时节，罗家坝半岛一片花海，他们去看了花，就到镇上吃饭。既然从市县来到小镇，当然要寻野味吃，餐饮店不打野味的招牌，就相当于说："我不欢迎你，我也不想做生意。"

只是，这么多年来，整个普光镇的野味收购，都是被李益垄断的，山民捉到蛇蛙，打到野兔野猪山鸡麂子之类，都是卖给李益；当然也可以不卖给他，直接卖给像秋玲这样开店的，价钱会高一些，但开店的人不一定随时要，尤其是大热天，你弄来的东西可能还没走到街上就有了异味儿，这样店家就不会要，而李益历来都是来者不拒，别说异味儿，就是肉上滚蛆，他照收不误。他有一整套办法把它们打扮得漂漂亮亮的。

李益做生意，第一讲的是舵稳，大河上下，人们潮水般涌向外地，他却岿然不动。他坚信，会算账，才能成为最终的赢家，那些奔向外面世界的男男女女，有一部分不是奔钱去的，而是奔着对城市的向往，或者奔着对自由的向往去的，这样的"向往"值多少钱一斤？他们只知道鸟在天空里自由自在地飞翔，不知道鸟经常梦见自己穷死甚至饿死。即便一开始就奔着钱去，来来回回的花销，也简直不忍细想。就说他的三弟李奎，并不是一出门就偷电缆，头几年也挣了些钱，可他的心比他的能耐还大，去搞古币生意，亏得内裤都不剩，心里急，才去做了那拙笨事。这恰恰也是李益要算进去的账目：风险账。人去了陌生地方，就变成了瞎子，哪里有个坑，哪里有个凶，你不知道，不知道就容易掉进去。而在清溪河流域，他有数不清的熟人，也认识所有最重要的人，必须打点的，他都打点得很周全，因此，在他脚下和眼前，表面上山河连绵，其实是一马平川。李益做生意，第二讲的是忠诚，他对别人忠诚，也要求别人对他忠诚，只要发现一次你越过他把野物卖给了店家，他就视为背叛，你今后再有了处理货，给他下跪他也不收。山民为长远起见，都宁愿不去贪那点高出的价钱。他们离镇子大都很远，摸崖爬岩翻沟过河地将死物背来，味道不正是常事。另一方面，李益垄断太久，便自然而然形成一种威压，你叫山民绕开李益，他们打心眼里也不敢；既不敢，也不愿，多年来，不少连狗都怕闻的腐皮烂肉，李益也帮他们变成了钱，李益对他们是有恩的。

秋玲要卖野味，就得像别的店家，去给李益下话。因为李益不大乐意卖给当地。他的销路广得很，单是县城，就有40多万常住人口，也就是有40多万个胃，把这些胃归拢，能将清溪河压断，把河床填平，堆起来山那么高。高速路通后，市里也成为他的市场，常住市里的胃，有70多万。尽管乡里人缺乏理财观念，加上城里来游玩的多了，使普光镇物价大涨，但比较而言，市县还是更高些，一斤野味，卖到市县比卖给镇上能多赚六角四，李益的量大，除去车船费和必要的花销，每斤还能多赚四角七。这笔账李益是要算的。

但他也并不那么刻板和悭吝，他跟他父亲一样，该算账的时候算账，该大方的时候还是要大方的。但有一点，镇里店家去找他要货，得给他下话，"李老板，发财呀！"店家这样开了头，然后说，"我那里开不起昭了，李老板要给我想点儿法子哟。"李益沉着脸，不作声，店家陪在一边，也不说话，只笑。这局面大约持续两三分钟，李益才说："要啥子，各人去选。"

秋玲去找过他一回。找了一回就不想找二回。

在她心目中，李益就是个土老财，要言谈没言谈，要气质没气质，三千块钱的衣服穿在身上，也像是准备下田薅秧的样子。她犯不着去给他下话。

有的店家在猪肉里混些羊胰子，增加一点臊味儿，就把家猪肉冒充野猪肉卖，秋玲知道，但她不愿那样去做。她是见过世面的，外面的世界忽冷忽热地教会了她许多，她早就从中培育出自己的观念，认为败坏德行的，是贫穷和丑恶的生活，而生活方式本身，却又无所谓丑恶和美好，因而也并不妨碍一个人的名誉。只有良心衰弱才会妨碍。既然从事着某种职业，就要有职业道德。漂亮的小凤是这方面的典范。那个姓向的经常对他哥们儿夸小凤的职业道德，他哥们儿让小凤帮忙介绍一个，小凤就介绍了秋玲。在过去的一年里，秋玲跟一个姓郭的。尽管秋玲高挑白净，毕竟不像小凤那样花容月貌，再说在那个行当里，她也显得太老了，她跟姓郭的本来只签了份两个月的短期合同，可就因为她超乎寻常的职业道德，合同一延再延，延满整年才罢。姓郭的生意做得很开，但他并不显得特别忙碌，好像一切都是水到渠成的样子。对此秋玲毫不奇怪，她的家乡早有民谚：猪生猪，牛生牛，钱生钱成万户侯。有了钱，自然就能（也才能）生出更多的钱。那些手段高明的，还不用自己的钱生钱，只用别人的钱为自己生钱。但有一次，姓郭的说，他生意做得顺手，全靠诚信帮了他，还说："小商才奸，大商无算。"

秋玲把这话记住了。

她想做大商，至少在普光镇做大商。

无论小商大商，都得挣钱，不挣钱算什么商。

可事实摆在那里，在普光镇开餐饮店，不卖野味就挣不到钱。

但还是那句话，秋玲是见过世面的，知道所谓事实，并不是每个人的事实。她独辟蹊径，店里全招女工，包括厨师和杂役；跑堂的服务生，更是选用那些十八九岁的女孩子，当然是生得好的女孩子，且嗓子亮，能唱歌，不只能唱，还要敢唱，客人吃喝得有点疲软的时候，腾出三五个来，打扮得花枝招展的，齐齐整整站在一旁，献上两首。听过天籁般的歌声，客人胃口重开，又红光满面地海吃海喝。

但这当中也有区别：进到某个包间，如果只有男客，就唱《十八想》《打秋千》《情妹下河》；如果夹杂着女客，就唱《六口茶》《十指尖尖》《筛子关门眼睛多》；要是男女混搭，男人们呜吼连天地要来个荤的，女人也弯着眼睛期待，那就给一个："太阳出来上山梁，一个情妹两个郎，前面一个打露水，后面一个拉家常。"男人们嬉笑着彼此推搡，说你是打露水的，我是拉家常的，可细细一想，觉得拉家常也没啥意思，于是又叫，说这太和谐了，和谐得都相敬如宾了，荤啥呀荤，油星子都不见一滴！女客不叫，却也央求："幺妹儿，再唱一个。"她们现在都放开了。好吧，那就再唱一个吧："好表嫂呢好表嫂，再不偷人就老了，多多少少偷两个，死了好过奈何桥。"掌声、笑声、喝彩声，灌满一屋，男客指着某个女客教训："听到没得？你不偷人，死了奈何桥都过不去，只好成孤魂野鬼。你以为偷人只为这辈子安逸呀？还为下辈子投胎！你不想这辈子安逸，总想下辈子投胎！"女客比男客情绪复杂，见说自己，收回心思，嘴一扁："哼，要偷也不偷你嘛！"

"玲妹火锅"热闹得很，火爆得很。

但秋玲没忘记感谢三个人。

第一要感谢的，就是那个姓郭的。姓郭的很喜欢听歌，两人在一起时，他就要秋玲唱歌给他听。这倒难不住秋玲，自从住进姓郭的那套房子，她便成了笼中鸟，跟姓向的给小凤的那套房，根本就不在一座城市，除非姓向的和姓郭的聚会时带上她俩，平时连照面也打不上。笼中鸟不飞，也无须找吃的，没事可干，就唱歌。笼中鸟都特别会唱歌。

秋玲在网上学会了不少歌，姓郭的叫她唱，她就站起来，退开几米，架模架式地唱开了。可刚一出口，姓郭的就摆手。秋玲连忙停下，换一首唱。刚出口，姓郭的又摆手。秋玲有些慌张，有些手足无措。姓郭的抽着烟，没说话。秋玲又唱。"别唱了。"姓郭的说。秋玲的眼泪快出来了。这时候的秋玲，已经不是敢跟男生打架的那个秋玲。她干巴巴地站在那里。她自己心跳的声音像坏了的挂钟，响得很凌乱。姓郭的把那支烟抽到一半，杵在烟缸里，叫她过来。她的样子让姓郭的怜悯，他把她搂进怀里，问她："你只会唱这些？"

她唱的，都是时下的流行歌曲。

没等她回话，姓郭的说："这些没什么意思。大街小巷都唱，有什么意思？"然后倦怠地咕哝，"走到哪里都一个样。没有特色，也见不到陌生的东西。可又把本来熟悉的丢了。现在不少人信教，并不是真信，是心里没着落。"姓郭的沉思起来。

对他的话，秋玲理解不了，但她聪明地不表态，像她也在沉思。

"你只会唱这些？"姓郭的突然问。

秋玲倒是还能唱些别的，但那些歌能唱吗？那是从"跑跑女"林翠芬那里学来的！林翠芬跑到千河口时，秋玲只有几岁，可那个女人给千河口的老老少少都留下了深刻印象，不是因为她的脸像玉米叶子那样窄，而是因为她的歌。她唱的歌跟她的长相一样古怪，《洋芋歌》《灶台歌》《砍柴歌》《歇气歌》，反正生活处处是歌。最好玩的是《颠倒歌》，比如："南北山路东西走，村子外头人咬狗，拿起狗来砸石头，却被石头咬了手。"还比如："扛着锄头过山坡，山坡行在脚底窝，耕牛牵着四季走，粮食吃人有几多。"因为好玩，大人小孩都学了一阵，秋玲至今还勉强记得。虽然记得，却不敢唱。土得掉渣。

可姓郭的一直盯住她，很失望的样子。

她觉得自己走投无路了，就带着被击中的小鸟扑扇一下翅膀的心情，支支吾吾唱了几句。

让她震惊的是，姓郭的听得心花怒放！她原以为这种东西只有山区人才喜欢（何况山区人也说不上喜欢，自林翠芬走后，就没听见人唱过），万万没想到城里人也喜欢，更没想到像姓郭的这样的城里人也喜欢。——林翠芬因此成为第二个她要感谢的人。

次日早上，姓郭的离开后，秋玲就去网上搜，竟搜出一个来自她家乡的视频，全是民歌，是老君山顶上一个大学生发到网上去的，他父亲去世前一个月，他录制了父亲的歌声。那些歌跟林翠芬唱的不同，跟大街小巷唱的更不同，尽管出自家乡，可秋玲以前从没听过。她跟着视频学，学会了数十首。那个已经去世的人，成了第三个她要感谢的人……

"玲妹火锅"里的服务生，都是由秋玲亲自培训的。

火锅店开了小半年，县文化馆找来了。

他们带着采集民歌的任务，慕名而来。

秋玲所唱的，俗称"打闹歌"，是民歌中的珍宝。本以为健在的人都不会唱，文化馆老桂偶然听说普光镇有人唱，还净是些年轻妹子，急忙邀约几个同事，驱车前来。他们是上午九点半到的，得知要吃着喝着才能听，便马上点了酒菜，从上午十点钟开吃，一直吃到晚上八点，为表明不是白占位置，共点了三次汤锅，也点了三趟酒菜，其间听到二十七首。

好些歌词里出现了"天子"字样，像"神农植下五谷，虫蝗忽然发现，天子无法可治，许下贺功良愿"，老桂据此认定，最初的歌者只知天子不知皇帝，证明没被充分管辖，是游牧民，但词里又有"五谷"，证明那时已从游牧向农耕过渡，是"前农业"时代的产物。它的文明史意义由此确立。老桂和他的几名同事，后来又到普光镇若干次，将秋玲能教的，那些女孩子能唱的，一网打尽，精心录制和整理后，申报非遗。

申报之前，特请省里的专家前来评估，老桂问是否将里面颜色过浓的部分去掉，专家把桌子一拍："去不得！去掉就不是那个家伙了！"想想也对，祖先们生活的岁月，日子单调，无娱可乐，加之战乱频仍，人口稀缺，唱些浪腔浪调，既可怡情，也可催生，因此浪腔浪调同样构成人类文明史的重要组成部分。但文化馆上下还是怀着忐忑之心报了上去，结果层层审批，都开了绿灯，最终成为国家级非物质文化遗产。

从此，秋玲她们唱的歌，不再是普普通通的歌了。

秋玲本人和她的四名服务生，被认定为非遗传承人。

这当然是后来的事情了。

秋玲开火锅店的时候，刘三贵很是高兴了一阵子，他想是的，自己去店里帮忙，就名正言顺地住到了镇上。反正不白吃女儿女婿的，他也就能心安。谁知秋玲的店里连一个男人也不要，更别说像他这样的老男人。至于秋玲家里，并没邀请他去住，邀请了他也不愿意，他觉得，偶尔去吃顿饭是可以的，要说三百六十五天跟女儿女婿住在一起，那不成体统。

他的处境一点也没改变。

县文化馆来"玲妹火锅"之前，刘三贵又走了。

这回是悄悄走的。

只瞒两个人，一是秋玲，二是梁春。其实主要是瞒梁春，秋玲忙她的生意，顾不到别的，有时候，爹妈去店里找她，她也抽不出时间跟爹妈摆几句龙门阵。

梁春到底让刘三贵受不了。

在工地，一干就是十个钟头，累得连累都不知道，可斗车一丢，回到工棚，梁春就上气不接下气地抢着说话——自己跟自己抢。梁春的聒噪让工友们讨厌，工友来自五湖四海，听不懂他说啥，只觉得他那声音就像铁锹刮拉地板，让人紧张，好像还没有休息，还在工地上劳动。起初刘三贵还帮忙维护他，这不仅因为是老乡，还因为刘三贵想听他说。作为手艺人，刘三贵很年轻的时候就游走四方，但走得再远，也远不过清溪河流域，现在突然到了天远地远的地方，首先是这地方的长相就不可理喻：一个地方怎么能没有山呢？一个没有山的地方，怎么能叫地方呢？无边无际的平坦和宽广，令他身心疲惫。更主要的在于，他说千河口，别人不知道，说普光镇，别人不知道，说清溪河，别人还是不知道，仿佛他说的那些去处，根本就不存在，而且，他说千河口这些名字，舌头一弹就出来了，像它们就长在舌头上，可那些人却老半天搅不转，还以为千河口是"牵个狗"。这时候，刘三贵的心才往下一沉，才明白自己跟故乡断了。幸好有梁春。只有梁春能明白他所说的一切。梁春讲话的口音，成了领他回家的路。

但这是起初的事情。时间一久，他跟那些人熟了，别人听得懂他说话，他也能听懂别人说话了，他发现天底下的家长里短和喜怒哀乐，其实是差不多的，彼此理解后，和故乡的距离就不再是万水千山，所谓陌生人，也无非是刚刚见面或者还没来得及见面的熟人。如此，梁春和梁春的声音，就没那么珍贵了。不珍贵，刘三贵就跟别人一样，受不了梁春的聒噪。此外他还受不了梁春的吝啬。工地虽然统一供饭，菜却不是放开了吃，肉食更是定量的，那点儿定量实在不够，要加量，就得另外付钱；只要刘三贵不加，梁春从不说自己不够吃，刘三贵加了，他就来吃刘三贵的。一回二回可以，三回四回也可以，要是五回六回呢？要是回回都这样呢？梁春真的就是回回这样，你简直拿他没办法。

办法还是有的，就是不跟他一起。

刘三贵悄悄走了，梁春听说后很不自在。留守在村里的都知道，就他和汤广惠不知道，这是什么意思？在河南的时候，他是把刘三贵当亲兄弟看的，刘三贵比他大七个多月，他就把刘三贵叫哥，回村后再叫哥感觉别扭，因为叫名字叫了几十年，就还是叫名字，但在感情上，他依然把刘三贵当哥。结果，你把别人看得很重要，你在别人那里却啥都不是。这给了梁春沉重的打击。可他并没在外人面前表露。对梁春来说，不在外人面前表露，就意味着家人要遭更大的灾殃。他女儿早嫁了，儿子也拖家带口打工去了，听他唠叨的只有老婆汤广惠。他每天说出的话那么多，汤广惠周身长着耳朵，也听不过来。

说再多的话，梁春都知道自己有一句话没有说。

这句话是关于刘三贵的。

他们在河南的工地东侧，还住了几家未及搬迁、据说也不愿搬迁的村民，有天夜里，刘三贵溜进某家村民的屋檐底下，外墙的鸡埘里，独独地歇着一只大公鸡，鸡刚打过头鸣，醒着，工地上通夜不熄的大灯，远远地照过来，能隐约看见它亮闪闪的华丽羽毛。刘三贵躲在暗处，将一个饭团扔过去，鸡出来吃，一嘴就卡住了。那饭团里包着铁钩，铁钩的尖头磨得锋快。刘三贵握着丝线，他将丝线在手肘上挽几转，鸡就安安静静地到了他怀里。鸡不能叫，也不敢扑。它比人想象得要聪明，知道嘴被钩住又被拖拉，扑翅膀会更痛；同时它又跟人想象得一样蠢，不知道惜那一点痛，就会丢了命。这是当年来老君山的知青发明的方法。千河口没有知青，但他们偷鸡的事是长了腿的。鸡偷到手，刘三贵又跟知青们一模一样的做法：将鸡的颈子挽两圈，让它自己把自己绞死。回到工棚，在背后能挡视线的旮旯里，砌了个土灶，用脸盆烧水烫了，扯下的毛用土埋了，又用那脸盆炖汤。梁春那时是睡着的，从板壁飘进的香味儿让他醒了过来，他听见刘三贵跟另外几人在小声说话，刘三贵的意思，是叫梁春也起来吃，另外几个不同意，说那人讨厌得很，可刘三贵还是坚持要叫，说鸡是我去弄来的，我吃了，你们也吃了，他不吃，我这心里过不去。正是那次过后，梁春把刘三贵当成了亲哥……

在老家，刘三贵从不做偷鸡摸狗的事情，为什么去了外地就做？不只刘三贵，别的人也是，像李奎，还偷电缆呢。李奎在家的时候，也是规规矩矩的。包括梁春，若在老家知道是偷来的鸡，他再贪便宜，也绝不会吃，去了外地，不仅吃了，还吃得很感动。

回来的火车上，刘三贵再三交代，叫梁春别把偷鸡的事说出去。刘三贵当时脸色灰败，非常难过的样子，跟他平时的神鬼不忌大不相同。他很清楚，在外地被人知道了，无非是赔钱，再了不起，赔了钱还挨顿打，在老家被人知道，就丢几十年的老脸了。

梁春的确没说。连对自己老婆也没说。

他不说，并不是因为他也吃了（他完全可以说成自己开始并不知道是偷来的），而是记刘三贵的情，为他遮丑。

刘三贵却抛下他，独自走了。

"看你走得了几时！"梁春在心里冷笑。他知道刘三贵不久又会回来。不要老年人的，并非只有河南的那家工地，那次他们在回乡的火车上就听说，好些地方都不要老年人，怕出事故是一方面，还因为老年人手脚慢。在眼下，慢，差不多是罪过。

梁春正这么想，孙相品两口子背着行囊回了村。梁春去找孙相品，想探听一下情况；其实不是探听，是要孙相品肯定：肯定老年人已被外面的世界彻底淘汰，老年人只能待在家里，摸摸索索做一点庄稼活，把自己混得更老。但孙相品比出村前还要装大，问他话，问好几声他都不应，就算应一句，也跟你问的牛头不对马嘴。不过这无所谓，梁春只看重孙相品回来的事实。孙相品干着自己精通的本行，都回来了，未必你刘三贵稳得住？

梁春暗暗等着刘三贵回来，他再去洗刷他。他把这话对老婆说了，他说刘三贵不要我，是你刘三贵一个人不要我，但不要你刘三贵的，是外面的所有人，你刘三贵有本事，就跟那些年轻人一样，过年也不回来，几年也不回来！

汤广惠听后，劝他："脚长在刘三贵身上，他要走，走他的！"

从这句话听出，此时的汤广惠，已不是狠起心肠把丈夫往外撵时的态度了。

在梁春外出的那些日子，她觉得自己整个人都空了。空得像万籁俱寂的深夜。她看得见那空的过程，从头上往下，一直空到脚指头。自从丈夫得了多话症，她的脸面虽不像先前光生，皮肉不像先前紧扎，但整体说来，她还是饱满的，上了岁数，也有了岁数的饱满，可丈夫离开后，她瘦了。连目光也瘦了。她看啥都瘦了一大圈，院坝外的那棵黄桷树，虽腹部敞开，树身空洞，但几个人也抱不过来，而在汤广惠眼里，她一个人就能抱住。有天傍晚，趁没人在，她溜下石梯，当真去抱了一下，结果她的两条手臂像只有几寸长。"傻婆娘！"她这样骂了自己一声，然后回去宰猪草、扫屋子、备柴火……丈夫在时，这些活路干起来总没个完，丈夫一走，三两下就干净了。接下来干啥呢？看电视吗，电视早坏了，打开来全是雪花；没坏也不想看，电视里的那些人，只管自己说，不听她说，他们说的，跟她完全没有关系。她只好坐在堂屋里，抑或躺到床上去。卧房上方的亮瓦，积着蜡黄的尘垢，磨盘大的月亮也照不透。里面悄无声息。村子悄无声息。只留给她一个人的黑，一个人的空。房子本来不大，在东院，她家的房子只比杨浪的大，这时候却像是宅第深深，掩门重重。

她也试着在睡觉前去别人家闲坐，可她发现，那些映照在墙上的弯曲背影，非但没把她填起来，反而把她掏得更空。

尤其是从别人家出来，从院坝里经过，看到杨浪的屋子，那种空就咯吱咯吱响，像久无人居快要散架的门窗。

杨浪那时候往往已经睡了。

他睡得早，是因为起得早。

自从感觉到从朱氏板流淌进来的声音，有许多他都不认识，他便不再固执地只往那条道上去。当消除了这种执念，他发现大山还是大山。凌晨四点过，他起床，听见山野间的无数生命，也在泼颜梳洗，准备跟他一起奔赴黎明。然后太阳升起，新的一天带着新的色彩和新的声音，慈爱地拥抱人间；太阳也对这新的人间和新的景致感到惊讶，想好生看看，不让路过的云朝自己靠近，云无所归依，纷纷飘落，乳酪般横陈山野……某些时候，枝桠太密，风吹不动，落叶太厚，溪流不开，鸟也不怎么叫，大山静得空旷，但这种深邃的寂静里，也埋伏着声音的斑斓和忧伤。天气晴好的日子，太阳刚落下对河的马伏山，黛色的林野之上，一天烂星便追赶而出。望着浆汁般煮动的星群，杨浪总是想听到来自九天之外的声音。天上的一颗星，就是地上的一个人，他试图分辨出哪颗星是他母亲，哪颗星是他父亲，哪颗星是他哥哥，哪颗星又是他自己。可分辨不出，因为他听不到星星的声音。那是对他永远遮蔽的秘密。

每个人都是一半在天上，一半在地下，所以人们才有那么多秘密。

无论你多么亲近和想念一个人，你都只能听见他一半的声音。

关于秘密的那部分声音，永远是声音的黑洞，深不可测。这让他苦恼。

所有他无能为力的声音，都让他苦恼。

有天夜里，按理他早该睡了，但苦恼太深，心里不服，便用麦面和了水，捏成四个汤圆模样的团子，算是四颗星，分别代表父母、哥哥和他自己，他把它们放在桌上，仔细聆听。他听见的只是寂静和忧伤。连他自己的那一半他也听不到。他叉开十指，拨动着四个面团，让它们像星群那样旋转，转动的声音在屋子里走，然后是跑，然后是飞。

——这一幕刚好被汤广惠看见，那时候她从张胖子家出来。

汤广惠不知道杨浪在干啥。不知道才怕。知道了或许更怕。被空得怕。

对老婆的劝，梁春是听明白的。她知道他心里不好过，是在安慰他。先前，为一些小事，她也经常安慰他。村里人鄙薄他心厚，说风从他门口过，他也要抓一把进屋，说他放屁崩出颗米粒子，也要捡起来吃掉……他承认，自己节俭是事实，节俭到吝啬也是事实，但他觉得，他不那样做，就养不活一家人。汤广惠知道他听了那些话难受，对他说："有多大个指甲就剥多大个蒜，你管屙人家咋个嚼！"那年拜给他的那个干儿子，到他家走动两年就不再走了，他很伤感，汤广惠说："未必你还靠他养老？亲儿子都靠不住呢！"这话虽然没说到点子上，他伤感并不是害怕失去一个养老的人，但经这么一提醒，他也就慢慢放下了。可自从丁老婆婆过世，汤广惠就没再安慰过他。他并不知晓缘由，因为他不知道自己话多。他只是感觉到——正如刘三贵猜想的那样，这些年来，他一直逃不出丁老婆婆带给他的梦魇。丁老婆婆搂着一个虚构的孩子死去，让他遍体生寒。阴阳本无门，是人设置了门，但设置的门比本身有门更加森严，在这道虚构的门面前，不仅是那个孩子，连丁老婆婆自己，也成了零。成为零的丁老婆婆，只能独自进去。每个人都只能独自进去。包括他。

这时候，他最需要老婆的安慰，让他明白自己是实实在在存在着的，实实在在的有乡邻和亲人陪在身边。但老婆跟村里人一样，能离他远些，就绝不跟他靠近些。

老婆现在来安慰他，让他的感觉混沌起来。偶尔，他会有电光石火般的惊醒，但惊醒过后，立即陷入更深的迷茫和恐惧。

因此他没回话，只一心一意等着刘三贵回来。

可刘三贵没有回来，真的就像年轻人一样，连春节也没回来。

那是因为，刘三贵已经不是老年人了。他虽然算不上年轻人，却也不是六十岁以上的老年人。再次出门前，刘三贵去染了头发，染得黢黑，是青郁郁的那种黑。他的头发本就茂密，上了年岁掉了些，可还是称得上茂密，经这么一染，就如冬入春来的林了。在黑发映照下，脸上的皱纹便与岁月无关，而是沧桑，是硬气，唇上铁灰色的髭须，为那硬气淬了火。头和脚，一个是天，一个是地，头旧了，脚也旧了，头新了，脚也跟着新，就像天上落雨地上稀，太阳出来热分分；连头和脚上的病，有经验的医生，比如孙凯，也是换着治：头晕敲敲脚板，有脚气，就往鞋子里撒头痛粉。这意思是说，当刘三贵染了头发，他的腿也跟着灵便了。至于身份证，那是很好办的，办个假的就是。别人不一定相信假的，但需要把假的当成真的。假身份证上的年龄减了十八岁，如此，他就还没上五十，是货真价实的壮年人。

刘三贵成功出门的秘诀传出后，村里另外几个老汉也跟着效仿。当然，李成没走，张胖子没走，梁春也没走。李成是不愿走，再说他的年龄也相对大些，张胖子是不能走，梁春是故意不走。这与汤广惠留他没有任何关系。他像是在跟谁赌气一样。气一赌，就不说话了。他突然沉默了。在害怕孤单的时候，他有说不完的话，待村子里没几个人，真正孤单下来，他反而沉默了。汤广惠说，他的沉默是从一天夜里开始的，那天夜里他没说梦话，更没不做梦也说话，只是安静地躺着。这么不声不响，反而弄得汤广惠睡不踏实，不下二十次，她去探他鼻息，烫乎乎的，烫得有棱有角，仿佛能从那烫里摸到他的肠肝肚肺。她放心了，却也有一种古怪的失落。就像渴望永恒与渴望被遗忘绝不是互相排斥的，汤广惠渴望丈夫安静与渴望他一如既往地成为话痨，也有一道敞开的门，彼此相通。

而今，除去夏青的儿子小栓和那些还没上幼儿班的小孩子，已经五十四岁的杨浪，是千河口最年轻的男人。同为光棍汉的儿弟和贵生，一个比杨浪大四岁，一个比杨浪大七岁。好在他们都是名副其实的光棍汉了，"跑跑女"没有了，早就没有了，女人们再要跑，也是往城里跑，谁还会朝万山老林里跑？因此，杨浪不必因为见"跑跑女"进了九弟或贵生的门，就回家躺在床上，呻唤得全村的狗都不得安生。他们三人，成了千河口光棍汉的绝唱，那些年轻人，长得再丑，条件再差，也不缺女人的；他们满世界乱窜，窜着窜着，就窜到一个女人了。

连坐牢出来的李奎，也找到了女人。

李奎并没坐满十年，坐八年就出来了，出狱后没回家，只给大哥打了电话，说他去贵州找战友（其实是狱友），先在贵州那边打工。这消息李成和邱菊花都没对外人说，儿子出狱，即便是提前出狱，说出来也不是什么光彩的事情。直到李奎出狱好长时间并且回到村子里来，千河口才知道他不仅出来了，还有了女人；不仅有了女人，还有了儿子！

那是农历五月某个闷热的午后，身体瘦弱却很少生病的杨浪，前一天得了重感冒，发烧，就在家里睡——他得病从不弄药，都是睡，睡三五天就好了；何况现在弄药很不方便，因为顶替了孙凯的赤脚医生许宝才，也丢下药箱，去江苏昆山进了磨石厂。杨浪睡得昏昏沉沉，突然听见一个声音："浪爸爸。"他听见这声音，只是因为对声音敏感，并没觉得与他有什么联系，村里人招呼他，无论大人小孩，直呼其名算是好的，多数是叫"那东西"；好些年来，他都不是通过"杨浪"，更不是通过辈分，而是通过"那东西"来识别自己。

可叫"浪爸爸"的声音相当固执，把杨浪从昏沉中唤醒。他睁眼一看，床头站着两个人，一个男人，一个女人，女人秀里秀气的，乖乖巧巧的，宁静地微笑着，五月里还戴着头巾。男的又叫，叫过后说："浪爸爸，你不认得我呀？我是李奎呀。"杨浪翻身起来。这么说来，真是叫他。由于起得太急，差点一头栽下床，李奎把他稳住了。

"你回来了哇李奎？"

李奎说我回来了浪爸爸，这是我婆娘，叫映秀，她是苗族。

杨浪朝那女子望过去，这才发现女子的怀里还搂着个小人儿。

于是李奎又说："这是我儿子，叫李大运，十天前才满了月。"

杨浪急忙挥手："出去，你们都出去！我感冒了，看把你们传染了，大人不说，传染了娃娃可不得了！"接着又挥手，"出去，快出去！"

他把脸掉到一边，生怕自己呼出的气流被娃娃吸进去了。

待那一家三口出去过后，杨浪的耳朵里只重复着一个声音：

"浪爸爸浪爸爸浪爸爸……"

这回，杨浪的病好得特别快，第二天下午头就不重了，腰也不酸了，腿也不软了，他认真地洗了头，用削红苕的刀子刮了脸，换了身干净衣裳，出门去西院，进了李成的家门。

可是李奎一家三口到镇上的大哥二哥家去了。杨浪问他们还回不回村，李成说可能回来，也可能不回来。其实说定了还要回来的，只是李成觉得，杨浪来看望他们，实在说不上什么价值，因此不想给他确信。

这次回村，李奎挨家挨户都打过招呼，只要那家里有人；没人，有鸡，有鸭，有猫，有狗，甚至看见一只老鼠，一只蟑螂，他也照样去打声招呼。无论去谁家，都带着婆娘，抱着儿子。要是分明知道这家里有人，却没碰见，他会去第二次。比如张胖子家就是。他第一次去找张胖子，王玉梅上坡去了，张胖子在睡觉，张胖子的鼾声如同雷鸣，压倒了李奎的喊声和敲门声。从大哥二哥家回来后，吃过午饭，李奎又去张胖子家。

这时候，张胖子正在给老婆交代后事，王玉梅听得厌烦，打断他："我晓得了，你死了我天天去你坟上淋一盆水。"张胖子等着她继续说下去，可她正忙着收拾火塘。她刚做好了饭，按张胖子的指令，每顿饭做好，却不忙吃，先把火塘收拾干净，干净得不能留任何残枝残叶；只剩白灰；这工作看似简单，其实繁难，王玉梅拿着火剪，撅着屁股，明目鼓眼地盯住低于地面那个一米见方的空间，腾不出精力说更多的话。张胖子就不满意了："还有东升呢？"王玉梅只好又说："等东升回来，进屋的第一件事，就是去你坟头上淋一盆水。"因为腰勾得太深，她的声音像从瓮里出来的，气流吹得白灰浅浅地沸腾。

提到东升，张胖子又是眼眨眨的，将目光投向长方形的门外，望着院坝口。他的目光也呈长方形，将黄桷树、竹林、石磙和在石磙上歇着的两只鸡，都框了进去。可就是没有东升。东升好长时间没回来了，也没去见过他哥哥，更没见过任何一个村里人，包括强娃也不跟他在一起。他就是一个人在外面漂。风筝飘出去还有根线连着，他是连根线也没有，每次给他电话，他都说自己在做正事，问做的啥正事，又含含糊糊。

这证明不是什么正经事。

他会不会像李奎……

这天张胖子正这样想，李奎就进了屋。

张胖子一眼就把李奎认出来了，虽然他长高了些——像是长高了些，特别是长结实了，但张胖子还是认出了他。张胖子大张着嘴："啊……啊……"李奎愿意别人对他的出现感到惊奇，因为他的身后跟着婆娘，婆娘的怀里搂着儿子，他说："向青爸，王大娘，还没吃啊？"向青是张胖子的名字。张胖子还是"啊……啊……"，像他面前站着孙凯，孙凯正用一片药木压住他的舌头，叫他"啊"几声，好判断他的喉咙是否发炎。

他是被同时出现的念想和现实卡住了。想到李奎，李奎就一脚跨进了屋，仿佛李奎不是自己走来，而是被他的念头唤出来的。他醒里梦里想着东升，为啥没把东升唤出来？

他不仅失望，还觉晦气。

当他终于把嘴合上，李奎给他和王玉梅介绍自己婆娘和儿子的时候，他显得格外冷淡。

李奎介绍得太张扬了，那声"向青爸，王大娘"，也叫得过于响亮了。

不管咋说，你是从监狱出来的。

若干年前，要是听说谁家有人进了监狱，全家都不敢抬头见天，也不敢举目视人。杨峰当年在街上念书那阵，罗家坝的普光中学有个高中学生，名叫桂立新，不仅常年成绩第一，还利用周末到镇上的茶馆里说"聊斋"，为自己挣学杂费，因此在整条河上赫赫有名。可高中毕业没多久，就听说他被抓。当时市里有群人抢火车，嚣张得很，个个手持大刀和铁棍，公安严密布控，才将他们逮住，其中竟有桂立新！桂立新的父亲好多人都认识，那人赶场天走在街上，像个公社干部一样，拎个黑皮包，头发背梳着，跟谁说话，都露出居高临下的笑脸，但自从儿子被抓，镇上就再也见不到他的踪影。大约两年过后，有人在河下游的水泥厂看到他，简直吓了一跳：头发花白凌乱，两眼垂到脚背上，脸上皱纹打挤。

近些年，倒是没有谁再像他那样害耻。清溪河流域，进监狱的不知有多少，单是老君山，知道的就有七个。那些人去到外面，都说干着正经职业，结果是偷，是抢，是做高骡子生意①，是逼女子卖淫。幸好老君山还没出过杀人犯。前不久有人去县城，看见法院门口贴着一张布告，布告上六个死刑犯，五个都是农民工。他们的消息传回家乡，却没见谁像桂立新他爸，把脑壳夹在裤裆里过日子。

比如李成，非但不把脑壳夹在裤裆里，还活得趾高气扬的。

在张胖子看来，李成为儿子喊冤，其实是另一种趾高气扬。

不管别人怎样想，张胖子想的，跟桂立新他爸想的完全一样。在他心目中，哪怕老君山人全进了监狱，他家的人也不能去踏那道门槛。每次跟东升通话，他都要重三遍四地交代，说人不怕衣服脏，就怕骨头

---

① 做高骡子生意：指人贩子。

脏，衣服脏了能洗，骨头脏了不能洗。他完全相信世上之所以有监狱，就是为了关坏人的，所以凡是进过监狱的人，都是骨头脏了。

这天李奎一出脚，张胖子立即拨通了东升的电话，把衣服和骨头之类的话又重述了一遍。他的声音正如他的长相，肥厚得很，尤其是打电话的时候，几乎是喊，他想的是路程那么远，不喊，对方就听不见。

对方是听见了，刚走过巷道的李奎，也听见了吗？

但杨浪肯定是听见了。

那时候，杨浪正在村后的渠堰上，把一条蛇赶走。他从鞍子寺过来，上到古寨梁子，还隔着一里多路，就听到了那条蛇。他循着声音，加快脚步，朝蛇靠近，直到东院上方，才见一条足有丈长的笋壳斑蛇，拉伸了担在渠堰上耍懒。这不是找死吗？它以为自己有那么粗大，再加上一身的斑点，别人就怕它吗？这山里，除了杨浪，已经没人怕蛇了。

说来奇怪，先前不吃蛇的时候，远远地看到那冷血的生物从草丛中游过，也吓得身上长毛，若不小心被蛇咬一口，指头也能肿成小腿粗，医治不及时，还会切脚锯手乃至丢命，可自从城里人吃蛇，山里人知道蛇能卖钱，连孩子见到蛇也像见到黄金，猛追不舍，被蛇咬了，无非像蚂蚁叮了。许宝才离开村庄的前半个月，在严家坡的柴山里捉到十多条蛇，每捉一条，长的捆扎在腰间，短的捆扎在腿上，浑身蛇尾卷曲，蛇头蹿动，蛇芯子如乱旗招展，他随身带的药箱没法拎，就顶在头上，当他怀孕婆似的走回家，肚子和腿上到处是血，他却屁事没有，用盐开水一洗就万事大吉，药都不用上。可见世间的毒跟世间万物一样，也是此消彼长的。开始是年轻人捉蛇，后来年轻人走了，老年人竟也敢捉，见到蛇迹，就跟着追，蛇钻了洞子就拿烟熏，没钻洞就扑上去，一把掐住蛇的脖子。

杨浪生怕有人来，站在十米开外，跟蛇说话，叫它快走，叫它今后再没要处，也不要到路上来。可是蛇不听他。看来它的确没要处。它的同类日渐稀少，就想横在亮处，让同类看见。杨浪拾起细土块，朝它扔过去，它抬起头，喷吐着铁青色的芯子。杨浪退后几步，接着扔。蛇仿佛叹息了一声，不得已把自己折叠过来，呼啦呼啦地梭进渠堰上方的枫香林去了。杨浪看不见它隐没的部分，感觉是枫香林一截一截地把它吃了。

他痉挛了一下，正想过去看看，张胖子跟东升通电话的声音就传了上来。

杨浪望下去，正好看见李奎一家过沟。李奎走在前面，映秀走在后面，映秀的怀里抱着个小人儿。杨浪的心里有些酸，也说不清为什么。

回去过后，李奎一家就收拾行李，离开村庄，下贵州去了。他对父母说，贵州那边事情多，要不是东西放在山上，他们从镇上就直接走了。

算起来，李奎在千河口总共只待了两天多，在父母家吃了五顿饭，去夏青家吃了两顿饭。李奎坐牢之前，夏青就拜继给他爹妈了，以前没什么，这次回来，他却真是把夏青当亲姐姐看的，不仅去她家吃了两顿饭，还给小栓拿了五百块钱。

小栓已满十九岁。

病好以后，他去鞍子寺小学插班读书，直到学校垮台。十五岁那年，他跟着父亲符志刚出去了，可不到四十天，符志刚又把他送了回来。他脾气古怪，常跟工友们争吵。其实他并没上班，只是到厂区玩。那时候符志刚早就没在东莞造电熨斗，而是跟千河口多数打工者一样，进了磨石厂。不过，千河口人打工，除刘三贵这样极个别的去了河南（第二次出门，刘三贵还是去的河南，只是不在先前那家工地），一般是走广东、上海和江苏，符志刚却离开广东，单独去了浙江嘉兴，进了一家名叫"更好"的磨石厂。磨石厂都在偏远郊区，随便搭个棚子，就是厂房，计件结算，因此老板不监工，只验收，闲人想进去玩，随你的便，只是别在油坊抽烟就行——去浙江没几天，小栓就学会了抽烟，也学会了喝酒。他一天活没干过，能懂啥？可是他抄着手，在料坊、油坊、石磨坊、水磨坊和包装坊里，串来串去，走到谁的面前，都要子丑寅卯指点一通，说你做得这不对、那不好，开始人家还把他当小孩子，跟他笑，说多了就烦。那是很累人的活，噪声又大，哪能腾出精力听你开黄腔？特别是货被老板三番五次打回来的时候，就不仅烦他，还叫他滚。你叫他滚，他就扭住你，跟你吵，真吵起来又只会说几句揪揪话。

符志刚承认，他不喜欢儿子，他跟儿子太陌生了，也不明白儿子为什么变成了现在这个样子。把小栓送回来后，符志刚当天就走了；如果不是考虑到小栓没出过远门，怕他路上走丢或言语不当遭人欺负，连送的时间也没有。那正是旺季，挣钱全靠大约四个月时间的旺季，过了这季节，一天能上半天班就不错了，多数时候是三天打鱼两天晒网。

这么多年来，符志刚不可能没挣到些钱，可他的家境看不出丝毫改变。比他晚出门多年的，也在镇上买了房，而他家的房子，依然是爷爷修的木板房，夏青还是那样起早贪黑，忙了田里忙地里，忙了外面忙家里。让人不解的是，夏青却照旧那样快乐，且比先前更加快乐，好像只要儿子的病好了，她在世上就没有任何愁苦。

"他在磨石厂，造松花石茶几！"

如果有人问起符志刚，她便这样高声回答。

小栓自从回到本地，他爸爸说的毛病全改过来了，改得连影儿也没有，相反，他话很少，非常少，尽管不像现在的梁春那样比杨浪的话还少，但的确没有几句话说。而且既不抽烟，也不喝酒。李奎给他钱的时候，他同样不说话，只是把双手背到背后去，不接。

还是他妈帮忙接过来的。

夏青看重的，依然不是钱，是情，就像李成给她钱一样。

十九岁的小伙子待在家里，毕竟也不是事，这年的十月份，夏青去找到李成，说："爸爸，能不能叫小栓去跟大哥或者二哥学做生意？"李益和李钟都比夏青年长。

"他们那生意，没啥前途。"李成说。

夏青以为是有难处，没再言声。

其实李成另有心思。大儿子和二儿子，虽然有钱，对父母却都不怎么好。钱是给他们用的，而且从没吝啬过，逢二老的生日，都是扯到街上去办大席，请了各方有头有脸的人物，前来为自己父母祝寿，那阵势搞得刮风下雨的。可他们没像别人家的儿子，给父母去镇上弄套房子，让父母住着，享清福。李成跟邱菊花这么大年纪了，该享福了。两个儿子却没那打算。二儿子李钟沿河修了那么多房子，跟另外几个房产商——既有本地人，也有市县里来的——一起，把普光镇扩大了一倍多，并且还在继续扩大，却没有一套房子是拿给父母住的。

不是不让去住，可只叫去他们家里住。

那家里能住吗？大儿子家纯粹是个蛇部落，甚至是个蛇国家：乌梢蛇、菜花蛇、王子蛇、烙铁头蛇、青竹扁蛇，还有毒性很大的中华珊瑚蛇和碗口粗的蟒蛇。为防这种蛇吃那种蛇，也防大蛇吃小蛇，李益把它们分出类别和大小，盛在不同的竹筐里。若过三天没售出，屋里阴气呛皮，就得给蛇洗澡：水属阴，以阴治阴。李益给蛇洗澡，不是用水龙头往竹筐里喷，而是将盖子一揭，打声呼哨，蛇身子一顿，连环箭似的射出，从后门下坎，沿土坡飘下河去。七八分钟后，李益又是一声呼哨，蛇迅疾上岸，从后门进来，归位到自己的竹筐里。那真是普光镇的一大奇观，蛇们上坡下坎，扫荡出飞沙走石的声响，所过之处，草成泥，土成槽，河水暴煮。奇观不假，却是末日景象，在河岸洗衣的妇人，在浅滩耍水的孩子，百十米外也吓得绝望惨叫。即使那些妇人和孩子曾经是山民，也只在山里才不怕蛇，到了镇上，感觉就完全变了。何况那是一支庞大的蛇军。

不少人提意见，但李益没睬，他说我的蛇又不咬人，我叫它们不咬，它们就不敢咬。这话大家也信，常年把蛇往刀俎下和汤锅里送，让蛇怕他。这正如无论多么凶恶的狗，见了资深杀狗的屠夫，也四股打战，那些屠夫只需轻声吆喝：过来。狗就走到他面前，屠夫一手托住狗的下巴，一手将刀捅进它的脖子，狗连哼都不敢哼一声。可就算你的蛇不咬人，天底下却并非咬人的才吓人，于是又去政府反映。李益照样没睬。直到后来，快艇通了，高速路也通了，几天还没售出的情况几乎没有，无须为蛇洗澡，他才停止了那种把戏。

可从那以后，李益嫌竹筐占地方，运输也不方便，便将竹筐换成了尼龙口袋。这更容易麻痹人。要是乏了，不经意间往口袋上一坐，顿时要吓个半死：大热天里，蛇身也砭人肌骨，还在屁股底下拱来拱去。要是口袋没扎紧，蛇还会跑出来。事实上蛇经常跑出来，横在板凳上，挂在挑梁上，盘到厨房里，甚至溜到枕头底下。

除了蛇，李益收来的死猪死狗，窖在旁边一个大冰库里，虽没啥气味儿，可躺在床上，想着隔墙那一堆堆码起来的尸体，心里就怎么也踏实不了。

后来，山里人少了，送蛇和送死猪死狗来的没那么多了，李益一面继续经营那种生意（那生意实在挣钱，没彻底断了货源，就舍不得丢），一面卖起了建材，主要是卖钢条，钢条在屋里摞成垛子，从门口一直捅进屋子的深处去，进出都踩着它过，长索索的，老觉得踩的是蛇，让人心惊肉跳。那实在不是人住的地方。再说李成也不喜欢大孙子李灯，那家伙老是阴着一双眼睛，一天的任务就是吃、喝、耍，见到爷爷也不大叫。

大儿子家住不得，二儿子家呢，天天夜里聚一帮人喝酒打牌，闹腾到一两点钟也不消停。二儿媳肖婷婷又是个特别爱妖艳的，当初在农村，牛屎抓得，狗屎摸得，一去了镇上，住进铺了花岗石地板的套房，突然就高贵起来了，又是烫头发又是戴耳环，还常常拿出小镜子，涂脂粉抹唇膏；这且不说，她竟然见不得一点脏东西，地板上掉颗饭粒子，也立即揪出一张上好的抽抽纸，把饭粒拈了；饭粒还不算脏东西都这样，要真是脏东西，她就皱眉，肿脸，说话粗声粗气。从小到大，她还闻少了旱烟味儿？可现在也闻不得了，李成躲到阳台上去抽，还把阳台跟客厅之间的玻璃门关得严严实实，也见她坐在沙发上，边看电视，边歪着鼻子，把越来越白嫩的手在鼻子前面挥来挥去。李成上了年纪，又抽烟，痰多，在老家是随便吐，去了儿子家，他再没见识，也知道只能吐到垃圾袋或马桶里去，可连他咳痰的声音，二儿媳也听不得，只要他的喉咙吭的一声响，她就痛苦地压住胸口，像要发呕的样子。二儿媳跟蟒蛇一样可怕。

李成觉得，两个儿子对他们不是不好，但绝不是好。儿子对父母，不是好，也就是不好。三儿两口子就不同！他们回来只待了两天多，除了吃饭睡觉和挨门挨户打招呼，其余时间全在地里，小两口扛着锄头，硬是把桑树坪那片地挖出来了，李奎连抽支烟的工夫也没歇过，当然他本身也不抽烟，映秀的手上打了好几个血泡。挖了桑树坪，又去大地塆，给遭了风灾的玉米扶秆子，上追肥，映秀跟李奎一样，挑着八十斤一担的粪桶，一来一去好几趟。要论长相，老大老二媳妇哪能跟映秀比？可人家那样能吃苦！那样能吃苦，却还是那样白。那天生就是城里人的长相，却不带城里人的娇气、脾气和架子。她还是个刚出月子的产妇呢！她还给公公婆婆剪趾甲呢！

因了这些缘故，李成对老大老二不是很待见。

他们有钱，做父亲的自然高兴，但所谓高兴，也就是满足一点虚荣心而已，李成从不因为儿子钱多就作势，更不觉得儿子就成了人上人。张胖子认为他趾高气扬，那是张胖子的看法，他自己并没有。他不仅没有趾高气扬，许多时候——在他痛彻地想念三儿子的时候，只用小半心思去跟人说话，大半心思用来看人的脸色。

正是由于对三儿子的痛，不只夏青，别的任何人提到老大老二蒸蒸日上的生意，他都是那句话："他们那生意，没啥前途。"

当然了，这话也不能全然当真，显摆的成分也是有的，前途不前途，还不是以挣钱多少来定，挣钱多就有前途，挣钱少和不挣钱才没前途。老大老二挣下的票子，尽管比不上杨峰，大概也比不上房校长的三女婿，可要在普光镇本地，他们都可以排进前五；老二起步晚，照样可以排进前五。但李成那句话所代表的感情，大半是真的。他对老大老二确实有意见。

另一方面，他现在要故意在熟人面前踩踩老大老二，来抬高老三。

——老三现在办了个养殖场，也有了自己的生意！

可他坐牢那些年，每当李成在人前说起他（说他是冤枉的），除了杨浪和干女儿夏青，别的人嘛，哼。人人都想别人站出来，第一个去吃螃蟹，却从不打算把祝福送给那第一个吃螃蟹的人。对此李成是早就看穿了的。当初，整个村子对山外既向往又畏惧，听说杨峰、符志刚跟李奎要走到山外去，他们口头上咋呼，说你当老板去了，心里却巴不得你倒霉。特别是李奎，那时候才满十八岁，一把嫩骨头，竟也敢出远门去当"老板"，这让他们更不舒坦。李奎挣了钱，这是他传回的第一个消息，然后无声无息地闷了两年，终于传回来第二个消息——第二个消息就是他被抓的消息。他当真倒了霉，当真遂了那些人的心愿，所以听李成为儿子喊冤的时候，他们脸上要跑出幸灾乐祸的狗。他们自己也知道把那条狗撵不进屋，默默地听几句，就连忙转了话题，说他李成家老大（后来加上老二）有多能干，生意做得有多红火。可他们肚子里的蛔虫，李成是数得清的。

现在老三出来了，找了个好女人，生了个乖儿子，还跟手跟脚地刨出了生意，打开了财路，比你们那些没坐过牢的，混得旺实，混得体面！

但毕竟，李成不好明目张胆地去踩别人（主要是不屑于那样做），就踩自家老大老二，说他们的生意没前途，以此表明：老大老二的没前途，老三的才有前途。

李奎是怎样在出狱后跟映秀认识，并同居生子的——他们生了儿子还没办结婚证，李奎那次回来，除了认为自己可以回来了，还为了带映秀去民政所补办结婚证——李成没拿出来讲过，邱菊花倒是透露了一点，说映秀是李奎"战友"的妹妹，"战友"是贵州息烽人，李奎跟他在狱中就结成了拜把子兄弟，他们都犯了罪，但都不是坏人，只不过是一时的鬼迷心窍才做了错事，两人反而从对方的罪过身上（"战友"犯的是飞车抢夺罪），看到了比一般人高的德行。"战友"比李奎先出狱一年多，李奎出狱后去找他，他不仅收留他，帮助他，后来还把自己刚满十九岁的妹妹介绍给了他。

李成不愿意讲这些，他只是说，李奎跟映秀交往一段时间后，两人就找映秀的爸爸帮忙贷款（其实是找李益借的，李成不想让儿子露富。李奎在远方，再怎么露富都无所谓，李益和李钟在近处，有尾巴也要夹着），在息烽包了个养殖场，是好大一片山林，用线网拉了，养野鸡。

养那东西并不费事，收入还很可观。因场子太大，单靠自己不行，还需要人手。

那次李奎说，他回贵州后，要在当地招几个人手。当时李成没在意，现在夏青找到他，他想，与其在外面找人，不如找自己亲人（他把夏青一家都当成了自己的亲人），一是放心，二是有钱大家挣，肥水不流外人田；他临时涌起的更重要的想法是，他要在家乡造成李奎招人的声势，没有声势，也要有那风声。

这样一想，他就给李奎打电话，问人招齐没有。李奎说早就齐了。他说你放掉一个，让小栓去，小栓现在没去处，工资给少点无所谓，让他淘些见识。

李奎沉吟半晌，说要得，叫他来。

这样，小栓就到贵州去了。

夏青之所以只说让小栓跟老大老二学做生意，没说老三，是不想小栓走那么远。小栓跟自己爸爸走到远方去，也是东不斗榫西不落靠，不要说跟别人。

但既然保爹那么热心，她也就不好再说啥了。

小栓刚出脚，李成就四处走动，以十分淡然的口气，说李奎的场了越拉越大，要很多人手，接着他一家一家去问，已经搬到镇上去的，他就在赶场日子到镇上去问，问某某的男人或儿女，要不要离开打工的地方，去李奎那里。他报的月薪，是比着人家眼下的收入来的，比如人家现在的月薪是二千五，他就说二千五，是三千，他就说三千，人家一想，工资没加一分一厘，还倒来倒去地花路费，耗时日，何苦呢？于是不去。他要的就是你不去，他只是把事情宣扬出去就够了。效果显著，好多人都在议论，说："别看李奎那家伙是个劳改犯，还真有出息。"有些人还拿李奎去教育自己打了多年工也挣不回钱来的儿子。

这只是苦了张胖子。每当他听到别人在他面前夸李奎，他心里就当猫抓。他老是觉得别人夸李奎是在夸他的东升。这种感觉挥之不去。即便李奎是浪子回头，首先也做过浪子。他不要他的东升做浪子。他要他家的所有人，就像他家的火塘一样洁白无瑕。然而别人一夸李奎，他就觉得东升已经做了浪子。这让他痛苦不堪，给老婆交代后事的次数也更频繁。

起初，也就是张胖子头几回交代后事的时候，王玉梅很是担心，差点就给儿子打电话，叫他们回来，想到回来一趟不容易，才忍住了没打。熬过一段时间，她发现丈夫啥事没有，相反身体还好了些，以前动不动就上厕所，淅淅沥沥撒几滴尿，现在上厕所的间隔明显延长了，她才知道丈夫交代后事，就像房校长说"那羊就要吃狼了"一样，是口头禅。

可张胖子是认真的，特别是李奎突然出现在他面前且成为别人的话题之后。

再到后来，他简直怕听到李奎这个名字。

越怕，那名字出现得越频繁。

最讨厌的是汤广惠，几乎天天晚上到他家闲坐，天天都要说到李奎。

梁春出门那阵，汤广惠没有伴儿，可她偶尔才去别人家坐，现在有了伴儿，倒在自己家坐不住了。那是因为，梁春不在时，他在她的牵挂里成为她的伴儿，当他就在眼前无须牵挂，反而成不了她的伴儿。不再是话痨的梁春，就像长时间下雨的天空，一旦放晴，就晴得把地干死。他把以前说话的时间，都用来干活，手上没活，比上刑还难受，简直跟夏青一样了。可夏青是一个人在家，以前小栓在也从不帮她拾根柴草，他跟汤广惠是两个人在家，田里的干完了，地里的干完了，柴火也堆满了阶沿，他无事可做，夜里就是根木桩，白天就上房翻瓦。屁股恁大一块住处，经不住几翻就翻盖完了。他又不可能去翻别人家的瓦。他倒是想去的，哪怕一分钱不收，一口水不喝，纯粹帮忙。但没人请他，他怎么能去呢？

后来汤广惠学奸了：既然你闲不住，那就把洗碗、宰猪草、喂牛水等杂活，通通撂给你，她自己则消消闲闲地串门。她所在的东院，能串的也只有张胖子家，夏青是没时间听你扯咸淡的，杨浪是咸的淡的都无人愿意跟他扯。至于别的院子，中院刘三贵的房门已经锁上了：秋玲生了小孩，她妈上街去帮她带。孙相品两口子虽是回来了，可孙相品不仅觉得没几个人配跟他说话，还天擦黑就关了门，把山村、山村的夜晚和访客，一律关在外面。西院李成和邱菊花那里倒是可以去，可毕竟远了点儿，特别是晚上，万一踩虚脚摔一跤，老骨头就要变成石灰粉了。

所以汤广惠串门，都是去张胖子家。

有人串门张胖子是喜欢的，王玉梅也喜欢，但汤广惠一坐下来就唉声叹气，就说到自己养儿养女，只是还前世欠下的债，可人家养儿养女，却有享不尽的福气，受不完的面子。像鲁家的小凤，凭一己之力把全家弄进了县城，鲁家今后出生的孩子，就敢大明其白地说自己老家在县城，而不是山高路陡的千河门；像刘家的秋玲，不仅开了火锅店，生意红得发紫，还成了明星，听人讲，进县城的路口都挂着她的照片！又听说，离县城很近的一个地方，名叫青河湾，想申报4A风景区，正碰上全省新农村文化展演的好机会，县里多方努力，把展演地争取到了青河湾，前些天秋玲带着几个人去那里演出，受到了领导和各路专家的高度评价，市里的晚报采访她，登了一整版，其中她的照片差不多占了一半。

这些"听说"都是事实。申报4A风景区要有国家级元素，秋玲她们唱的"打闹歌",已被批准为国家级非物质文化遗产。"打闹歌"本是老君山的,县里为打造青河湾,就说青河湾是它的原产地。不过这也无所谓,现在的民歌都只是表演,哪里需要,就可以移植到哪里去,比移栽一棵树还省事。秋玲她们去青河湾时,在上级领导和专家面前,都说自己是青河湾某某村人,表演结束,某位省里来的领导提出要去"打闹歌"的主要传承人秋玲家坐坐,县里有关人员一阵手忙脚乱后,以最快的速度在三华里外为秋玲布置了一个"家",当然是干净的,华美的,朴实的华美;家里一对老人,秋玲进屋就叫爸爸,叫妈,叫得那个亲热,亲热得要往下滴,还把脸靠在"妈"的肩上,哼哼唧唧地要"妈"给她做好吃的,弄得那个明显刚刚洗过头发,也刚刚换了一身新衣的妇人,老泪纵横。她自己的儿女,已经四年多没回来看过他们了……

说过了鲁家的小凤和刘家的秋玲,汤广惠接着就说到了李成家。

其实她最想说的就是李成家。

李成的两个儿子发大财,让第三个儿子去坐牢,也算老天公平待人,谁知第三个儿子从牢里出来,照样发财!说这话时,汤广惠的声音明显提高了,两只手还舞来舞去,像她正淹在水里,浮柴泡沫和危险的水生物正朝她扑过来,她要把它们刨开。好些年来,她都是这种被淹的感觉,先是被苦日子淹,再是被丈夫的话淹,后是被寂寞所淹,现在又被老天的不公淹了。她想不通。她不去李成家闲坐,路远恐怕不是理由。她需要找到一个跟她一样,家境不算太坏却也没有多少起色的同类,她觉得张胖子和王玉梅就是她的同类。

然而,只要汤广惠的话头一过渡到李成家,特别是过渡到李成的三儿子时,张胖子就很不耐烦,生硬地说:"时候不早了,睡了。"

即使天还没黑透他也这样说,根本不管这话说得合不合情理,是不是得罪人。

109

汤广惠倒不跟他计较，起身离去。第二天又去闲坐。除张胖子家，几乎没地方可去是一方面，此外汤广惠将心比心，知道别人家要么在镇上买了房子，要么去县城买了房子，而自己家却还是只能守住为几辈人养老送终的老屋，那种滋味儿很不好过。她家和张胖子家都属于这种。她不好过，张胖子也不会好过，因而她原谅张胖子的不好过。

她不知道，张胖子担心的，不是成为她汤广惠的同类，而是成为李成的同类。

其实，无论怎样焦愁，张胖子对东升都是抱着幻想的。否则他就不会只是喋喋不休地交代后事，他可以正儿八经地装病，装得很深沉，深沉到快死的样子，这样王玉梅就会叫儿子们回来。他不信那时候东升还不回来。他没这样做，也是不信——不信东升当真会成为第二个李奎；再就是相信——相信东升真的在做正事。他不愿为了满足自己的念想，特别是不愿因为自己的怀疑，就把儿子给耽误了，甚至抹黑了。他是匠人出身，几十年的手艺生涯，让他深知不凭别的，单凭怀疑，就能把一个人抹黑。

可他着实又不解，农民工做正事，无非是下工地，进厂房，有啥不好明说的？

……四岁就敢递刀杀鬼的家伙，到了二十岁会不会操刀杀人？

一张布告躲过法官和万民的眼睛，挣脱胶水和墙壁，越过平原和岗岭，日夜兼程向老君山奔扑而来，到千河口东院，到东院张胖子面前，喊了声"爸爸"，砰然瘫倒……

抖。张胖子一身的肉，像结满果子的树遭遇狂风。他不想抖，但是"抖"自己要抖，他控制不住。控制不住就不控制，他只腾出心思来说服自己：东升绝不可能做那种事。

可心情稍平，他又听见骨头咔嚓一声。

前两场，王玉梅在街上碰到秋玲她妈，两人正说话，秋玲的姐姐秋华给妈打电话来了，问候过了，就说起外面的新鲜事，说他们厂以前有个小伙子，在马路上扶一个自己摔倒的老太婆，老太婆一把将小伙子揪住，说是他撞的。小伙子被胁迫，赔了钱，就离开工厂，成天游荡在马路上，找车撞自己，随便撞一下，去医院检查，无一例外都有了骨折。那是他做工时留下的老伤。后来老伤不顶用，便事先请"做伤师傅"用铁棒将自己的骨头打断。东升他……

咔嚓！张胖子又听见骨头响。

而这时候的东升，正在遥远的远方，在他父亲听见的骨头的响声里，伸懒腰。

他正干的事，是父母和千河口人想不到，也不能理解的，所以他不明说。

其实说出来也很简单：他是农民工，却不想走农民工的路。

出门之初就厌倦了。对身份的厌倦。新一代农民工，尽管很少再背标志性的编织袋，可稍有经验的眼睛，一眼就能看穿他们的身份。他们总是结伴而行，候车时聚成堆，抽烟吸得忒狠，路粮都带着，别人买盒饭或去餐车时，他们从鼓鼓囊囊的箱子里抠出方便面，另外可能还有用牛皮纸包着、剁得块头很大的卤鹅，男人再从衣兜里摸出一瓶老白干——若是清溪河流域的，便是"清溪白酒"。李成过上好日子后，曾多次用这酒招待过房校长，但现在的清溪白酒已开发出酱香型、浓香型和曲香型，且各有档次，农民工喝的，一律是曲香型，也不知为什么。曲香型虽然便宜，但浓香型的低端酒跟它价钱差不多，农民工却偏偏只喝曲香型，仿佛有根无形的鞭子，驱赶着他们挤上了同一条路，这条路上只提供曲香型酒；如同第一、二代农民工，分明有那么多提包和背包可选，却偏偏都只背编织袋。曲香型有头曲和二曲，农民工喝二曲。他们旋开盖子猛饮一口，用手掌在瓶口上揩一下，再递给下一个男人，同时嘴皮湿答答地赞叹："清二好喝！"所谓"清二"，就是"清溪二曲"。凡喝这酒的农民工，全是这样称呼。火车在广袤的大地上奔驰，可它走得再远，对农民工来说，也只是钻进一条逼仄的深巷。下火车过后，一、二代农民工可能只需乘坐市内公交车就能到达目的地，后来的大多要走出市区。无论在市内还是市外，农民工都有着规定的方向：出卖与身份相符的苦力。

东升那时候并没和强娃在一起，他跟几个老乡到了广州，然后从广州到东莞，又从东莞到长安，再去长安镇一个叫不出名字的村子。

那村里有厂房，有机器。那些厂房和机器对他们翘首以盼。

就在半年前，这里还人满为患，候在劳务市场等事做的，数日数夜蜷在那里，把自己捂酸，捂臭。仅仅半年过去，人流神秘消失，比蒸发的水还要无迹可寻。似乎谁都说不清原因。勉强可说的，是新一代农民工再不像他们的祖辈父辈那样，为了一口饭，干活从不挑肥拣瘦——挑肥拣瘦这种说法过于文雅，文雅到不符合事实，事实是，只要能挣到钱，再烈的毒，再险的地儿，一、二代农民工都敢碰，也敢去，到实在干不动了回归故乡，不少人即使没带残疾，也病痛缠身；当然也有人只能以骨灰的形式被拎回去。但他们从不后悔，他们自觉地认为自己是乡下人，城市能开门让进，便觉三生有幸。新一代农民工不再那样窘迫，因而懂得惜力，内心渴望的，也不再是小钱；除了钱，还渴望上升的空间，甚至渴望成为真正的城里人。同时，他们已不再觉得自己在城市做工是城市的恩赐，因而敢于伸手，向城市要公平，当劳动强度、劳动环境和劳动报酬悬殊太甚，就不干了，走了。他们为什么走，用工方一清二楚，但并没做好准备，廉价劳动力不仅是他们的红利，也是整个中国的红利，若涨工资，就意味着红利再不像以前那样红，以前是血的颜色，涨了工资就变成肉的颜色了。冷战。用工方与劳力方的冷战，还有用工方彼此间的冷战：他们相互观望，都不愿首先出招。

在这节点上，工地和厂房都安静下来。

但这只是短暂的。当一条河流里星空似的搅动着鱼群，只要有钩，就能钓上鱼。东升他们就是被钓到的鱼。几人进了一家磨石厂。但东升只干了五天，便离开那个村子，离开长安镇，到了毗邻的深圳宝安区。他就在那里遇上了强娃。

强娃一天活没干过，只租了间脱皮掉牙的房子，在里面自由自在地玩电脑。东升去了，他非常高兴，让东升跟他住在一起。两人对出门大失所望。门外的世界并不属于他们。他们从城市里穿过，就像从月光里穿过，月光照在身上，月亮却高悬于天。自从东升到来，强娃不再成天关在屋里，跟东升一起，朝城市的核心靠近，钱不够，就找父母要，父母手上有，自然会打到他卡上，没有，会找他们的大儿子想法；反正强娃从不亲口找哥哥要钱，他觉得自己已经二十一岁了，是个男人了，二十一岁的男人可以靠父母，不能靠哥哥，所以哥哥让他去宁波，他也一口回绝。强娃要到钱，就跟东升搭伙用，吃住以外，还从偏僻的住处溜进城去，染头发，逛酒吧，泡夜店。两人都在那样的场合破了童身。

破身的那天夜里，东升悄悄哭了一场。他想起那些先于自己出门的同学，有次他在镇上遇见几个，他们刚从南方回来，过两天又走，并且劝东升也走，因为城里"好耍"。他们谈起那些"好耍"的事情，就像谈青菜萝卜。其中一个说，有回他穿着水靴去找鸡，人家照样接待，照样把他当老爷伺候，因为那里只认钱，不认身份。城市的夜店比城市的殡仪馆还平等。这话东升当时不理解，现在理解了，理解之后却是无尽的空虚。尽管他没穿水靴，可他觉得瞎子都能看到水靴正套在他的脚上，还踩得呱唧呱唧响。

无意之中，他走着跟那几个同学同样的路——农民工的路。

公开的、隐秘的，都是那条路。

城市的核心藏在城市的深渊里。

那段时间，他特别想家。反正没事做，想回去就回去。好在强娃是个无可无不可的人，他的主要兴趣就是玩电脑游戏，这既可在车上玩，也可在老家玩，因此东升说回家，他把东西往包里一塞，就上路了。头两次回去，东升很快乐，后来他发现，家乡照样认身份：挣了钱的有身份，否则就没有。他不仅没挣钱，还找母亲要钱。他总不能一直用强娃的钱。可他又觉得，用父母的比用强娃的还让他屈辱。他并不是特别爱玩手机，可在家里，吃饭时也丢不下手机。

这只是为了逃避。

父亲让他别再出门、留下来种庄稼的话，像一记闷棒敲在他头上。在他看来，庄稼、土地和农民，三个词其实是一个词：代表身份的词。他瞧不起这种身份，也痛恨这种身份附带的卑微和封闭。家，比城市对他的威胁还大。逃避已无济于事，留给他的只有一条路：逃离。

那天早上，他快到县城才给强娃打电话。

杨浪在朱氏板看到强娃时，东升已经到县城了。他在县城里等强娃。怕父亲追问，跟强娃约好见面的地方，他就关了机。强娃到来后，两人又一同回到深圳。此后，东升再不跟强娃猫在出租屋里，也不约强娃进城，他凌晨起床，有时中午回来，有时下午回来。不管他什么时候回来，强娃都无所谓，他甚至不知道东升是什么时候回来的，也不清楚他出去干啥；墙角的柜子上，码着方便面，饿了，强娃就泡了吃，吃过又玩电脑，或者睡觉。东升是做工去了。搬运工。当搬运工有个好处，搬一天算一天的工钱。东升做工的地方，见不到一个熟人，有熟人他就不去。他不能让任何一个熟人知晓他也在干农民工的活。

头一个月，他没一天缺席，从第二个月开始，他干三五天，歇三五天，歇这几天里，他躲在屋里看书。他买了很多书，因为不知道哪种书能成为砖头，帮助他敲开城市的"内门"，他买的书很杂乱，证券、军事、时政、历史、文学，还有他最不擅长的英语。他把这些书吃下去，吃得形销骨立，发质枯涩。那头发是早就不染了，也剪短了。他还买了台二手笔记本电脑，写日记，也写自己的苦闷、彷徨和渴望。

这期间，强娃的银行卡也瘦了。他哥，包括他父母，都对他很绝望。到了该结婆娘的年龄，却丢不开奶嘴儿。吸爹妈的奶不说，还吸哥哥的奶。千河口人，即使到了美国，在形容一个人不争气的时候，恐怕都离不了以杨浪作比。强娃的家人跟东升的三哥一样，断言强娃将来"比那东西都不如"。于是断了他的奶。很长时间以来，强娃都用着东升的钱了，包括房租也是东升在交。东升觉得这是应该的，要说，他也只是还情。强娃知道自己在用东升的钱，还知道东升帮他的，比他帮东升的要多很多，他觉得这不好，却又无力自拔，心里憋，便不管东升在不在，玩游戏时把声音开得很响。东升看不进书，也写不下文字，就把书和电脑装进挎包，去了茶楼。二十元一杯花毛峰，可以在那里混一整天。

正是那些茶楼，为东升开辟了另一个世界。

在特别空虚的日子里，东升经常仰望富丽堂皇的高楼，好些年纪很轻的男女，穿得体体面面，在那里进进出出，他们是些什么人？为什么能从容地进去，又能从容地出来？有次走到一幢写字楼前，他对强娃说："我想上厕所。"强娃说里面肯定有，你去吧，我等你。他的意思，本是要强娃为他壮胆，陪他进去看看。结果强娃不去。他说："算了。"他连独自进去看一眼的勇气也没有。进了城市，面对陌生而巨大的存在，这个曾经递刀杀鬼的人，变得十分胆小，甚至脆弱，觉得任何一种障碍，都可以把自己摧毁。现在到茶楼里来，他发现这里也有不少年轻人，这些人跟他一样，带着书本和电脑，他们在电脑上敲，有时饭都忘了吃。东升不知道他们在敲些什么，很好奇，却又不知道怎样跟人搭讪。

有天下午，他朝坐在对面圈椅里的一个高个子看去时，那人也正看他。他们都笑了一下。两个人都注意到，连续三天，他们都坐在了同一个位置。那人说："你好。"话就这样搭上了。彼此通名报姓过后——那人名叫欧阳述——欧阳述问："你是哪里毕业的？"东升卡住了。他明白"哪里毕业"的意思，当然不是指中学，更不是指小学。

原来，这些来茶楼看书和敲电脑的，都是大学毕业生。

不知哪来的灵感，他脑子里突然冒出"复旦"两个字，于是说："复旦。"

欧阳述的眼神暗了一瞬，是自卑的那种暗。他没说自己毕业于哪里，但肯定比复旦差。

时至今日，东升也抹不去心里的愧疚：为欧阳述的自卑愧疚。可他也认识到了另一种有关身份的法则，为自己终于比别人身份高而暗喜。

第二天，他就拨通了电线杆上的某个电话，定制了复旦大学文学院的毕业证书。他定制毕业证的时间，比刘三贵去办假身份证还稍早一点。

此后，只要去茶馆，他就跟欧阳述在一起。欧阳述说他老家在皖北农村，这使东升也敢承认自己来自大巴山区。有天，欧阳述见他电脑上写着一句话："我紧紧偎依在你的怀抱，因为只有你和我相依。"这本是他写给自己模糊的梦想，欧阳述却说："得怀乡病了吧？"他没回答。但那表情，像是真的得了怀乡病。"知识分子的乡愁。"欧阳述有些嘲讽地说。不过他立即变得正经起来，接着说："有人认为不能为了满足知识分子的乡愁，就置农民的利益于不顾。讲这话的人，是担心城市的门向农民工关闭，是好心，但乡愁不只知识分子才有，农民工也有。我们这些出身农村的知识分子，最知道农民工受的煎熬：城市购买他们的劳力，却不接纳他们的老人和孩子，即使某些地方办了农民工子弟学校，也大多风雨飘摇。农民工身体在异乡，牵挂在故乡，这样的乡愁连血带骨，不是知识分子那点山月水影似的愁绪能比的。"

欧阳述一口一个知识分子，让东升很不自在。欧阳述思考的事——这天他还谈到，持续数十年的民工潮，正悄然改变着中国社会的结构，以前是家庭结构，现在是江湖结构，在家庭结构里，一大家人如挤在车辙里的鱼，彼此以唾沫相濡，以湿气相嘘，动人倒是动人的，却也太可怜了；在江湖结构里，江宽湖广，鱼各走各的路，彼此便也"相忘于江湖"，自在倒是自在的，却也太烧心了，因为人不是鱼。他又说：如果一个国家只追求"快"，弄不好就可能失控，如同车开太快就可能失控一样；"快"能迅速取得单一性进步，单一性进步是不计代价的进步，可代价摆在那里，你迟早得偿还，而且加倍。世界的常态是慢，不是快。在眼下的中国，学会慢，敢于慢，不仅是一种需要，还是一种担当，一种情怀……这些话也让东升觉得，自己这个曾经让欧阳述自卑过的"复旦生"，在他面前简直不值一提。

从那天起，东升常在夜深人静、连强娃也睡去之后，去网上搜看复旦大学的公开课讲座。他把自己当成了真正的复旦生，他不能给自己的"母校"丢脸。

强娃在他的生活中，彻底边缘化了。

十月初的某个中午，东升正跟欧阳述谈论"道德自恋与历史暴力"——这是他刚刚从公开课上学来的——收到强娃一条短信。强娃说，他走了，到宁波找父母和哥哥去了。出门数年，他没学会任何一样生存的本领，只能投靠哥哥。对东升长时间供他吃住，他很感激，并邀请东升以后去宁波玩。看完短信，东升的第一感觉是轻松。并不是因为少了个花他钱的人，而是在他身边，再没有一个知道他底细的人了。

跟往常一样，钱袋空了，东升就去做搬运。他对欧阳述实言相告。在他看来，在欧阳述面前不必隐瞒，因为欧阳述知道他是"复旦生"；一个复旦生去干农民工的活，跟农民工只能干农民工的活，是有区别的。但欧阳述还以为他是想学赫拉巴尔。赫拉巴尔得了博士学位，却专门回到底层，干最底层的工作，目的是了解社会，成为作家。这也曾是欧阳述的梦想。比搬运工更苦的活，他也干过。但他最终发现，那太难了。

他思索了一会儿，对东升说："有件差事，不知道你愿不愿做。就是帮老板们写自传。这照样是当作家，不过没有署名权罢了。那些老板大都有一个奋斗历程，奋斗到一定时候，就想显身扬名。于是写自传。他们中的不少人，生意场上是人精，可一旦接触比生意古老得多的文字，就摸头不知脑。但他们特别希望自己有文化。没有文化的有钱人，非常渴望自己有文化，也渴望别人觉得他有文化。以自传的形式出书，就是表明他们有文化。老实说，我三年前写的第一本就在他们圈内出了名，找我的人多得很。写一本五万。如果你愿意……"

那一天，正是夏青家的小栓，出门往贵州去。

卷三：鹧鸪天

　　小栓一走，千河口就再没有一个年轻面孔。

　　连小孩子也没有了。

　　鞍子寺和白花嘴等村小垮掉后，这片广阔山野上的孩子，如果不能跟父母去务工地上学，就只能去镇中心校。中心校都快挤爆了。学校无住宿，回家又远，便只能住到镇上去，镇上有房的自然好，没房，就租。不过租只是权宜之计，反正是要买的，镇上没房，儿子就结不到婆娘，即便你打工时"窜"到一个女朋友，人家也要跟你一同回乡，看看你镇上的房产，再决定是否要跟你订婚，是否要嫁给你，毕竟，像李奎那样"窜"到外地女人的，是极少数，大多数还是跟清溪河两岸的女子结缘。

　　孩子们从小去镇上读书，就把镇子当成了出生地，放假期间回到老家，像走亲戚，又比走亲戚家放肆，有了不满都大声说出来。最主要的不满是没什么好玩的，没有广场，没有网吧，不能滑冰和骑车，想吃零食也只能干着急——对杨浪给的糖果，他们早就不感兴趣了。他们现在吃的是薯片、海苔、鱿鱼丝，即使吃糖，也是吃巧克力。可杨浪还以为水果糖就是天下美食，还在为"那东西给我的，蜜蜜甜"这句话陶醉，见到孩子就递。孩子们转身离开后，他还当成是讲礼性，拖着不灵便的腿追过去，硬往孩子荷包里塞，被厌恶地撇了嘴，甚至遭到呵斥，他才停下了，木然地站在那里。他并不知道是嫌他的糖不好，还以为是嫌他手脏。不过的确也嫌他手脏。不仅嫌他的手脏，还嫌村子里到处都很脏。鉴于这种种原因，孩子们往往在老家过上三五天，就到街上去了。

这情形让镇上的老居民高兴。据说大城市有些老居民很不欢迎后来者，镇上人的本土意识没那么强，他们觉得，后来者并没让他们失去什么，只带给他们欣欣向荣。那些住到镇子上的村民再不是以前的村民，他们敢花钱了。平时敢花，逢寿辰和婚丧嫁娶，更敢花，还要比着花，宴席络绎不绝，餐馆酒楼简直忙不过来，一度时期，要提前一个星期甚至十天半月，才能在"玲妹火锅"订到餐位。不管办哪类宴席，主人都要从市县请来表演队，人声车声歌舞声锣鼓声鞭炮声，营造出一派繁荣景象，这也让老居民格外喜欢。孩子们的打闹声和欢笑声，尤其让他们喜欢。村里孩子刚到镇上时，又羞又怯，但很快，地皮踩热了，乡野气蒸腾而起，撩拨得镇子生机勃勃；他们初见世面，嘴馋眼花手痒，这也想吃，那也想要，便天天吊住大人的衣襟讨钱，大人往往是恶声恶气地骂几句，立即就会满足他们。在孩子身上花钱，比婚丧嫁娶花钱更大方，骂那几声，只是为了教育孩子，让他们知道钱来之不易。

孩子上街，必须跟个人去照顾。勉强有些劳力的男人都到了外地，穿戴上了他们本不习惯、后来慢慢习惯了的工装，只有女人跟孩子去，如此，千河口的女人也少了；十多岁的姑娘和二三十岁的媳妇，自然早就不在，这里是说，连那些当了奶奶的老年妇人也少了。

然后是更少了。

到而今，除了李成和张胖子是两口子都在村里，千河口再也找不出一个这样的家庭。梁春的女儿终于在镇上买了房，把儿子送回镇上念初中，需要个为他做饭的，他爷爷奶奶都已过世，只有靠外公外婆；外公是靠不住的，只能靠外婆。这样，汤广惠便住到女儿的新房里去了。在她心目中，"别人的儿女"和"我们的儿女"，也终于没什么区别了，张胖子和王玉梅的耳朵，也可以清净了。耳朵倒是清净了，心里又闹。这村里，除了几个光棍汉，谁还像他们这样呢？

汤广惠去镇上没多久，孙相品夫妇离开村子，住到了二儿子家；孙相品的情况跟别人有所不同，但离开千河口的事实是相同的。

千河口就这样持续不断地做着减法，算式如下：

1. 总人数（以某年为基准）-死亡的人=活着的人；

2. 活着的人-外出务工的年轻男人=老年男女、年轻女人和孩子；

3. 老年男女、年轻女人和孩子-年轻女人=老年男女和孩子；

4. 老年男女和孩子-外出务工的老年男人=更老的男人、老年妇人和孩子；

5. 更老的男人、老年妇人和孩子-孩子=更老的男人和老年妇人；

6. 更老的男人和老年妇人-老年妇人=更老的男人；

（5和6是同时进行的。）

7. 更老的男人-……=……。

当然，这只是一个大体的公式，并不准确，比如相对而言还算年轻的夏青，就依然留在村庄里，但基本走向是这样的。

　　　　我们家乡的树子，

　　　　树叶飘到别处去了。

　　　　我们家乡的泉水，

　　　　悄悄流到别处去了。

　　　　我们家乡的岩鹰，

　　　　展翅飞到别处去了。

我们家乡的山坡，

影子映到别处去了。

我们家乡的黄狗，

叫声响到别处去了。

我们家乡的男女，

狠心老到别处去了。

我们家乡的鬼魂，

找不到回家的路了。

这是一首在老君山上传唱甚久的古歌，没想却成了谶言。

某些事情，开始就预示了结束。

但这首古歌，现在无人再唱。它不属于"打闹歌"，秋玲她们也不唱。秋玲她们只唱"非遗"。歌也是有身份的。如果把歌的身份对应官阶，也有国家级、省部级、厅级、处级之类。在某些场合，你分明邀请了一个厅级干部，却只来了个处级甚至科级，你就不高兴。秋玲她们出去表演也是如此，那首古歌再好听，再忧伤，再丰饶，因为没有身份，你唱它，邀请方和听众都不满意。它最多作为配盘。少人唱，然后无人唱，它就被遗忘了。或许它真的渴望被遗忘。它只把自己作为答案，化石般深埋，等人发现。

这时候的杨浪，比以往起得更早，不到凌晨四点，他就起了床，沿着款款相连的沟渠，去三层院落里转悠。路是熟的，熟透了，天再黑也不必照亮。他像幽灵一般，走到每一家的门前，坐到人家的阶沿底下，凝神谛听。大多数家庭没有人烟，好多家的房子不是垮了，就是烂了，有些垮掉和烂掉的屋子中央，长起来好大一棵树；没烂屋脊只烂了板壁的人家，从龇牙咧嘴的壁缝间望进去，只见白沙沙一片。那不是月光，也不是雪，不是霜，而是白霉。山里潮气重，过些日子不生火，就长白霉。寂静的夜里，杨浪能听见白霉生长的声音，这声音长着牙齿，能把陈旧之物咬碎，吃掉。陈旧之物也就是房主人的声息，包括主人在的时候，饲养的猪牛猫狗鸡鸭鹅兔的声息，还有不想饲养却总是与人为伴的老鼠的声息，就连气味，就连炊烟，也能发出属于自己的声音。在杨浪那里，世间众生，都以声音宣示自己活着，死亡不是呼吸的停止，而是声音的寂灭。

如果那家里还住着人，杨浪会待得更久些，因为这时候他不是在回忆里听见，而是真实地听见。他珍惜这种真实的声音，而且越来越珍惜了。他明白，这样的声音不会陪他太久。他熟悉村里每个人睡觉的声音，不只是鼾声和梦话，还有心脏缓慢跳动时把胸前的衣服摩挲得窸窸窣窣的声音。人们并不知道，自己睡过去后，是声音养育着自己的身体和灵魂，如水养鱼，如草养羊，如空气养万物。只有那些享尽奢华之声并在其中逐渐变得冷漠的人，才会厌弃声音，才说这世界噪声太大。

三层院落里，还数得出几户有人的人家呢？东院，除杨浪本人外，只剩张胖子、王玉梅、梁春和夏青，但已经算多的了，中院只有九弟，西院是贵生和李成——前些日还是李成一家，现在只是李成一个了，邱菊花也住到街上去了，带小孙子。李奎把他们快满三岁的儿子送了回来，请父母帮忙带，也让儿子在普光镇上幼儿班。将儿子送回来的当天，李奎就从二哥手里买了套九十多平米的房子，户主是李奎和映秀，事实上就是拿给父母住，让他们在里面养老。先前，李成为老大老二不给他们一套房耿耿于怀，可现在老三真的给了一套，他却住不惯，最多住上两天，就要跑回来，回来就十天半月也不下去。其实，住不惯只是少半原因，多半原因是他丢不开庄稼。当了一辈子农民，庄稼成了他的命根子，有时候，他还会哼两句曾经在二面山上广为流传、现今也同样没人再唱的歌谣：

> 一寸田土噻一寸呢金，
> 田土噻才是那命根根。

他无法想象让田地抛荒，只长野草不长庄稼。好在他虽然年纪不轻，身体却没有任何毛病，他曾担心自己见不到三儿子出狱，那完全是多余的，他的身体不仅没有毛病，还简直可以称得上壮实，尽管他的石匠活做得糙，但当石匠的经历，像史书那样刻在他黑沉沉的手臂上；同院的杀猪匠高双平离开后，他把那套家伙接过来，无师自通地操起了新行当，两三百斤重的猪也难不倒他。不过人去了，哪来猪，留给他显本事的机会少之又少。

曾经热闹非凡的千河口，只剩了八口人。

沟渠照样淙淙流淌，院前院后的草木和竹林，照样花开花谢，叶长叶落。

只是人少了。

因此，杨浪用不了太长的时间，就能把村庄"听"完。

如果不是在梁春门前耽误得久些，他会听得更快。

汤广惠上街的时候，叫梁春一同去，但他不愿意，说都去了，吃啥？因沉默太久，他的话瓮声瓮气的。汤广惠一想也是，就没坚持，怕他劳累，把猪牛都卖了，只让他随便种点儿，够一家人吃就是。自从梁春一个人留下来照管庄稼，每到黄昏，他从地里回屋的路上，都去路边的青冈林里瞅。他在找"豁拉子"。那是一种米黄色的、周身长着肉

124

刺的小虫，以毒性面对世界，也以毒性求得生存，每个毛孔里都是毒，如果它会叫，那叫声里也一定盛满了毒汁，也不知它为什么没被自己毒死。它无须叮你，只虚虚地往你身上一粘，即刻红肿；痛跟肿同步，痛得很辣，类同火烧，却又比火烧尖锐。痛过后是痒。痛可忍，痒不可忍。痛是一会儿就过了，痒起来却没完没了，酒洗没用，盐水洗更没用，只能抠，抠得血水染红了指甲，被抠烂的皮肉渣，填塞在指甲里，把指甲胀得生痛，却还是龇着牙，不歇气地抠，恨不得把那块红肿的地方割去。

但梁春找"豁拉子"，要的就是那点痒。

黄昏盛大，从四面八方围困过来，如同无声的浪涛。无声的浪涛就是时光。梁春感觉到自己正被时光淹没，像打尿噤似的，有些颤抖，也有些心慌意乱。他的全部精气都凝聚到眼睛里，用目光拂开夜幔，使劲瞅，直到瞅见了某片叶子上有那虫子，才安稳了。他把那片叶子摘下来，带回家去，饭吃了，杂活做了，该上床睡觉的时候，他再拾起那片叶子，用"豁拉子"趴着的那面，往自己身上的某个地方拂一下。这样，他就把"豁拉子"的毒养在身体上了。养了这枚印章似的毒，他就不再惧怕漫漫长夜。上床不久，他就抠。困得实在不行，加上皮肉抠烂，暂时由痒转痛，比较容易打熬，他会睡过去。醒来后又接着抠。因为睡那一阵，毒在暖烘烘的夜气里繁殖，奇痒难耐，醒来后除了抠，啥都不想，也不能想。待稍稍好一点，又睡，然后是又醒，又抠，当毒性跟着血水和抠烂的皮肉流走，那地方除了微微的疼，已不再有别的感觉时，天差不多就亮了。

凌晨时分，杨浪听到梁春抠养在身上的毒，或者说养在身上的痒，就如同在苍茫暮色里听斑鸠叫，听到的是一个村庄的声音。

这声音表达着什么，又预示着什么，他不愿去多想。

他只是将自己化入那声音里。那声音是深青色的，他也变成了深青色。

每当这时候，说不出来由，他总是想起许多年以前的事情。那些事他没有见过，祖辈也没有见过。那些事只活在祖辈的传说里。活在传说里的是一个女人。这女人出现在老君山时，老君山是一团被太阳烧红的火焰。土火，石头火。数百年甚至更长时间没下过雨了，这团燃烧的土石寸草不生，山下的清溪河也滴水不存。这女人，披发跣足，去了远方，当她回到老君山，衣兜里便揣满了种子：水的种子。她日夜不息，遍山种水。水生根发芽，长成小苗，她再把水苗移出，均匀地栽于山野，水苗长成水树，水树长成水的森林。水的森林唤醒了草木，草木唤醒了鸟兽，唤醒了人。从此万物生长，河水奔腾。

杨浪听着村庄里的每一种声音，仿佛都是听到了那个女人……

听完村庄，他接着朝鞍子寺方向走。

人多人少，是从路上就能看出来的，那些年，路上草棵零落，现在葳蕤盖野，大太阳底下，也只看见草，看不见土。杨浪担心蛇，走得很慢。但他不必像别人走夜路那样，每走一步，都先用棍棒驱赶；他连睡着的蛇也能听出来，他手里的竹棍只在需要的时候才伸出去，每伸出去，必然赶走一样东西，要么是蛇，要么是蛤蟆、青蛙或蝎虎。事实上蛇是很少的，前面说过了，自从李益收蛇卖，这整架大山里，蛇就成了肉，源源不断地送往镇上和城里人的餐桌。那一波摞一波的风潮过后，山里的蛇几乎绝种了，但李益依然没断货，因为稀罕，价钱比前些年高出数倍。正是这高价，才使老年人也敢去掐蛇的脖子，只是毕竟上了岁数，手脚不利索，掐不准，掐准了也乏力，很容易就被咬一口。不知是蛇拒绝绝种，毒性进化，还是老年人体质弱，近一两年来，听说被蛇咬过后，再不像蚂蚁叮了那般轻松，躺十天半月起不了床的事时有发生，丧命的事也偶有耳闻。即便如此，李益还是每个赶场天都要收到若干条。

杨浪已经很久没看见过蛇了，李奎回来那次，他在渠堰上见到的笋壳斑蛇，是他见过的最后一条蛇，所以他这时候尽管担心，却不足以让他分心。他边走，边听夜晚、凌晨和黎明的声音，听露水凝结的声音，听晨光降临的声音，听草木苏醒的声音，听鸟兽起床的声音，听太阳挣扎向上和喷薄而出的声音……每一种声音被他听到，他就可以成为那种声音。他已经超越了模仿，不是像，是成为。人不能两次踏进同一条河流，也不能两次发出同一种声音，人是这样，万物也是这样，然而，杨浪的整个身体就是一部录音机，这部录音机独一无二，举世无双，能把声音和声音里的全部情感保留下来，如此，人和万物，就不仅能两次还能多次踏进同一条河流，多次发出同一种声音。

许多时候，他独自一人走在去鞍子寺的路上，嘴里会突然冒出声音来，这可能是青蛙的声音，蛐蛐的声音，夜鸟的声音，也可能是人的声音；但不是他自己，而是别人的声音。别人仿佛在路边的田地里锄草、播种、施肥，见他走过来，就给他打招呼："吃了吗？"偶尔他会很不高兴地应一声，大多数时候是不应的。谁这么早就吃了呢？而且他也不喜欢别人动不动就问他吃了没有。自从母亲去世以后，在村人的眼里，就像他饭也吃不起似的，事实上他种的庄稼不仅够他吃，还可以节余一些卖掉，买回油盐和衣服，并给乡邻送人情，而且每年秋天，他都能剩一些在田地里不收，好留给雀子过冬。但村里人老是觉得他饿着肚子，更觉得他荒着油水。每逢年关，某些村民杀了猪，将一笼心肺提给他，说："那东西，我们屋里谁都不想吃这家伙，你帮我吃了吧。"他知道是怕他过年没肉吃，故意这样说的，他内心感激，但绝对给钱，一分不少。村里人收工回家的时候，路过人家的菜地，见到辣椒、黄瓜啥的，

· 127 ·

顺便摘几个，谁都不会计较，人家熟了的水果，直接爬上树，边摘边吃，吃够了才下树，同样没人计较，但杨浪从不这样。别人可以，他不能。一根针他也不会拿人家的。他怕村里人说他懒，做不出庄稼，没吃的才去摘人家的瓜果。

此时此刻，独自走在路上的杨浪，听别人那样问候他，他在心里抗辩几声后，很快就意识到，问候他的人，要么离开了千河口，要么死了，甚至死去多年了。何况天色还在黎明之前。他会因此打个寒噤。寒噤过去，他的嘴里又冒出声音，像又有人在对他说话，而且说话的人跟他挨得非常近。他的腰往旁边一闪，仿佛那人在边跟他说话，边拿指头捅他。其实，除了父母亲活着的时候，除了哥哥在他很小很小的时候，难得有人离他这么近过。

直到走到鞍子寺，那些声音才寂灭了，他也才清醒过来。

鞍子寺以前除了学校，就是田地和荒坡，后来孙凯住过去了，再后来，孙凯只剩了房子在那里，全家人都离开了。孙凯是带着怨气离开的，他本来兴兴头头地在鞍子寺过日子，可村里人眼红他占了学校，终于出来说话了，他们对村民组长说：修学校的时候，我们谁没摊钱，谁没出力？凭啥让他一家子去养猪养牛？你说叫他看守，既然学校都垮了，没一个老师，没一个学生，还看守啥？就像以前的公猪圈、大食堂，公家不养猪了，没人去人食堂吃饭了，未必还派人把那房子守住？组长觉得，自己说不出更好的道理去反驳，就叫孙凯把拦住操场的篱笆拆了，把猪啊牛的牵走，然后把钥匙收了回来。

孙凯牵走猪牛的时候，朝着村庄的方向掏出家伙撒尿，撒了尿再破口大骂，把家家户户都骂遍了。他认为自己有理由这样做。他想的是：若干年来，我行医问病，救死扶伤，我的行医资格被取消后还被你们纠缠；再后来许宝才打工走了，你们有了个七长八短，特别是得了急病，就近找不到医生，又跑来求我，我冒着风险给你们治，治了还不敢收诊断费、医疗费，只敢收点药钱，我对你们不是恩也是恩，现在占点空房子用，你们就往胯裆里说淡话！他很快卖了牲畜，去镇上滨河路旁边开了家诊所，叫"福康诊所"。奇怪的是，当初连赤脚医生也没考过，去镇上开诊所，却顺利地拿到了批文。

到镇上没多长时间，孙凯就忙不过来了。他跟所有做过赤脚医生的人一样，是万金油，除了不截肢开颅，啥病都能治，而且孙凯还比普通的赤脚医生更"避病"，如同厉害的猫能"避鼠"，凡经他手的，都好得特别快。其实是他敢用猛药，规定一次吃两颗的，他说不，吃四颗！他抓中药是真"抓"，根本不称秤，每样药都是凭感觉，抓一把了事。因为好得快，让他获得了"药到病除"的医名，诊所的影墙上，挂满了病愈者送来的锦旗。此外他还喜欢开些稀奇古怪却很见效用的药方。比如新街有户人家，老老少少都爱患感冒，家里此起彼伏的都是喷嚏声和咳喘声，去卫生院拿了大堆药，不管事，后来找到福康诊所，孙凯听完病情，又知道了他们半年前才从乡下住到镇上，于是问："晓得毛病出在哪里吗？"病人答不出。他把桌子一敲："你们不用夜壶了！在乡下用夜壶，晚上想小便，被子一撩，夜壶提起来就开干，到了镇上，住了好房子，数九寒天也往厕所跑，就容易贪凉了。城镇患感冒的比乡下的多，道理就在这儿。当然，刚住到城镇的乡下人，患感冒的又比城镇的老居民多，因为还没习惯不用夜壶。"接着为他们开了药方：继续用夜壶。此外没开一粒药，但那家人再没来过，不知是不是听从了孙凯的建议，一家人都通泰了？

尽管孙凯咒骂了千河口的所有人，但千河口人照样去他那里弄药，每个人进了他的诊所，都说："你当时占学校，我可是一句舌头也没嚼过。"孙凯不回话。来他这里的都是病人，他一律当病人对待，至于是不是千河口人，是不是对他嚼过舌头，他不再计较了。

反正他都是离开了的人了。

孙凯离开过后，学校操场上，很快长起深密的野草，野草淹没了三个乒乓球桌。里面布满了鸡屎鸭粪（乒乓球桌上也是厚厚的一层），土地格外肥沃，草也长得格外欢实。屋顶的瓦片被风揭走，椽子烂掉，阳光照进去，雨水飘进去，种子落进去，教室里便也草蔓丛生。有时候，能看见几只野鸡从教室里扑棱棱地飞出去，飞进后山的林子。如果站在高处，还能看见教室里被猪屎牛粪养育的鹭鸶菌，长得像树那么高，成为菌子的森林。

这天杨浪走进学校的时候，天已蒙蒙亮。

他刚踏上操场边缘，就听到一个声音说：

"我这里太潮湿了，我快闷死了，麻烦你把我搬到透光通风的地方。"

这个声音是如此陌生，杨浪从来没有听见过。

"谁呀？"

没有回答。

"是哪个在说话？"

还是没有回答。

草梢上簌簌有声，那是晨光碎裂的声音，每一个晨光碎裂后，便合力铺展出更大的光明。春末夏初，晨光碎裂的声音是绿色的，光明也是绿色的。在浓翠欲滴的绿光里，杨浪看见了立在操场边的四个断头战将。现在，战将的头颅全都不知去向了，没在脖子上，也没在草丛和水田里。据说是山下人上来偷走了，送到省城的古物市场，能卖个山里人想也不敢想的好价钱。

这四个断头战将把杨浪点醒，并给了他醍醐灌顶般的启示。

他像獴子那样钻入草林子，两手分披着朝前游。草林如水，分开了又合拢。他游过操场，接着往校舍背后游去。校舍背后本有条阴沟，现在完全看不出来，雨水冲刷下来的泥土，把沟填满了，成为一条黑郁郁的巷道——即使填满，照样看不出来，壮硕油嫩的花狗尾巴草，漫沟生长，快要长到屋檐那么高；花狗尾巴草本来长不了这么高，它们大概想争取一点阳光，就不顾惜自己可能缺钙的骨质，也不顾忌自己的本分了。如果山里还残存着躲过劫难的蛇，这种地方是它们最喜欢藏身的，但杨浪似乎管不了那么多，在草林里快速游动。可一直游到头，也没发现他要寻找的。他再次钻进去，往回游，边游边用手摸索。在三分之一处，他摸到了壁洞。就在这里了。他把周围的草拨开，壁洞里的如来佛，便露出阴暗的脸，佛头上的螺丝，也如阴影般层层叠叠。

杨浪问："佛啊，是你在对我说话吗？"

佛无言。

但杨浪坚信，刚才就是如来佛在对他说话。

他对佛说："你至少有八九百斤重，我怎么搬得动你？"

这时候，他对佛深怀怜悯。他恨自己没拿把镰刀来，把巷道里的草全都割去。回家去拿自然行，但他的心又开始痛，就像看见李老师舔一下摸了肉的指头那样痛。他痛得已经无法容忍自己离开之后，还让佛被深草淹没，哪怕是极短的时间。他蹲着马步，开始拔草。花狗尾巴草扎根相当狠，且下面是干土，拔起来并不容易。

当他把整条巷道的草拔完，已过晌午。他的衣服被汗水湿透，湿了又干，干了又湿，汗盐存不住，白沙沙地掉了一地，两只手也血糊糊的。风软软地吹着，草的绿色汁液在他手上很快变黑，被血一浸，绿色又丝丝缕缕地活过来，线虫一样在血里撩动。他把草归拢，扔到操场外边已无人栽种早已荒芜的田里去。

那块田傍着房校长挖的鱼池。鱼池干了好长时间，后来大雨将败草冲至龙眼，龙眼被堵塞，又积起小半池水。水很清亮，杨浪看见，一条两拃长的青尾草鱼，在池中央沉思着游动。自鱼被那两个老师起出且干了池水那么长时间过后，不可能有谁来投放过鱼苗，上面又无沟渠把别处的鱼冲下来，这条鱼是从哪里来的？

只能说它是自己长出来的。

万物都能自生，都有自生的渴望和自生的本领。是渴望赋予了本领。

杨浪把旁边田里的草抱了一捆过来，投进池子。

草香醉人，那条鱼尾巴一扫，倏然钻入草底下。

池子里响起又轻又密的喋喋声。

这辈子，杨浪几乎没说过一句聪明话，更没做过一件聪明事；说聪明话只需要聪明就够了，做聪明事首先得聪明，但只有聪明又远远不够，所以连聪明话也不会说的杨浪，不可能做出聪明事。

他把巷道里的草拔去，自以为可以让如来佛能多少通一点风，透一点气。第二天，他又在天蒙蒙亮的时候，扛着锄头，打算去把草根铲掉，同时把沟掏出来。到真正入夏过后，雨水频仍，而且总有三两场大雨，大到凶猛，几条活闪几声炸雷过后，天垮了，雨不是往下落，而是垂直奔流，地上顷刻间就起了山洪，没有沟，水就可能拥堵，漫到距地面不足一米高的佛身；前些年就漫上去过，如来的肚脐眼里填满了泥土，肚脐之下跟黑泥融为一体，已看不出石质本相。校舍的砖墙上，也横着很高的黑印子，这样泡，泡不了几年，砖墙就会坐下去，把佛埋了，所以必须尽快把沟掏好。他还想过，等九弟伤好过后（前些日，九弟去山里挖麦冬，摔下崖壁，左膝盖翘起来了，头上还磕了个眼儿），他们四个男人——他、李成、九弟、贵生——用杠子和大索，把如来佛从洞里抬出来，抬到向阳处去。只能靠他们四个了，张胖子是帮不上忙的，梁春也不行，每天夜里把毒和痒养在身上的梁春，仿佛那毒和痒成了他的女妖，吸得他形容枯槁。女人也帮不上忙。干这活需男人才行，尽管夏青比他们年轻许多，尤其是比她保爹李成年轻许多，可她是女人，女人的肩膀上，搁不住两百多斤重的杠子。

这天杨浪就想着这些，走过操场，进了巷道。

从巷道入口，他开始铲草根。昨天被草茎勒伤、被草叶割伤的手掌，一碰锄把就痛。一痛又流血。他去旁边抓了几把柔嫩的浅草，握在烂了的掌心，这样就好受多了。铲一会儿他想歇歇，歇气的时候，他朝壁洞走去，要看看如来佛是不是比昨天高兴些。

这一看，他倒吸了一口冷气。

如来佛的头没有了！

如今的乡村，明人越来越少，暗人却在增加，这些人不知来自何方，行踪神鬼莫测，他们相信，在遗弃的村庄里，尤其是那些古老村庄里，有他们需要的东西。乡里人不识货，将那些东西跟村庄一同遗弃了。老君山的好几个村子都被暗人光顾过。中院刘三贵阶沿底下的那面"八方错"，不知哪天消失了，只留下一个圆如满月的印迹。凉桥村一些老房子的窗花，被悉数挖走。徐家梁有座唐天宝年间的武官墓，墓冢高阜，退步响堂，这武官曾为杨贵妃押送荔枝，徐家梁村后的山脊上，有一条被黄土和荒草掩埋的荔枝古道，墓旁一组同时期留下的彩塑石刻，静静地叙述着那段"一骑红尘妃子笑"的蒙尘风月；这些久远的陈迹，前几年都好好的，而今石刻一尊不存，墓体也残破不堪。

废弃的鞍子寺小学，已有四批这样的人出没过，第一批带走了四个战将的头颅，第二批和第三批，都一无所获。昨天夜里，来了第四批，来得太是时候了，杨浪刚刚拔去了巷道里的深草，他们能很方便地穿过去，拿着双节电筒，一路照射。壁洞像一扇辉煌的大门，大门里是耀眼的黄金。

这些人究竟带着什么工具，锯石头像锯木料那般轻松和齐整，杨浪不知道。

不知道带什么工具也就罢了，可他也不知道那些人啥时候来过。他本以为，自己听不到人在天上的声音，却能听到人在地上的声音，结果连地上的声音也有一部分对他关闭。

肯定还有许许多多的声音对他关闭。

"作孽呀。"他对自己说。

他听不到那些声音，特别是听不到那些暗人的声音，他觉得是自己作孽；尽管他相信，那些暗人一定是在他睡着的时候到来的，但他还是不能原谅自己。

然后他看着断头佛像，出声地说："作孽呀。"

——你要佛像，为啥不整个搬走，非要锯掉佛的脑袋？

那些人当然想整个搬走，可是没法搬。好些村子都通公路，但千河口不通。千河口跟徐家梁同属一村，村支书是徐家梁人，他去上面要了钱来，把村道和几条支路修通，还没来得及修千河口的路，就因贪污被关进了监狱；是他手下告发的，他的手下说，他一个人把肉吃光，又一个人把骨头啃光，还一个人把汤也喝光。并不是肉把他送进了监狱，是骨头和汤把他送进了监狱。后来的支书没进监狱，却也啥事不做，他们知道不做事就不会犯错。

如此，千河口的路就还是祖祖辈辈走的老路。

千河口的村民组长曾经努力过，尽管他自己早就把家搬到了镇上。他知道，搬到镇上去的，好些都想抽空回家种些田地，但要路通才行，租辆摩托回到老家，或者自己买辆摩托骑回老家，犁田耙地，播种收获，干一阵再回镇上照管孩子，两头都不耽误；路不通，一旦住到镇上去，就只能钉在那里，要是有本钱买个门市，经营个买卖，倒也好，否则就只能花着儿女打工挣回的钱，成日里无头苍蝇似的混光阴。即使有门市，也不缺钱买粮，上了一定岁数的庄稼人，还是想自己种。自己种踏实。他们都是挨过饿的，不相信那么多农民不种庄稼，粮食还能源源不断地供给市场，觉得总有一天，市场上突然就没有粮食了，人们为了抢粮，彼此厮杀，越厮杀越没有粮食，只能以人为食，那样，人就混到头了。

再说，因为不通公路，回趟老家很难，住在镇上又闲，便闹出许多事端。西院李成的邻居庹传昆，去镇上后闲得手痒，便进茶馆搞赌，输得一塌糊涂，还找茶馆老板借高利贷，两口子天天吵，最近听说要离婚了——都快七十的人了；中院九弟的邻居郑兴梅，男人在广东江门打工，她在镇上带孩子，孩子白天进幼儿园，她东摸西摸也摸不出个事情做，也进茶馆打牌，钱倒是没怎么输，却跟老街孙剃头的儿子勾搭上，被孙剃头的儿媳捉了奸，闹得呜喧喧的。

组长觉得，这条路该修，差的只是钱。而钱本来也不成问题，政府没钱，可以找个人筹资。当然是有实力的个人，比如杨峰。他决定去省城找杨峰。行前，他将没出镇境的千河口人召拢，提出凡户籍还在千河口的，人平均集资一万，这样可以筹到四成，余下的六成，他再去求人。可话没说完，就没几个听他了，有的屁股一拍，干脆走了。组长叹声气，把会散了。他请众人摊钱，是觉得，还跟村子有密切关系的都不有所表示，他去求人也不好求。

现在只好硬着头皮去了。

去的结果是空手而回。

千河口人很愤怒。杨峰在外面当慈善家，尤其让他们愤怒。他们觉得，村里不通公路，全是杨峰的错；庹传昆搞赌，郑兴梅放淫，也是杨峰的错。据说杨峰修那个儿童医院，投资上亿，修恐龙博物馆更吓人，从全国各地买恐龙化石，一小块碎片，就要几千块，骨骼完整的，动辄数十万，体形越大越贵，而其中有个恐龙，光颈子就有将近七米高。他有那么多钱，却不愿在清溪河上架座桥，不愿在普光镇上建个厂，也不愿为千河口修条路。你杨峰少买几条恐龙尾巴，就能把千河口的路修得溜光水滑，可他宁愿去买恐龙尾巴。

这时候，只有李成站出来为杨峰说话。李成说，杨峰是千河口人，是普光镇人，是清溪河流域人，这都不假，可不能因为这个，他就天然地该把钱拿给这方人用。钱是他的，他想给哪个就给，不想给就不给。他弟弟他也没给过呢！李成这样说的时候，杨浪就站在不远的地方，像块石头。大家朝杨浪看过去。要不是李成提醒，几乎所有人都忘记了那块石头是杨峰的弟弟。

因为杨峰的缘故，杨浪在人们眼里更是一钱不值。

他本来就一钱不值，因此人们并不关心这个，他们关心的是，李成是怨恨杨峰的，却要为他说话，多半是怕找李益捐钱。

李成是不是这样想的，不知道，但都这样认为。

实际没有谁打过李益的主意。李益做那生意，发的是暗财，估计他挣了很多钱，但也只是估计，他在镇上只有一套房子，连爹妈也没接去，同时他也没有自己的船，没有自己的车，平时的穿戴，也是简简单单的，皱皱巴巴的。

组长也没打过李益的主意，更没打过李钟的主意，那时候的李钟，还在外地打工，还没回来做房产。秋玲和小凤，也都没发迹——即使发了，也没显出迹象；即使显出一点迹象，跟杨峰相比，也微如星火。总之，千河口人要是杨峰不帮忙，简直就找不到帮忙的人。

但组长并没放弃。他想的是，凡在鞍子寺小学读过书的外地人，都有义务为千河口做一点贡献；其实不是贡献，是回报，因为当初学校的修建和修缮，都是千河口人独自完成的，你徐家梁人，凉桥村人，来这里读书，全是白读，但千河口人从没说过半句怪话，现在，你们也应该有所表示才对。于是，组长多方打听，看徐家梁和凉桥村有没有去外面风光发达的。

终于挖出一个，是凉桥村的钱云。

钱云大学毕业后，先在重庆教书，然后辞职，去旅游公司当导游。他学的是韩语专业，便专带韩国客人，并因此跟某些韩国涉外商人建立了联系，几年以后，他离开公司，和韩国人做起了生意。韩国人以美元付款，他赚了很多美元，兑换成人民币又增长几倍，他姐姐嫁女，他出手就是二十万礼金，此外还给外甥女送了价值不下五万元的金银首饰。

组长便去联系钱云。

可联系钱云比联系外星人还难，凉桥村已没有他的亲人，别的人谁也不知道他的联系方式，也不确切地知道他住在哪座城市，一会儿说上海，一会儿说北京，一会儿说青岛。他姐姐的婆家在马伏山上的岳家嘴，但岳家嘴比千河口还空，早就没什么人了，那里属清溪河上游的北坝镇，他姐姐一家却没在北坝镇买房，很可能是去了县城，甚至市里。也不知组长是通过什么手段，到底通过钱云的姐姐联系到了他。钱云的态度让组长感动得眼眶湿润，钱云说："你说得对，我们确实应该回报……你没说错话，本来就该，你不要客气，是我们不好意思。我出五十万。你什么时候要，给我说一声，我把款子打到你们的专用账户上。"

挂了电话，组长的手只管抖，抖得烟都点不燃。

然而，那一阵激动过后，他就颓唐了，比找到钱云之前还要颓唐。人家一个外村人，出五十万，已经够多了，多得过分了，但要修通那条路，五十万又只是杯水车薪。

接下来，组长不知道怎么办了。

不知道怎么办，只能不办。

组长觉得自己尽了力，从此也死了心。

在镇上的规划里，也没准备往千河口修路。山上人都没几个，而且在他们看来，那不多的几个人，迟早也是要下到镇上来的。好几年前，县里举办过一个镇领导培训班，开班第一天，就从省城请来一位社会学者授课，那学者说："要使人服从，关键是不能让人有不服从的想法。比如城镇化，说起来是个多么浩大复杂的工程，其实简单得很：先撤销村里的学校，再增强村民的欲望，改变村民的观念，政府连一句多余的话也不用讲，老百姓自会拼了命往城镇里奔。城镇化是如此，一切现代化进程都是如此。西方现代化进程的成功经验，就是把人作为现代化进程的对象。"单从普光镇和千河口来看，这位学者的观点是对的。

既然千河口没几个人，而且那不多的几个人迟早也要"奔"向城镇，就没必要修路。

——因为没有公路，保住了如来佛和战将的身体。

也因为没有公路，让如来佛和战将身首异处。

这天上午，杨浪站在断头佛像前，总不相信那头真的不在。他数次伸手去摸佛头的位置，想把它"摸"出来。可那地方是空的。千真万确，佛头不在佛的脖子上了。

他再一次对佛深怀怜悯。

然后他跛着脚，跑进村子，把消息报告给了另外几人，包括躺在床上的九弟。

这有什么值得大惊小怪的，不就是一尊菩萨的头被锯走了吗？

想想，确实也不该大惊小怪。

不过杨浪还是非常自责。那些天，他经常做梦，每次都梦到身首异处的如来佛，看不见头和身子，只能看见脖子，脖子被锯断的地方，汩汩涌血。

七月末的一天，杨浪去看九弟的时候，正碰上贵生也在那里。

这要放在早些年，根本就不可能。早些年，千河口的三个光棍汉，除当年的"跑跑女"进了某人家门要跟大家一同去看，彼此之间再没有任何来往。特别是九弟和贵生，不仅互相看不起，还乌鸡眼对乌鸡眼。他们没有丝毫矛盾，可就是看不起对方，提防对方，甚至恨对方。而今坐到一起来了。没有"跑跑女"了，什么都过去了。

摔伤两个半月后，九弟的伤情已大有好转，肿消了，膝盖骨合上了，头上的眼儿也结了疤。但时常感到头痛，痛起来就喊爹叫娘。真是喊爹叫娘。那么大岁数的人，痛起来还是叫爹，叫妈，好像他是小孩子，爹妈还在他的跟前。其实不仅爹妈早就不在，他在世上已没有一个亲人了。贵生也是。杨浪有亲人，等于没有。三个人都是五保户。让他们去镇上的敬老院，都不愿意，说就想住在千河口。九弟不能下地走路的日子，杨浪和贵生去街上跑了好多趟，为他领津贴，帮他买日用品、急需品，并且每次都去孙凯那里汇报九弟的近况——九弟摔伤的消息，是贵生去政府报告的，政府知道不好把他弄下山，一时又派不出卫生院的医生，就派了同是千河口人的孙凯去给他清洗、缝针和包扎。孙凯把这种指派当成自己的光荣，背着药箱，很负责任地给九弟治了，之后又上山为他换过几次药，直到拆了纱布。杨浪或贵生向孙凯汇报了九弟的近况，再拿回些稀的干的药物，外用或者口服。九弟一天两顿或三顿饭，全是贵生帮他做，且是在自己家做好，给他送去。他换下的脏衣服，杨浪洗得更多，那是因为贵生要忙活路：忙自己的，也忙九弟的。但活路再忙，贵生也会在送饭来的时候，帮九弟洗脸擦手倒便桶。九弟的头发也是贵生理的。这两个最是互相仇视的人，成了最好的朋友。

七月末的这天，三人聚在一起，本来应该高高兴兴才对，九弟却很有些悲观。

并不是因为头痛，而是十天前千河口死了一个人。

那是个外地人，死在村西的霞沟。霞是彩虹的意思，千河口的孩子很怕彩虹，那横天怪兽，渴了就去沟里喝水，据说能把一头牛喝进去；童年的种子埋进骨血，长大以后，照样对霞畏惧三分，加上那边没什么田地，因此很少人往那里走。近些年来，除了杨浪，几乎就没有人去。

十天前那个下午，杨浪走在渠堰上，走到拐枣坪，见路边的刺笼里，开着一朵硕大的白百合，他看着那朵百合，心尖尖儿颤了一下，格外感动。不是感动于百合花赐予他的芳香，而是感动于花的聪明。它们不想人摘，要么自己长刺，要么开在刺笼里。刺同样聪明，它们不被喜欢，却拥有最美丽的鲜花；或者说，为了拥有最美丽的鲜花，它们情愿不被喜欢。花和刺，该是怎样的惺惺相惜又心心相印。它们如此动人地讲述着自己的故事，与房校长讲的狼和羊的故事，构成尘世间完全相反的两面。

然而，那份感动还没抵达更深的地方，杨浪低平多皱的额头上，就绽出豆大的汗珠。

这不是热的，是吓的。

百合花明黄色的花蕊上，停着两只蜜蜂，一只蜜蜂腿停在那里，翅膀却没停，偶尔，翅膀带离它的身体，与花蕊保持几公分的距离，随即再贴上去。——杨浪看见这些，却听不见声音！

只要他醒着，只要他愿意，花开的声音也能听见，别说蜜蜂飞舞。

可是他现在听不见！

不仅花开的声音听不见，蜜蜂的声音听不见，轻风在吹，蝴蝶在飞，群鸟在鸣，知了在叫，竹鸡在跑，野兔、松鼠和猪獾在觅食……他都听不见了！

最初的惊愕过去，他镇定了，心下明白：只有人的死亡才会有如此强大的磁场。

想到这点，他又慌乱起来。

但还是加快脚步朝前走。

越走越沉寂，他就知道方向是对的。

这样一路走到了霞沟。

果然，那里躺着一个陌生的死者。

霞沟是山洪经年累月冲刷出的大沟，从白花嘴直贯清溪河，途中次第形成山石台梯，那人横担在一块倾斜的石台上，两只脚伸进浅浅的水沟里，一群出生不久背壳发白的螃蟹，在脚板上爬，还竞相攀上跷出水面的大脚趾，扑通扑通练习跳水。这是一个白发苍苍的老人，头发长及肩头，胸脯软软地耸着，是个妇人。杨浪连忙跑回村子，去找李成。从这里回去，找李成最近。李成用手机报了案。派出所来了民警，然后又来了法医。法医拉下死者的裤子，才发现不是妇人，是男人。法医检查过后，说，这人死于突发性心脏病。可他是何方人氏，为什么来千河口，谁也不知道。好在他裤兜里的钥匙串上挂着一枚私章。法医问：你们哪个家里有印泥？没印泥有圆珠笔也行。这两样东西，在千河口都是稀罕之物，但夏青想起她有回收拾装针头线脑和碎布头的筛子时，看见过里面有支圆珠笔，那是儿子读书时留下的，她没有扔，于是回家去拿来了。墨已枯干，李成接过去，往笔管里抿口水，再鼓圆腮帮往印章上吹，吹出一团，盖在树叶上，太浓，乌溜溜的一巴饼，看不清；揩干净了再吹，终于看清了，现出"于盛华"三个字。民警打电话去普光镇的户籍上查找，虽有两个于盛华，却都是年轻人。又把电话打到邻近乡镇。在清溪河下游的马渡乡查到了，而且确定了就是此人。几年前，他老婆病逝后，他得了间隙性精神分裂症，发作时点人家房子（幸亏那些房子里早没有人），还乱跑，有时跑十天半月也不回去，结果死在了外乡。

九弟悲观，是因为，多年以来，千河口有个不可解的怪事：只要一个人死了，不久就会再死一个，好像死在前面的那位需要个伴儿。

九弟说："我怕是也活不长了。"

贵生安慰他："于盛华又不是千河口的。"

九弟本人也这样想，但不足以让他释怀。于盛华虽不是千河口人，却埋在了千河口。这一方面是因为天气大，盘来盘去的，还没下葬，就会臭成一摊黄水（于盛华被发现时，已死五天，要不是霞沟阴凉，早就臭了，事实上也真臭了），更重要的原因在于，他只有个独儿，他独儿多年前就在山西死于一场械斗，儿子死后两年多，儿媳带着孙子，跟一个倒卖兰草的大胡子男人走了，走得无痕无迹。是马渡乡民政所出钱，给他买了副临时钉成的松木盒子，请李成、杨浪、贵生、夏青和王玉梅五人，在霞沟旁边的黄荆林里挖了个坑，把他埋了。

虽不能释怀，也只能自我安慰。九弟说："都这把年纪了，要死我也不怕。"

几个人都不想谈这话题。死亡，不仅威胁着九弟，还威胁着村子里的每一个人。他们都老了。人们在很年轻的时候，把自己一生中想得最遥远的事情就是老，结果说老就老了。张胖子都把后事交代过千百遍了。梁春脸色黯淡如土，土色中带一点青，人家马渡乡民政所叫人埋于盛华的时候，他分明在场，可见他那模样，特别是看见他臂膀上的烂肉（抠烂的），也不点他的名。说不准什么时候，千河口的几层院落里，就会少一个人，多一个鬼。

贵生说："九弟，都到后晌午了，干脆就在你这里做饭，我们三兄弟喝顿酒要不要得？"

九弟来了精神："要得！可是我没有酒哇。"

"我那里有满满一胶壶，"贵生说，"我去提来。杨浪你先生火。"

杨浪才把火生上，贵生已把酒提来了，同时还提来一方至少五斤重的腊肉，是肉多膘薄的圆尾肉。三人当中，贵生是最勤快的——按千河口的说法是最吃苦的，也是最富有的。他跟杨浪一样，吃得少，用得少，跟杨浪不同的是，他像牲口一样吃苦，大热天也精赤着排骨累累像筷子篾那样呈筒状的上身，去地里薅草，往田里送粪，让黑色的汗水在焦黄的身体上汇成溪流，每年春节，只休息大年三十的下午半天。他养的猪最轻也要长到三百斤，屁股肥圆得像斑马屁股，脖子粗壮如老树；这样的猪他一年至少养五头，卖三头，吃两头。他已有三年没碾过谷子。他辛辛苦苦把谷子种出来，割回来，将谷穗堆在阶沿底下和家门前的院坝里，堆得比房檐还高，可之后也就不再经管，因为他仓里的陈谷还有上千斤。那些堆在外面的谷穗，被雨一淋就生秧，谷穗里层，雨淋不到的地方，则养着成百上千只老鼠。老鼠集体进食的声音，如雨打河原，风走林梢。他养的老鼠都吃新谷，他吃陈谷。

立夏过后的腊肉有些哈喉，加了很重的青辣椒，还是哈喉。饭是杨浪煮的，肉和菜是贵生炒的，九弟吃了块火柴盒大小的瘦肉，咳两声说："还是你贵生的手艺不行，黎燕那回是八月间来的，她炒的腊肉为啥就不哈喉？还没加这么多辣子呢！"

黎燕是多年以前跟九弟过了半个多月的"跑跑女"。

"我也奇怪呢，"贵生说，"沈小芹那回切的是菜板肉①，吃起来那个香……"他斜着眼睛，抖动着嘴唇，想找个好词形容一下，才不辜负了那香，想了半晌，他说的是："狗日的，硬是香！"然后他望着九弟，以探询的口气说："你记得她是十月初二来的吧？"见九弟不言，他又说，"初三那天早晨，她给我煮了碗挂面，那时候穷啊，我家里没油，猪油清油都没得，她只好煮白水面，嘿，往嘴里一吸溜，那味道像是舀了一大勺子猪油进去，你说怪不怪？"

沈小芹就是那个先被汤广惠带到贵生家，她摇头，接着被带到九弟家，她把头摇得更快，因而又被送回贵生家的那个"跑跑女"。

跟过他们的"跑跑女"，总有十个八个，但他们最记得其中的一个。

三人喝下半碗酒，贵生对杨浪说："你这家伙不是会学吗？你给我学学沈小芹说话吧。"

"硬是要听吗？"杨浪问。

"做梦都想听！"贵生说。

见九弟也是很想听的样子，杨浪便弯着颈项，垂下眼帘，说："我还是去开头那家。"

这已不是杨浪的声音，真真实实就是沈小芹的声音，细气，有些微

---

① 菜板肉：将腊肉整块炖熟后，切下来直接吃，不炒。

的沙哑。此外，她跑出夫家一天两夜遭遇的惊恐，以及跋山涉水经受的风尘和疲劳，都在声音里纤毫毕现。

那句话，是沈小芹被带到九弟家说的，她要再回贵生家去。这时九弟有点儿尴尬，不过那只是一瞬间的事。他嚼着一块酸萝卜，腮帮里咯咯有声，萝卜泡的时间太长，酸得浸骨，他缩鼻子眯眼睛，很痛苦的样子，但他努力朝贵生笑。而这时候的贵生，眼睛猛然间变得年轻了，目光里桃花灼灼，盯住杨浪。看那架势，他马上就要伸出手去，把杨浪搂过来。

"你也学学黎燕吧！"九弟说。

贵生激灵了一下，很惊异地看了看杨浪，又看九弟，好半天才明白，他现在是坐在九弟家那个数十年前歪歪扭扭、而今依然歪歪扭扭的细桌儿前，跟两个老哥们儿喝酒。

杨浪虚拟地抿了抿头发，扬声说："要不要我，你倒是给句话。我不查食，我好养。"

在所有来千河口的"跑跑女"中，黎燕是最大胆的，来的头一天，当着众多村民的面，她话也说得最多。她被中院的张大娘领进九弟家半个钟头，九弟都一直咧着嘴，忙前忙后地抱柴火，烧开水，还偷偷从后门出去，找邻家借了米，响锅亮勺地准备做饭。这些举动本身，表明九弟是多么欢迎她来，多么渴望她来，她迈进门槛的那一刻，九弟就把她当成了从远方归来的、久别重逢的亲人。黎燕知道这些，但她还是要九弟当众表个态，让她心里踏实，同时更要显示她的自尊。她明显来自更高的山上，嗓子粗。再粗也是女性的嗓子，有女性的柔和女性的香。此时此刻，九弟摸到了那柔软，闻到了那香气。

他端着酒碗，要跟杨浪把剩下的半碗干掉，杨浪说你头痛，别喝太多，他说我的头不痛了，刚才都痛乎乎的，一听到黎燕说话，就一点儿也不痛了。他自己先把酒干了，又掺满，接着给杨浪和贵生掺满。胶壶是十斤装的，要两只手才能托住。

放下酒壶后，他说："杨浪，你学学黎燕叫我起床吧。"

"九弟！九弟！九弟！"

桌上酒液荡漾。黎燕叫九弟起床，都是她从地里回来过后。在千河口，她只比杨浪晚起一点，天麻麻亮，她已提着夜壶，去地里淋菜，淋了菜回来，天依然没亮明白，但如果这时候九弟还黏在床上，她就会站在屋前，高喊三声，一声比一声粗，一声比一声响，比先前队长敲过木梆后喊出工的声音还响，几层院落都能听见，站在村后的渠堰上，照样能听见。

九弟双腿一跷，真做出急急忙忙翻身起床的样子。膝盖处的疼痛阻止了他做进一步的动作，也让他明白了这里只有杨浪和贵生，没有黎燕。他抽了抽鼻子，说："多能吃苦的婆娘啊，多好的婆娘啊，不晓得为啥子还要打她。她来的那天晚上，我碰都不敢碰她，她背上、腿上，全是乌紫乌紫的。她身上就难得有块好肉。不好意思说，连奶子上都是挤挤密密的青疙瘩，还有烂点子，像是烟锅烫的。我在孙凯那里悄悄给她弄药，好几天过去也一直舍不得碰她。还是她怜悯我，说不怕，我痛惯了，痛惯了就不痛了。唉……"九弟叹息一声，摇摇头，又叹息一声，又摇摇头。然后他转了腔调，央求杨浪："你学学她骂我吧。"

但被贵生拦住了："骂你有啥尿好听的？杨浪，你给我学学沈小芹走路的声音。"

杨浪学了。那是无声的声音。沈小芹走路，在静夜里也听不到声音，即便她担着水，挑着粪，背着一大捆柴，踩在地上也悄无声息，像她整个人都跟大地接通，她是静水，大地是海绵，她被大地吸收，她弄出的声音也被大地吸收。

但杨浪将那无声的声音学出来，九弟和贵生都分明听到了。

"你再学学她叠衣服抖被子的声音吧，她进我屋的时候，我墙角底下堆了好些脏衣服，第二天一早，她拿到堰塘去洗，顺便也把满是虼蚤屎和虼蚤血的被单洗了，洗过后晒在堰塘边的李子树上，下午收回来，铺在床上，撅着沟子叠衣服，缝被子，被子缝好，又把被子提起来波波地抖。杨浪你学学那声音。"

杨浪端起酒碗，脖子一仰，把大半碗酒喝了下去，然后将碗重重地蹾在桌子上，说："我没听见过，我学不了。"他像带着很大的怒气。

九弟愣了一下，立即明白，再不能让杨浪学那两个女人了，这对他太残忍了。

"吃菜，吃菜。"九弟说。

可贵生并没明白，执意想听，因为他知道杨浪听到过沈小芹叠衣服抖被子。那天下午，杨浪去西院找李成，李成正在贵生家。李成刚砍柴回来，指肚上锥了棵槐刺，他来让沈小芹给他挑，沈小芹那时候只有二十四岁，要么就是二十五岁，最多二十六七岁，眼睛清亮。沈小芹给他挑了，他站在堂屋中央，跟贵生说话，没说几句，就看见杨浪在他门前晃，他喊杨浪，杨浪也进了贵生家。那时候，沈小芹正在床边叠衣抖被。卧室跟堂屋紧邻，门又是开着的，杨浪的耳朵那么灵，不可能听不见。

九弟给贵生使个眼色，转过头，很疑虑地问杨浪："那年李成说，他跟邱菊花打算把林翠芬带给你，你不要，说怕沾了女人，坏了童身，就丢了学声音的本事，是这样吗？"

"我不晓得，"杨浪低声说，"那话我是说过的，但我不晓得会不会那样……我不像你们，你们打的粮食多，女人跟了你们不吃亏，跟了我会吃亏……"

那个本打算给杨浪的、名叫林翠芬的"跑跑女"，最后是带给九弟的。林翠芬的声音脆，像十来岁的孩子的声音；或许正因为声音脆，她才特别爱唱歌。尽管她会唱很多歌，但最喜欢唱的是《溜溜歌》："一朵红花么连连，两朵红花么溜溜，三朵红花么哎嗨哟，映山红嘛溜溜……"也不知道她究竟要唱什么，只记得，她逃出夫家跑到千河口的时节，映山红正遍野开放，她自己说，在逃跑的路上饿了，她吃的就是映山红的花朵。

贵生见杨浪不愿学沈小芹，就说："你学学林翠芬唱《溜溜歌》吧。"

杨浪提起胶壶，举得老高，往碗里倒酒，酒液乱溅。

"学啥呀，不学了！"九弟说，"说一千道一万，那些都是别人的女人——不学了！"

他也像带着很大的怒气。

彼此沉默，只听见缓缓的咀嚼声。

"我想他们啊！"九弟突然说，带着稠稠的哭腔，"我想这村子里的人啊，最多的时候，这村子里有二三百口人，为啥一个一个都不见了啊！"

贵生接连打了几个酒嗝，弯着脸说："有啥办法，一部分死了，更多的离井了。"

贵生话音刚落，杨浪便双手往腰上一叉，高叫："石娃子，我们再比一盘！"

这是建炳老爹的声音。建炳老爹已死四十九年了。在近一个世纪的漫长岁月里，他是村里最受尊敬的乡贤，尽管死了那么久远，至今还被人提起。他能把心像一碗水那样端平，邻里和家庭之间，有了再深的过节儿，经他调解，大家都服。此外他还是远近闻名的大力士，年轻时候，他应征去七十里外修碉堡，一趟可挑八百多斤土石，吓得人吐舌头，都忘了劳动，只站在一旁，看着他挑，到吃饭的时候，都抢着把自己带去的干粮分给他一点。到他死的前几年，还跟村里的年轻人比气力。那年的冬闲时节，二十一岁的石娃子听人吹嘘建炳老爹当年的风光，淡然地说："那也不算啥。"这话传到建炳老爹耳朵里，在一个雨雪霏霏的日子，他从西院去了中院，还没进石娃子家门，就喊："石娃子，今天没事，我俩爷子去背磨扇，看哪个背得起！"东院外那棵沧桑的黄桷树下，有个石碾，石碾旁边有扇石磨。石娃子乐呵呵地答应了。两人被前呼后拥地到了东院，将至少七百斤重的磨扇揭下来，绑到用青冈木做成的背夹上。结果都背起来了，但建炳老爹只走了十七步，石娃子却走了三十一步。建炳老爹不服，一遇不出工的日子，就听他在中院声若洪钟地高叫："石娃子，我们再比一盘！"

那时候，杨浪、九弟和贵生三人，年龄都不大，杨浪的这一声喊，倏然间唤回了他们的童年和少年时光。

"人真怪呀，"贵生说，"那些年分明稀饭都喝不饱，可劲头大得很，个个欢喜得很！"

"就是，"九弟说，"你说有事无事，去背磨扇做啥子？还有踢毽子记得不？一有了空闲，特别是春节那几天，三个院子的人都集中到我们中间院坝来，几十个毽子飞来飞去，跟穿花一样。你们院子（他指指杨浪）的鲁细珍，哼，那才踢得好！可以同时踢五个毽子，前面踢，后面踢，盘着踢，勾着踢，叉着腰踢，侧着脸踢，还闭着眼睛踢，想快就快，想慢就慢，想它们不掉下来，它们就硬是不掉！"

贵生叹息："鲁细珍好些年没回来过了。"

"她回来做啥子？"九弟说，"娘家都没人了。以前李成不是就说过，小凤寄了很多钱回来，李益在县城大通街看见鲁家选房子，鲁细珍多半也沾了光，搬到县城去了。只可惜那一脚好毽子，也不晓得鲁细珍到了县城还……"

没等九弟说完，鲁细珍踢毽子的声音已经响起。不仅是毽子跟脚面、脚尖、脚跟和脚板接触的声音，还有擦着头发飞到后面去又飞到前面来的声音，鲁细珍微微喘息的声音，母亲笑骂的声音，看客凝神屏气又担心毽子落地因而哆嗦和轻叹的声音，到最后静止片刻同时发出喝彩的声音，一个不漏，声声在耳，且能从各种声音里分辨出每个声音的主人：

那藏在众声里一直响个不停的细微杂音，是何三娘的，她有龋病。这个当姑娘时就得龋病、不到三十岁就弓腰驼背的人，却成了千河口的寿星，活了一百零二岁。临死前她还耳聪目明的，精精神神的，那天吃罢中午饭，她坐在竹椅上跟曾孙女摆龙门阵，摆的尽是她小时候的事情，是些前朝往事，活跃在往事的人，都早已作古，她像突然意识到这一点，盘根错节的手拍了拍腿，对曾孙女说："我这不要脸的，活得太长了！"曾孙女低头织着毛衣，嘻嘻笑，说祖祖才活一百多岁，算啥长啊？人家彭祖活了八百岁呢。但祖祖闭着眼睛，再没应她，一摸鼻息，已经死了。

那笑得抽不过气的声音，是梁运宝的。梁运宝是个快乐的家伙，快乐起来没个完，笑起来也没个完，笑得脸上像蒙了块红布。他二十多年前去北方某矿山做工，只做了三个月零六天，就出透水事故死了。他才三十四岁，离老还远得很，就死了。梁运宝是千河口第一个死在外乡的人。他已生过两个儿子、目前又大着肚子的婆娘文丽绢，千里迢迢去拎回来一个骨灰盒。那时候，村子里还有很多人，很多人都去看那个雕着一棵青松的骨灰盒，也都听见了梁运宝躲在骨灰盒里发出的抽泣似的笑声。

"我好想再吃一碗！"这是贺大汉说的。贺大汉只比建炳老爹晚死三年，却比建炳老爹小五十多岁。他生于饥荒年间，骨头里便埋着饥荒的记忆，只要有饭，就只管吃，胀得能透过肚皮看见肠子，他还是说："我好想再吃一碗！"吃得再多，身上也只有一层皮，叫他贺大汉，是因为他骨架子大。他生于饥荒，死于饥荒，死的那年，半个中国旱得起火，他去山里寻野粮，寻来都给父母和五个弟妹吃了，说他自己边挖边吃，吃了好多；发下的救济粮，熬成粥，他把干的给父母和弟妹，自己只喝清汤，还不让父母看见。三个月后，终于熬不住，一身的骨架子塌了。死之前，他让母亲凑近他嘴边，气若游丝地说："妈，我好想再吃一碗。"

　　那个声音是谁的？想笑，又不愿让人觉得他跟大家一样，因而把笑忍住，只在喉咙里挤出咳嗽似的声音。这是苟军的。有一天，刚满十九岁的苟军去赶场，碰到几个招工的人，说是劳务输出，办了护照，去科威特搞建修，挣大钱。他报了名，还把身份证交给他们，然后回家取行李。所有人都劝他别去，科威特呀，据说根本就不属中国管哪，能去吗？可是他说："我就不信邪！"说完就走了，从此杳无音信。

　　还有这个呢？如狗咬脆骨，又如火烧竹节。这是孙相品的。他在扳手指。凡他要衷心赞叹什么，就扳手指；他自己做了件满意的活计，也站在一旁，边欣赏边扳手指，所以请他做家私的主顾，只要见他在扳手指，就格外喜悦。人们说他装大，这是事实，但许多时候，他是在想他的活计，想他什么时候才能得到"扳手指"的奖赏。他心目中的最高奖赏，来自他自己。奖赏的方式就是扳手指。满五十过后，没人再请他了，都是去家具店买，家具店的轻便雅气，而且是现成的；多数都是买来就搬进镇上的新家。自从不能为自己的作品扳手指，孙相品就整天失魂落魄。幸好他妻侄儿在广东佛山某家具厂做工，把他介绍过去了。

他还在路上，妻侄儿就在老板面前，把自己这个姑父吹得天花乱坠，做个女人那女人就能生娃娃的话，自然是不会漏的，还说姑父是鲁班转世。这一是他确实崇拜姑父，二是想自己在老板心目中升值。老板确实很器重孙相品，可也只是一段时间的事。在老板看来，孙相品的好，全在于活路做得老实。老实固然值得称道，却不合潮流，不合潮流就是落伍，落伍就要遭到淘汰。庆幸的是，广东有批诗礼人家，钟情于被淘汰的东西，按他们的说法，是"历史接缝处的东西"，因此孙相品的货还能保证基本的销售额，老板也便留着他。

真正坏事的，是孙相品的傲慢。老板觉得，自己在繁华之地经营家具生意多年，比你一个老山区来的匠人，自然更见多识广，某件东西该怎么做，他要给孙相品提要求，但孙相品充耳不闻。他觉得老板根本不懂，不懂的人来指挥他，就是皇帝，他也不听。在这一点上，他犯了李兵老师同样的毛病。孙相品还更过分，不仅不听，做成了一件东西，却不是接着做下一件，而是翻来覆去地摩挲，摩挲到某个地方，会拿起工具修补一下，修补的动作几乎是虚拟的，有时候连工具也不拿，只用指肚轻柔地磨蹭，或者用指节叩一叩，因此这样摩挲老半天，修补老半天，你看上去还是原来的样子，没有任何变化，而他自己却觉得意义重大，舒口长气，再哗哗剥剥地扳着手指。他竟然还有闲心扳手指！老板忍无可忍，把他开了。

孙相品出门那些年，进过不下十家厂子，每次的结局都是被开。当他彻底老了，再没人要他，才不得已回了千河口。这时候的孙相品，脑子混乱，混乱到控制不住自己的身体，连出门转个田埂都踩得实一脚虚一脚的。他虽然老，还不至于老成这样。都以为他是走城市的平路走惯了，再也走不惯山路，其实不是。他这般不经蹦，只有一个原因：此生此世，他再也没有机会扳手指了。他家老二在坝下当上门女婿，老二怕父亲这样子遭遇岩高坎低，就把父母接去，跟自己住在一起。

老两口被儿子接走那天，不知是因为匆忙还是因为恍惚，一只母鸡忘了带，母鸡在院外玩了一会儿，准备回来生蛋，却见门锁了，慌慌张张地跑来跑去，不知道把蛋往哪里生……

"噢哟！"杨浪吆喝一声。

一听就知道是刘三贵的。

——刘三贵从外地回来了。或许早就回来了，但千河口人最近才听说，因为他没回村子，只住在镇上，且住下来就不再出门。他住的房子，是秋玲在镇上的老房子。

秋玲现在除了开火锅店，还把老街三户相邻人家的房子买下来，保持木质结构，只做外部装饰和内部装修，并将三幢房打通，又开了家店子，叫"饮饮约约"：喝茶，喝咖啡（不仅市县来的，连普光本地人，也学会喝咖啡了），下棋，打牌。尽管老街茶馆林立，但跟新街比，还是冷清，因秋玲的介入，它又热闹起来了。秋玲喜欢热闹。她不容许任何一点不热闹。自从回到镇上，结婚，做生意，生孩子，搞演出，在别人看来，或许只是平常的生活，最多是风光的生活，对她则是拒绝冷清。结婚过后，她从不独处。镇上的男人，闲暇时，多数都上茶馆打牌，但秋玲的丈夫不打，他现在已不做摩托客运，店里的事也几乎插不上手，也就是说，白天晚上他都是闲着的，但照样不打牌，因为秋玲会随时召唤他。只要身边没人，秋玲就会恐慌。她恐慌起来，绾成髻的头发分明纹丝不乱，却给人凌乱如麻的感觉。她去老街买铺面，有人说是相中了那里的古意，并利用古意招揽"怀着乡愁"的顾客，表面上她自己也是这样想的，但内心深处，在她不愿触碰的地方，是不希望自己周围有冷清的地方存在。"饮饮约约"跟"玲妹火锅"一样，开张不久就很火。秋玲真是做生意的天才，加上她跟姓郭的学了很多，再加上她现在有了名，各种资源便如川归海。她竟然把全县的象棋和麻将比赛，都拉到了"饮饮约约"来举办。因为她的缘故，带动老街其他店面也活泛了，难怪那么多人喜欢她。她现在的待遇，比当初的房校长还吃香，不仅有人打招呼、让座，热天见她走在街上，还有大妈跟上去为她摇扇子。秋玲喜欢别人喜欢她，这样她就不孤独。她觉得世间之所以有那么多人孤独，只因为不被珍惜，不被喜欢。她不离开普光镇去县城发展，就是怕县城人多，自己反而被淹没，反而不再有那么多人认识她，更不再有那么多人喜欢她。

自从开了"饮饮约约"，她又买了一套房，将老房子即丈夫在婚前买的那套，腾出来给父母住。很可能那时候刘三贵就回来了。

可他为什么不出门，还故意把熟人躲开呢？

杨浪学过了他们，又接连学了二三十人。

他用他的一张嘴，组建了一支乡村交响乐团。

在千河口人都不知道的时候，他练就了这般绝妙口技。

"你都来一遍，把每个人都来一遍！"九弟激动地说。

贵生也连忙请求："杨浪，我的好兄弟，从你能记声音时起，把村里人说的话，各捡那么两三句，学给我们听听吧！"

杨浪自己也是这样想的。他喝了口酒，从东院开始，一个一个学。

每学一个人时，与之相关的声音也随之响起。这其中，会突然出现某个亲戚的声音，比如九弟的亲戚，贵生的亲戚，还有杨浪自己的亲戚。当然那都是好多年前的声音了。那时候走亲戚是件相当慎重的事情，大人小孩都穿上新衣裳，没新衣裳也穿上干净衣裳，提一把挂面，两斤白糖，若家境好些，再加瓶酒，家境不好，啥都没有，只背两窝白菜也行；去到亲戚家，路程再近，也要住一夜，那天夜里，吃过了饭就摆龙门阵，摆到鸡睡了狗睡了还不睡，有时候鸡醒了，喔喔啼鸣，人照样没睡。都是些平常话，却像桑蚕织茧，把亲情织起来。现在早就不这样了，即便还记得亲戚，也是去超市买件包装精美的礼品，到亲戚家后，礼品一放，屁股没坐热就走人。这还是通公路的地方，不通公路，就没人来走，千河口已经多年没有谁家的亲戚来过，要走，也是在镇上见面。但三个光棍汉不包括在内，无论在村里，还是在镇上，都没有亲戚跟他们来往了。

然而，杨浪让九弟和贵生知道，他们曾经也是有过亲戚的，在他们的虚楼上，火塘边，也曾有亲戚跟他们和他们的父母，彻夜长谈。他们并不孤单。

除了人声，还有年节烧爆竹的声音，打钱棍的声音，耍车车灯的声音，更有平日里的鸡鸣牛哞声，猪撞圈栏声，羊唤乳羔声，猫扑老鼠声，以及风声、雨声、鸟叫声……当然，九弟和贵生以为那些声音只是人声的伴奏，而在杨浪那里，此刻的声音和下一刻的声音，都是它们"自己的"声音，是独一无二的"一种"声音。每一种声音都不寻常，每一种声音都是单个的生命，完整的生命。

村庄在声音里复苏了。

不知不觉，太阳下坡了，落土了，天黑了。

三个人都醉了。

他们随便往地上一躺，幸福地睡去。

九弟的预感是对的，他没活多长时间。他脑子里有瘀血。死之前，当着杨浪和贵生的面，他说的最后一句话是："我想他们啊！"尽管此后不到两秒钟他就断了气，但说那句话的时候，眼睛还亮闪闪的。几十年来，他过得并不快乐，然而他的眼睛分明在说，让他再见一眼那些一去不复返的人，再过一天那些一去不复返的日子，付出什么样的代价他都愿意。

他以前的仇敌后来的好朋友贵生，在他去世大半年后，也跟去了。贵生与当年的何三娘一样，死得很安详。他躺在床上，没盖被子，一条腿直伸，一条腿曲起来，面带微笑，两只手交叉着，静静地放在腹部的位置。在他伙房的餐桌上，有小半碗没喝完的酒，一盘吃了多半的洋芋丝。看样子，他是喝着酒吃着饭的时候，听到了某种召唤，他便顺从而乐意地丢下碗筷，去床上躺着，让召唤他的人把他收走。

乡里人对死都早有准备，有的才三四十岁，遇到合适的木料，就把棺材割好了。他们把棺材叫寿材，好像死和生，是满含亲情的融合。由于此，他们把割棺材是当成喜事来做的。杨浪的母亲在去世的前三年，请孙相品为自己割棺材，顺便也给杨浪割了。杨浪的那副，放在跟哥哥的房子连着榫头的那半边屋里，也就是塌了的那半边屋里，屋塌过后，他也没去把棺材清理出来，他觉得这样也好，他还活着的时候，他的棺材就被埋了。九弟和贵生为自己准备得稍晚些，但至少也已备好了十多年。

对九弟和贵生而言，死了无须停灵，只把身子洗净，尽量多穿几件衣服，在脸上盖层冥纸（以此告诉死者，阴阳仅一纸之隔，去阴间的路并不遥远，尽管放心去），然后放一圆鞭炮，点三炷柏香，烧些纸钱，便装棺入殓，抬进墓地。身子是杨浪洗的，寿衣是杨浪穿的，墓穴也是杨浪挖的。往墓地抬，九弟死，有杨浪、贵生、李成和夏青，贵生死，就只有杨浪、李成、夏青和王玉梅了。抬棺材的人，被称为棺材佬，又叫"四人帮"，从古至今，这"四人帮"都是男人做，现在女人也搭上了。夏青倒说年轻些，王玉梅是多大岁数的人啊！好在九弟和贵生觉得自己身位卑贱，压不住福，为自个儿准备的，都是薄棺，加上人一死，就如去了谷穗的稻草，成"一把把儿"，轻。再轻也不该让女人去当棺材佬。可现在的好多村子，人死过后，找几面山也找不到人抬。千河口还算好的，毕竟能凑够人数。

抬往墓地时，张胖子拖着沉重的身躯，喘吁吁地跟着指挥；梁春则在前面铲路。梁春比王玉梅都不如，只能做这事了。他种的庄稼虽然少，因体质弱，抢不过雨水，多数收不回来，抛撒在地里。他现在完全像盏残灯，随便来股风就能把他吹灭。汤广惠多次回村，要把他劝上街，可他总是不肯，逼急了，才说："等把这季庄稼收了。"季节周而复始，他上街去住的时日，也便一再拖延。后来听说刘三贵住在镇上，他就更不想去了……

棺材抬去之前，杨浪已事先挖好墓穴。挖墓穴叫打井。"背井离乡"的"井"，既指生时喝水的井，也指死后安息的井。

当棺材放入井里，杨浪就说："你们走吧。"

他要一个人掀土，把老伙计埋掉。

此外他还有别的事情做：掀土之前做道场。他不想别人看见他做。

人死了怎能不做道场呢？不做道场，死者蒙眬入梦，还以为自己没死，还要在梦中为生活担惊受怕。杨浪不是端公，也不是阴阳，但这时候，他把自己化成了阴阳。做道场所需的灵幡、纸钱、水碗和大米，他先已备好，打井时带过来，藏在林子里。他敲响水碗，曾经听来的阴阳先生的念词，随口而出："一敲东方甲乙木，二敲南方丙丁火，三敲西方庚申金，四敲北方壬癸水，五敲中央戊己土。"啪！水碗破了，死者由此知道，自己已是阴间的人了。然后他打着灵幡，扔着纸钱，绕墓而行，边行边唱："牛头马面使者，乌牙凤嘴神将，监押亡人冥官……"他停住了。死者自己上路就是了，为啥要押送？"金刚赦罪大天尊！"不由自主，他这么高喊一声。原来，人有罪，才需监押，也才求赦免。

可是，九弟有什么罪啊，贵生又有什么罪啊。或许，人生而有罪，从某种程度说，人活着就是罪，人活着，就让某些生命不能活。他继续打着灵幡，撒着纸钱，拖腔拖调地念："我执坟标领队行，阴钞纸币买路神，龙架随行棺椁沉，过桥遇舍鞭炮鸣，孝男孝女脚步紧，密锣碎鼓唢呐声，声势浩荡驱恶魂，邻里乡亲送英灵。"这时候，仿佛九弟，或者贵生，跟在他的后面，他们是在合伙为别人举行葬礼，那葬礼盛大辉煌，不仅有沉实的棺椁，有喧天的响器，还有一大群孝男孝女。

可他很快清醒过来。是他，是他杨浪一个人，在为九弟，后来为贵生，举行葬礼。

"等我死那天，谁来为我办葬礼？"这念头倏然划过。

但他不容自己深想，往棺盖上及墓穴四角撒了"八花米"，便举起了铁锹。

埋了两个伙计，杨浪又去给他们烧"七"。七个"七"，七七四十九天过后，他们就真的死了，灵魂便安息了。给九弟烧"七"时，他能听到贵生的脚步声，给贵生烧"七"时，贵生的脚步声就交给了另一个世界。杨浪听不到那个世界。

老君山鲜花遍野。它们自在地开放，自在到不知道自己在开放，因此也就不会悲伤于自己的凋零。这些道理，花花草草，猪狗牛羊，天生就明白，而作为人，或许只有死者才明白，生者是不会明白的。生者最多能明白其中的一部分。杨浪感觉到，只有他明白的那部分，才会向他展示声音。难怪有那么多声音要向他关闭。

千河口声音的门，一扇接一扇，都向他关闭了。梁春抠痒痒的声音也没有了。那天凌晨，他没听见梁春抠痒痒，第二天凌晨照样没听见，这才注意到梁春一整天闭着门。他例外地没去听村子，在梁春门口等到天亮，但梁春依然没现身。门扣牢拉着，人肯定在家。又等一会儿，他去打门喊叫，不见应，顿时慌了神。院子里，除张胖子还在响亮地打着呼噜，别的都上坡去了。杨浪想，把他们叫回来也没用，不如上街去叫汤广惠。汤广惠听说，扑趴连天地跑回来。她家的空牛棚里有架楼梯，能顺着爬上虚楼。汤广惠从虚楼的风窗翻进去，见梁春躺在床上，睁着眼睛，屁事没有！汤广惠气得高声怒骂，一把将他扯起来，直接往街上拖。拖到院坝底下，汤广惠舍不得那口用了二十多年的磬罐——啥都可以扔，这口拿到街上去根本用不着的磬罐不能扔，因为她喜欢；于是她反身回去，把磬罐提上，再接着拖。拖梁春就像拖一具影子，轻便得很。他们到了朱氏板下面，碰到了杨浪。杨浪刚走到这里。在街上的时候，他是跟着汤广惠走的，可他腿瘸，走不快。汤广惠一路上都在骂梁春，碰到喘着粗气头上像烧着茶壶归来的杨浪，也没打招呼，就像没有碰见任何人。

梁春的离开，让张胖子着慌。

也不只是张胖子，村庄里每走一个人，都会让留下来的着慌；这如同走在近晚的山道上，不知道前面的路程还有多远，陪伴自己的亮光却在熄灭。别人着慌，不一定表现出来，张胖子却是表现出来的。自从给老婆交代后事，他就被两种心思纠缠：既自暴自弃又怀着希望。他支撑着，不让自暴自弃把希望扑灭。现在他真的不再希望什么了。

没有东升的坏消息，这是事实，但也没有他的好消息。或许，这才是真实的东升，一个普通而平凡的东升——正像他，张胖子，一个普通而平凡的人；他父母也曾对他满怀希望：想让他去当兵，想让他当生产队队长……都没如愿。他最终做了匠人。"风吹日晒大雨淋，世上最苦是匠人。"可既然他自己愿意，父母也只能认命，任由他走乡串户，过自己的日子。他过自己的日子，父母则老去、死亡。而今，东升过自己的日子，轮到他老去和死亡。他很惊异自己活了这么长时间，他以为还留在千河口的，自己肯定最先死，后来觉得梁春可能比他先死，结果九弟死了，贵生也死了，梁春还活着，他也活着。他的自暴自弃，也是认命：对自己的身体认命。他不再向王玉梅交代后事了，而且连续三天不洗澡了。

这反常的举动，把王玉梅吓坏了。她觉得再不能不对儿子们有所要求。东升只有那个样儿，她就向另三个儿子提要求。尽管先就说过老两口跟东升住，但你们也是我十月怀胎生出来的。自你们出门打工，就没给爹妈寄过一分钱，爹妈也从没找你们要过，是觉得你们在外辛苦，又要养家糊口，不容易，但并不是说就不该寄。你们的孩子爹妈没带过，这是实情，可你们爸爸的身体不好，我又要忙田地，你们又不是不知道。

王玉梅给儿子提的要求，只有一条：让他们在镇上买房子，把父母接到镇上去住。"你们爸爸确实不行了，"她说，"要是忽然之间……连个医生都找不到！我嘛，我也不想种庄稼了，种了一辈子，种伤了！"

其实，在她心目中，镇上有房，她跟丈夫去不去住并不重要，但必须有。别人有——连梁春和汤广惠都有——你没有，就没法做人。她知道丈夫也是这样想的。

以前给儿子说什么，王玉梅全是商量的口气，这回直接下了命令。

出门多年，三个儿子其实是挣了钱的，他们没到镇上买房，老大是觉得不必买，他膝下是两个女儿，女儿都是等着女婿买房；老二老三是觉得还不到买的时候，老二是一儿一女，女儿虽只有十五岁，已经和两个堂姐一样，跟在父母身边打工，儿子才满十三，由黄金镇的外公外婆带着，在黄金镇中心校读书；老三的儿子才八岁多，同样在黄金镇中心校读书，老三媳妇是二嫂说的媒，两妯娌的娘家，只隔着一条大沟。在老二老三的计划里，房子肯定在普光镇买，不会在黄金镇，黄金镇远不如普光镇繁华，再说黄金镇是别人的镇，又不是他们的镇，但他们都觉得还不到买的时候。他们把这"时候"，定在儿子订婚之前。

王玉梅知道他们的心思，正因为知道，才伤心。一把屎一把尿把儿子拉扯大，结果儿子只看到自己儿子的时候，看不到爹妈的时候。

母亲发了气，三个儿子就在电话上说这事，老大咬定了不出钱，老二说他儿子成绩好，将来多半要上大学，上过大学的人，虽然也像农民工一样自己找事做，可他们做的事，跟农民工做的事到底不同，主要是农民工走千里万里，最终都要回到老窝子，尽管不是老屋子，也不是老村庄，但方向上都是回家的路，而上过大学的人，都尽量逃离那个方向，逃得越远越好。这意思是说，老二也不愿出钱。老三气呼呼地把电话掐了。他想给东升打电话，但只是想，并没打，反正打了也白打，还花话费。再说，这事应该老大成头，老大不成头也该老二成头，轮不到他老三。于是，买房的事就搁置起来。

在搁置的那段时间里，老三一直等着大哥二哥的电话。他以为大哥二哥跟他一样，心里正受着煎熬。不管怎么说，被撂在山里的，是自己的爹妈。大哥二哥确实在受煎熬，但他们害怕的，是父母给他们惹麻烦。他们只想自己清净。

等不到老大老二的声息，老三便生闷气，发无名火，老婆赵菁跟他在同一家厂子做工，活没比他少干，回到出租房还要做饭，他却嫌这个菜盐放多了，那个菜醋放少了，赵菁忍了两天，不想再忍，说："当初说的话，未必是放屁？"老三认为这不是骂他，是骂他爹妈，一拳打过去。两口子闹了一夜。第二天，老三早饭也没吃，就去上班，赵菁赌气不去，可没过半个钟头，她又来了。老三看着她鼻沟那里被打破的伤形，心里痛。再痛，他也觉得该打。爹妈可以不孝敬，但不可以骂。他知道赵菁跟大哥二哥想的一样，他自己也曾那样想：父亲当那么多年匠人，肯定存了不少钱，但他们结婚时，却没有分给他们一点的意思，这明显是要留给老幺的。所以几兄弟才提出父母将来跟东升住。但现在看来，父亲并没存下钱，可能是他做活太挑了（挑能不能让他天天洗澡），加上后来又生病，还为他们三兄弟订亲结缘；今年四月份老三才听说，前几年为东升在外面逍遥，母亲还借过不少账，到去年底才还清。

那天上班期间，老三去上厕所，就在厕所里给东升打电话了。

虽是白打，那口气要出。

东升没接，这让他更气。

到晚上，东升主动打过来了。

老三没等东升把"三哥"叫出口，劈头就问："你啥时候带爸妈去坐飞机？"

这是东升小学时候说过的话，说他将来有了钱，就带爸妈去坐飞机。他都忘了。但三哥还记得。爸妈也记得吗？……东升回不了话。手机里的电流声，像夜幕下的潜行者。

"你再不带他们去，"老三说，"就只有像梁明那样，背着爹妈的骨灰盒去了。梁明的爸爸是火化了的，背得起，我们的爹妈不得火化，我是怕你背不起！"

梁明是梁运宝的大儿子。文丽绢去把梁运宝的骨灰盒拎回来后，心想丈夫死那么远，一定不能收脚迹——清溪河流域，认为人死过后，魂灵要去自己生前走过的地方再走一遍，把脚迹收回，这样才能死得安稳——文丽绢自己挺着大肚子，爬坡上坎的不方便，便派大儿子梁明，背着父亲的骨灰盒，去山山岭岭间的各路亲戚家走动，帮助父亲收脚迹。那时候梁明还不满十一岁。梁明说，他走在见不到太阳花花的野岗子里，一点也不孤单，更不害怕，因为他随时听到爸爸在骨灰盒里笑。梁明跟他爸特别像，从小就欢喜得很，他十三岁那年，母亲带着弟妹下堂①时，他照样笑嘻嘻的，他把母亲和弟妹送到村口，母亲抱住他哭，嘱他听爷爷奶奶的话，他说晓得，说罢还是笑。成人后，梁明跟父亲生前一样，也去矿山做工，矿山收入高，攒起来的钱，不仅自己讨了媳妇，还在镇上买了两套房子，不到二十五岁，他就把爷爷奶奶和母亲跟继父一家，接到镇上去住着了。

东升当然知道梁明一家的事情，如芒刺在背，更说不出一句话来。

好在三哥把电话挂断了。

一个钟头后，老三跟赵菁都睡了，东升的电话却又来了。"三哥，"他说，"爸妈没啥呀，我才给妈打了电话，还跟爸爸摆了半天龙门阵，他们都好好的，叫我们别担心。"

这是实话。被三个儿子冷落，王玉梅开始很伤心，后来也渐渐想通了。人老了，还对儿女生气，就是自找气受。既然对他们来说，镇上有房并不是需要，而是面子，就没那么要紧；因为面子那东西，盯住它时，它比命都重要，你把脸掉过来，它就啥都不是了。

王玉梅这样宽慰自己，一方面是让自己好受些，但更主要的，还是想到儿子们定有难处，她还根据自己的想象，把儿子们的难处渲染给丈夫听。"都平平安安的就好了，"她说，"这些年来，漏夜连晚地担心东升，可他也没闹出毛病，这就对了，不求别的了。住在山上咋样呢？山上空气好！像你这身体，就该待在空气好的地方。"这些话，张胖子听着有些酸，但他体谅妻子的苦心。他越来越知道体谅人了。他恢复了

---

① 下堂：再嫁。

163

天天洗澡，只是没像原来那样抽空就交代后事。王玉梅觉得，这是他心里还有结，便不停地把上面那些话向他灌输。

这天两人正无比怜惜地说到东升，东升的电话就来了。

此时此刻接听他的电话，王玉梅和张胖子，口气都格外慈祥。

父母的慈祥，让东升泪流满面。他是带着泪水给三哥打电话的。

但他说的那些话，让躺在老三身边、听得清清楚楚的赵菁，禁不住冷笑。当老三把手机放下，又轻松又高兴地说；"爸妈没事。"赵菁只是背向着他，装睡。老三知道她没睡着，去扳她，赵菁拐了一下："给我们装病，为老幺宽心，哪像当大人的！早晓得就不该生你们，只生老幺！"她把每个字都说得比冰还冷。老三不言声了。夜晚很凝重。

"你是不是又在我背后攥拳头？是不是又想打我？"死寂般地沉默一会儿，赵菁在黑暗中说，"反正你们家有遗传，你爸爸以前就是那样打你妈的。"

老三喘着粗气，嗖的一声坐直："赵菁，你摸着你的良心说，我跟你结婚十年，除了你那天说话太难听我打过你一次，啥时候打过你？"

赵菁又是一声冷笑："打过一次也就是打了。男人都是这种东西，打老婆就像开荤，有了一次就有二次。但我给你张永庆说，我不得像你妈那样忍，你敢打我二次，我就不跟你过。十年来，我赵菁没有对不起你张永庆的地方，我赵家也没有对不起你张家的地方，你没权利打我。我再说一遍，你再敢朝我伸手，我就走人。反正现在的女人，走来走去，嫁来嫁去，又不丢脸。你不要以为像我这种年龄的女人，就没人要！"

老三被彻底击垮了，瘫下去，心里充满忧伤。

赵菁说的全是实话。而今乡村的婚姻，跟乡村的房子一样不牢靠。某些女子，见某个男子镇上有房，答应跟他订婚结婚，结婚过后又出门打工，双方在一起还好，不在一起的话，碰到个会说甜言蜜语又知冷知热的男人，而且从人才到家境都比自己男人更好的男人，就把丈夫抛弃了；若生了小孩，就把丈夫和小孩一同抛弃。即使双方在一起，同样会出现这种情况。要是绘成地图，乡村六七千万留守儿童，占了中国版图的一个大省，这样单亲家庭的孩子，至少是那个省份里的一个县。另一些女人，没去打工，留在镇上带孩子，像郑兴梅那样受不住寂寞，就去跟别的男人勾搭。郑兴梅还不算最过分的，凉桥村有个叫冉碧的，名义上是在镇上带儿子，可儿子基本上甩给了他外婆。她倒是不像郑兴梅那样爱打麻将，但受不住寂寞是一样的，便参加了表演队。这表演不是秋玲她们那样的表演，是帮人哭丧。现在乡里死了人，死者亲属都不哭丧，只请人哭。除了哭丧，还跳舞。反正出殡的前一夜，表演队要从天黑闹到后半夜。这时候已筋疲力尽，衣服也不换，脸脚也不洗，就在丧家指定的卧榻上随便一倒。丧家那天有不少客人，床铺紧张，供给表演队的，就是一张床，不管你多少人。一般都有六七个。男男女女，六七个这么肉挨肉骨碰骨的，再疲惫，也难免生事。何况女队员都穿得十分暴露。她们跳的是艳舞，不艳，就没人请。往往是哭过丧，再跳舞，舞跳结束就往床上躺。冉碧就这样跟一个队友混上了。那队友也是有妻室儿女的，只是跟别人家不同的是，妻子在外打工，他在家照管孩子。他也把孩子甩给了父母，自己参加表演队，不仅好玩，还能挣钱。自从两人勾搭上，有生意的时候，一同出门演出，没有生意，就去县城，浪酒闲茶一喝，便去开房。后来县城也懒得去了，因为他们觉得不必掩人耳目，那男人公然去冉碧家，杀鸡宰鸭地办菜，吃过了饭，就在冉碧家睡。据说冉碧的爹妈还很喜欢他。

冉碧的年龄就跟赵菁差不多。

老三躺在暗夜里，仿佛看见赵菁偷偷起来，开门出去了，跟人开房去了。接着又看见跟赵菁开房的男人，跑到赵菁的娘家去了，赵菁的爹妈还很喜欢他。

"不要脸！"老三咬牙切齿，只想照身边的人猛击一拳。但他知道这一拳是不能打的，赵菁心性刚强，能说到做到。他的满腔怒火无处发泄，又恨起东升来了。

东升那时候正在很远很远的地方，躺在简陋至极的租房的床上，读一首诗：

> 还能在这里待多久
> 我无从得知
> 我想我还能坚持下去
> 每天我都是这样想的
> 我想我还能坚持下去
> 我站着的时候想
> 坐着的时候也想
> 睡着了，我就用梦想
> 我想我还有个家
> 每每想到这
> 漂泊在外的冷也都是温暖的
> 我想我还年轻
> 干点粗活扛点重物
> 累是累了点，可也锻炼身体
> 只是当阳光都走散了
> 一个人在夜里

多少还是有点迷茫，有点难过

有时揉揉困倦的双眼

想要清醒

却不经意地朦胧了视线①

　　东升觉得，这首诗就是写给他的，他甚至觉得就是他自己写的。

　　现在他在江西上饶的一家搬运公司上班。不是三天打鱼两天晒网那种上法，而是天天去。

　　这似乎有些自我放弃的意思，但东升觉得，这才是他真正的生活。

　　在深圳茶馆里结识的朋友欧阳述，提议他帮老板写自传，并为他介绍了个姓尹的。姓尹的带着他，出入于各种场合，包括豪华写字楼和高级会所，他很兴奋，没想到自己竟以这样的方式，深入到了城市的核心。然而，这或许是城市的核心，却不是他的核心。是自尊心提醒了他。姓尹的不管带他去哪里，都不介绍他，别人也从不向他问候，更不和他说话；如果在场的是五个人，有三个临时走了，只留下他和另一个，那另一个也不跟他说话，他主动说，人家也不接腔，直到那三个回来，话头才又重新开始。在他们心目中，其实不是五个人，是四个人。姓尹的还把他带到家里去过。跟腾达的生意比起来，那家里简单得多，主要是不够大；他还跟老家人一样，评判一个人是否阔绰，就看房子大不大。他当然不知道，这家里的一个茶盘，也够他在普光镇买套大房子。因姓尹的住房不够大，让他有了某种奇异的亲切感。正是这亲切感，使他陷入更深的小人物的悲哀。姓尹的像是没有家室，只有个十八九岁的保姆，姓尹的一进屋，保姆立即为他泡茶，姓尹的喝了两

---

① 许立志诗《我想我还能坚持下去》。

口，就睡午觉去了。保姆也不见了。他坐在客厅里，像被扔在沙发上的一个手提包。直到两个钟头后，保姆又才出现，去姓尹的卧室门口轻轻敲，说时间到了。姓尹的起来，洗脸，喝茶，抽烟，出门。姓尹的没跟他说一句话，但他知道必须跟着。这时候，他的腿变得不是他的。电梯直通地下车库，下电梯后，他终于鼓起勇气，说他要办些私事，想离开两天。姓尹的似乎回了声"好"，然后走向车子，钻进去，开走了。

他再没跟姓尹的联系过。姓尹的也没联系他。事先谈好，正式动笔前，支付他百分之二十稿酬，现在还没动笔，他没拿过姓尹的一分钱，这让他心里安稳。但他跟着姓尹的吃过不少饭，还坐过他的车，又让他不安稳。但既然不主动联系他，证明姓尹的不需要他，他的那点歉疚，便也释然了。世界是多么广阔！他曾经以为逼仄得透不过气来的地方，原来是这般宽广无垠。农民，或者农民工，至少是一种身份，而他跟着姓尹的，算作什么呢？他相信，欧阳述肯定也曾受过类似的屈辱，只是他熬过来了，或者他本身就对屈辱不在乎。每个人都有植物人的特征，有的是思想的植物人，有的是情感的植物人，有的是自尊的植物人。在他最感屈辱的时候，也想成为自尊的植物人，但他做不到。过分自尊不能成事，这是他读过的一本书上说过的，可那是什么样的事呢？无非是挣钱，而且也说不上多。他并不可惜。

但不干那种事，又能干啥？难道真的只能像父老乡亲一样？他不甘心，在很短的时间里，尝试了多种职业，结果发现，自己所从事的，依然是农民工的职业。即便是农民工的职业，也在不断萎缩；那些行业本身在萎缩是一方面，更重要的是他们不需要那么多人了。尽管厂方抛下钓钩，能钓到鱼，但冲着廉价钓饵上钩的鱼，毕竟越来越少，如此，涨工资便成为必然；当劳力不再成为红利，就逼迫厂方革新机器，开发技术，用机器和技术清扫人力。那少量的机器和技术的操纵者，不可能是农民工，而是那些有高等学历并掌握了特定技能的人。等到某一天，城市很可能就不需要农民工了，他们只能回去。但老家的房子垮了，土地要么抛荒，要么被征用，已经回不去了。在镇上倒是可以住些年，可大批人回到镇上去，即便有钱经营买卖，蛋糕就那么大，你一口，我一口，几口就吃没了。——事实上，新一代农民工，好些已经不愿回去，城市不需要他们，不给他们工做，他们就在城市里游荡，成为城市的幽灵……

东升痉挛了一下，仿佛他自己也成了幽灵。

正如每个人都有植物人的特征，每个人也都有幽灵的特征。东升在心里默念，觉得自己成不了幽灵，或者说他不会把内心的幽灵唤醒。父亲那些关于衣服脏了可以洗、骨头脏了不能洗的话，本以为是多余的，现在才发现它一直响在耳畔，一直在严厉而温和地提醒他。

也是在这时候，他开始审视自己：没什么说的，你就是一个农民工！那本以假乱真的毕业证，也漂洗不了你的身份。你读过那么多书，却几乎都是囫囵吞枣，既没形成真正的知识，也没形成真正的技能，难怪到处应聘，别人都不要你。至此，他才后悔自己没上大学。这是他第一次后悔。他当时只是英语不好，而只要有上大学的愿望，学好英语并不难。

如果人能够选择在未来生活，那么尽可以成为自己想成为的人，但问题是，人只能生活在现在，成为现在的人。这么一想，东升不再揣着那本假文凭往招聘会上瞎跑了。

或许是不想让自己浸泡在昔日虚幻的感觉里，他辞别广东，辞别欧阳述，一路到了江西，先去建筑工地，后去搬运公司，总之是干着最苦最累的活。他在电脑上写了句狠话："想在世上追求幸福和寻求公平，本身就是对生活的背叛。"写这句话时，他想到了欧阳述。他要感谢欧阳述。欧阳述曾经偶然提到的赫拉巴尔，像盏灯那样在他心里亮起来。那个法学博士想成为作家，便深入底层了解现实，而他本身就是底层，本身就是现实，为什么不可以书写自己的现实？

到江西不久，他就开始写诗。

其实以前他就写了很多诗，但那只是浑浊的呓语，连日记也算不上，现在，他直面自己的怯懦、忧伤和渴望，毫不羞怯地诉说自己的梦想，并将手上的趼巴和钻戒，赋予同样的尊严。当他的组诗《碎地成花》在国内一家著名刊物发表后，引来群声和鸣。这大大出乎他的意料。熙熙攘攘的人流里，也有跟他一样的微火。这火光尽管微弱且散佚各地，却也能相互取暖。

就这样，他在书写中解放了自己，发现每个人都有两种身份，一种在外，一种在内。

他不再为自己是农民工而纠结了。

但并非没有焦虑。有多长时间没回过家了？那位他从未谋面、跟他一样是农民工的诗人说："我想我还有个家……"如果没有家呢？他还能坚持下去吗？东升想回家，想回去看看父母，有时候想得兀自呻唤，然而，回家的日程总是一拖再拖。包括那天夜里，接了三哥的电话，他的心就像被虫子吃得千疮百孔的菜叶，可当他跟父母通了话，又心安了，虽是流了泪，却也很快就能够静下心来读诗了。父母的宽厚和平安，成了他拖延回家的理由：自己为自己找的理由。

——要不是三哥打电话叫他回去，他还会拖。

老三的这个电话，是在东升读过那首《我想我还能坚持下去》的两个月后。

老三终于在普光镇买房子了。他把赵菁说通了：买两套，黄金镇一套，普光镇一套。黄金镇那套相当于就是给赵菁父母的。普光镇这套，先让自己父母住，将来留给儿子。因没人去照管装修，普光镇的这套是简装房。房子买好，老三才回了千河口。

几年没回，小路荒芜多了，村庄凋敝多了，父母也老多了。他们竟然还不知道自己老：不知道自己的皱纹密实了，不知道自己的眼光涣散了，不知道自己的头发全白了。老三本来是带着又气恼又讨乖的心情回去的，因为父母有四个儿子，那三个儿子都不管他们，只有他管他们。但见到父母这副样子，那种心情即刻化成一截又冷又硬的东西，戳他。

买房的事他既没给老大老二说，也没给东升说，但夜里摆龙门阵，他听出父母着实想念东升，也担忧东升。毕竟东升是爸爸结扎了怀上的，一个结扎过的人又有了孩子，会觉得那孩子一开始就悬在半空，天生有种漂泊感。东升确实在漂泊。经历了许多甘苦，特别是和自己儿子长年分别的老三，似乎也理解这层心境了。东升的漂泊是一个人的漂泊，他早该成家，早该有子女，却女朋友也没找到。母亲最担忧的就是这个，母亲说李奎都找得到，未必他就那么不中用？催他，他总说不急。再不急，水就过三秋了，就跟杨浪他们一样了。曾经担心他成为李奎，结果没成为李奎，却成为杨浪！要从现时光景看，杨浪哪比得上李奎？……

当天晚上，老三就给东升打了电话，把事情一五一十讲了，要东升回来，一同接父母下山。还说他明天去黄金镇待两天，兄弟俩在普光镇会合后，再想办法找人去村里抬父亲，因为父亲显然不可能自己走下来。

这时节票松，东升第三天早上就到了县城，给三哥打了电话，便往普光镇赶。到镇上时，三哥还没从黄金镇下来，而且说刚上车——他去看老二的儿子，耽搁了些时候。

东升便坐在车站旁边的石椅上等。

从黄金镇下来，至少四十分钟，他本来可以利用这点时间，去转转街，但他没去。他既对街没有兴趣，也不想碰到熟人。关于千河口人在镇上的情况，比如秋玲、孙凯、梁春，他已从母亲的电话里得知，可这位置既望不见秋玲的"玲妹火锅"（当然更望不见"饮饮约约"，因为车站是在新街上），也望不见孙凯的福康诊所，至于梁春住哪里，更不知晓。他只是觉得，房子这么高，又这么密，跟他走过的地方没多少区别。这让他完全没有回到故里的感觉。以前冷场天的镇子是空落落的，现在却有许多人，且有好些年轻人。他原以为年轻人都不愿回来，没想到竟有这么多，三三两两的，勾肩搭背地走过。是因为城市不再需要他们，还是他们觉得自己挣的钱已经足够？他不知道这些比他更年轻的年轻人，几乎都是没出过门的，即使出门，也是去亲戚朋友所在的工地或厂房，晃悠些日子就打转身，回来让父母养着。父母宁愿养他们，也不想他们出门，因为每次出门，不是惹事，就是借一屁股债……

"东升！"

东升吃了一惊。

是李钟。他倒没怎么变，只是肚子大了。东升早知道他在街上修房子卖，三哥的房子就是从他手里买的。东升站起身，叫了声"钟哥"。

"咋铲成了平头？"李钟望着他的脑袋，"你个家伙不是染的杂毛吗？"

他跟强娃染发的时候，李钟在外面打工，并没有看见。可见老家一直在传。换句话说，他在老家人的心目中，就一直是"染杂毛"的形象。

"婆娘呢？"李钟看了一眼他身旁孤零零的背包，又问，"咋不把婆娘带回来？"

他笑。笑得很不自然。其实他早有准备，回到故乡，碰见熟人，总免不了问起某些事。而恰恰是那些事，他要尽量回避的。这可能也是他迟迟不归的原因之一。他喜欢女人，爱过别人，却从来没真正谈过恋爱；在他现在上工的地方，更没有机会谈恋爱。

"该找个婆娘了。"李钟拍着他的肩，关切地说。

这证明他已经知道他的情况。三哥去他那里买房子，肯定跟他摆谈过了。三哥以前就这样，喜欢以摆谈他的不是，来显示父母的不公，也显示自己的能干。

然后李钟摸烟。其实他一直在等着东升摸烟，可东升不抽烟。李钟摸出的是软中华，烟盒皱巴，烟更皱巴。这让东升情不自禁地想到那个姓尹的。姓尹的是抽雪茄，偶尔也抽纸烟，纸烟也无非是软中华，但无论何时，他摸出的烟都又挺直又光生。

李钟刚把烟点上，一辆小车开过来，停下了叫他。李钟走过去，跟司机即车主说话。是在约中午去哪里喝酒。"就去你们村那婆娘店里吧。"车主说。"我吃火锅都吃反胃了。"李钟说。"哪个叫你往胃里吃？是往眼睛里吃！那婆娘又招了新妹儿，乖得很。"说完车主跟李钟打趣："人家不去你哥那里进货，未必你也跟你哥一样，就不去人家那里消费？太小气了！"李钟用牙齿咬着烟，做出不值一辩的样子。"就这样定了啊，"车主说，"时候还早，我们先去打几圈牌。"李钟昨晚约了人在家里打牌，输了八千多，想歇歇手，把"恶时辰"歇过去，因此依旧是懒洋洋的。车主见状，又说："要不把郑波儿约上，去猫跳河吃鱼。那狗日的这回遭惨了，昆娃子从邯郸回来，屋都没进就去找他，一砣子就把他打在地上摆起，在县医院住了半个月，昨天才出来。我们给他接个风噻。"李钟笑笑，咬着烟说："昆娃子本来没恁大力气，主要是出了严玲那个事，把他龟儿子吓尿了，反而把力气逼出来了。"

两人又说起严玲。虽是东一句西一句，但很容易就能拼接起来。

这显然是近些日的热门话题，说得舌头生疮，也不嫌烦。

严玲是从马伏山下来的，男人出门打工，她在镇上带女儿，女儿才五个月大，可某天那婆娘把女儿扔在家里就跟一个男人走了，据说是玩九寨沟去了，玩了九寨沟不尽兴，又往香格里拉去，往丽江、大理和腾冲去，很长时间也没回来。她想的是婆妈会去照管女儿，反正婆妈也有钥匙，女儿又不吃奶，只吃奶粉。平时，婆妈确实间天就会去看看，偏偏这次不知为啥，一直没去，邻居闻到臭味儿，又觉得那屋子久未开关，便报了警，警察拐弯抹角问到房主，找不到严玲，就通知了严玲的婆妈。婆妈跑来，开门进去，见床上放着孙女。她叫孙女的乳名，丫丫，可丫丫只用臭味回答她。她一步一挨地陷入臭味的深渊里，到了床边，停住了，停老半天，才伸出手，把丫丫往身上一抱，还没抱进怀里，丫丫的头掉下去了，接着一只手也掉下去了。

看来，那个叫郑波儿的，也拐了某个女人，就像另一个男人拐了严玲一样。但郑波儿被女人的男人打了。那名叫昆娃子的男人，既愤怒于郑波儿给他戴了绿帽子，更想到丫丫的惨状，生怕自家娃儿也遭遇同样的命运，就对郑波儿下了狠手。

"我给郑波儿打电话。"车主说着，已拨通手机，叫郑波儿开车去猫跳河，"莫忘了带上江朝苹啊！"说过这句，车主哈哈大笑。那个叫江朝苹的，应该就是让郑波儿挨打的女人了。

"走！"车主收了电话，发动了引擎。

李钟把烟呸了，侧过身，跟东升扬了扬手，走到另一面，坐上副驾，往猫跳河方向去了。

猫跳河是清溪河的一小段，在镇子上游，对面即是罗家坝半岛的末端，河道狭窄——说是一只猫也能跳过——水流汹涌，鱼特别鲜美。

东升望着他们远去，心里越发黯淡起来。挣钱，挣更多的钱，然后去吃喝玩乐花掉这些钱，这就是故乡人的生活。没有梦想和品质的生活。可梦想这个词刚出来，东升就感觉到，它带着倒钩，钩住了他自己。难道别人去挣钱花钱，就不是梦想？你与别人的区别，只是别人的梦想已经实现，而你的还云烟茫茫。强大的物质标准，碾轧着他，使他卑怯如初。如果刚才李钟问他在外面干啥，他敢承认自己在做搬运工吗？多半不敢。更不敢说在写诗。在遥远的他乡，他可以为自己是一个诗人自豪，可回到故乡，一切又都回到了原点。

这种感觉，使他彻底厌弃了故乡。这片生他养他的土地，不能让他感知到那些微火清澈的温暖，只让他陷进生活的泥沼，变得浑浊、芜杂、迟钝和焦灼。

当他跟三哥一起找到一乘滑竿和几个抬夫，回到千河口，母亲三句话过后就问他的工作、收入和婚事，他就不想说话，只想发呆，而且想马上离开。他原计划回家乡待一个星期，这时候简直一分钟也待不下去了。他好像跟父母也生疏了。

张胖子躺上滑竿的时候，很有些不好意思，"我又不是走不下去！"他说。这么说着的时候，他已经躺上去了。站在一旁的杨浪连忙提醒，说用背条捆住，路陡，怕翻。杨浪话音刚落，王玉梅已找出一条曾背过东升的青布条。她早就想到了。她原说街上有房，去不去住无所谓，还说张胖子就该待在空气好的地方，但这时候，她和张胖子都满面喜色。布条放在箱子里，捂了这么多年，虽看不见灰尘，却有一股灰尘味儿，张胖子嫌脏，可也不好说啥，因为抬夫已经在嫌他们啰唆了；东西是早就收拾好的，两个老的却把他们的小儿子从头看到脚，又从脚看到头，当妈的还揪住了小儿子问这问那。你有那么多话问，在路上不好问吗？去街上不好问吗？抬夫本来就有意见，见到张胖子，他们就在咕哝，说哪晓得胖成这样？早晓得的话，就不该是那个价！

抬夫抬着张胖子，走在前面，王玉梅和两个儿子，用花篮背着舍不得丢的物什，走在后面。杨浪走在更后面，他抄着手，默默地送他们，送到堰塘边，望着一行人走过十数根田埂，下朱氏板去了。从今往后，千河口再也听不到张胖子打呼噜的声音，也听不到他交代后事和洗澡的声音；王玉梅应答丈夫的声音，走路的声音，干活的声音，都听不见了。

人声稀微，飞禽走兽的声音也日渐稀微。

杨浪小时候，能分辨出十七种鸟叫，后来变成十六种、十五种、十四种，到现在，仅剩四种。"灭多威""一次净"之类的杀虫药和"见绿斩""百草枯"之类的除草剂，在杀死虫和草的同时，也杀死鸟们的歌唱。而今种庄稼的那么少，鸟族应该繁荣昌盛起来吧，可是猎人又来了。

那些猎人来自远方，他们把车开到镇上，携带全副猎装，朝千河口走来。这里没修公路，让他们多多少少有些遗憾，但并不十分遗憾，因为登山和打猎，都是一种生活方式。他们不是猎人，要的只是一种生活方式。

可也正因为不是猎人，便不懂得猎人与猎物之间，其实存在着某种默契。猎人不需要装满他的猎袋，更不会因猎获过多，多得无法带走，便将猎物的尸体——还微微温暖着的尸体，扔掉了事。猎人自有猎人的真理，这几乎与不竭泽而渔、不杀鸡取卵的实用哲学没有关系。那是一种理解，带着猎人智慧和心肠的理解。正朝千河口走来的，不是真正的猎人，因此不能理解。这些人多在候鸟迁徙季节到来，并排站在鸟们必经的山口，接连不断地开枪，当然也不惜朝那些并非候鸟却正为小鸟觅食的母鸟开枪。羽毛纷飞和猎物挣扎的景象，还有鸟儿横过山野和长空的惊恐悲鸣，都能引起他们兴奋的尖叫，特别是那些跟来的女人（每次都不是带着猎狗而是带着女人，再次证明他们不是真正的猎人）。女人们尖叫过了，就扔掉采了满把的野花，跑过去，抱起血迹斑斑但还扑棱着翅膀或翕动着长喙的将死之物，哭腔哭调地说："好可怜呵，小乖乖，你千万不能死啊。蒲厚平！"她们恨恨地叫着一个男人的名字，"你坏！"然后又回过头跟鸟说话，把鸟身没有血迹的地方，贴在自己香喷喷的脸上（脸上的脂粉因登山时流汗，冲出几道小沟，但已经补上了），还尖着嘴亲它，接着又求它别死。然而，鸟似乎很不领情，慢慢闭上了淡青色的眼睛。

累了，饿了，就扳些枯枝，现场烧烤。反正刀具是带上的，盐和作料是带上的，酒也是带上的。他们——男人和女人，热烈地品评着哪种鸟肉更细嫩，更香脆。

如果能打到兽，比如獾，獏，狐狸，黄鼬和消失许久、一两年前才又重新归来的麂子，场面会更加热烈；要是兽类没当场死去，将四蹄捆了，跟它们近距离甚至零距离接触，就越发有意思，女人拿着饼干或巧克力，丫着手挪过去，很慈爱地去喂它们。那些不识抬举的家伙，开始还浑身发抖，女人的手一挨近，立即龇牙低吼，目露凶光，女人将食物一扔，迅速跑回男人跟前，抱住某个男人的臂膀，筛着身子叫："它咬我！它咬我！"男人走过去，朝着那些家伙厉声质问，当然是问它为什么不识抬举，说这某某小姐，曾是某学校的校花，现在又是某公司的司花，亲手喂你东西吃，是你上辈子修来的福分，你非但不惜福，还龇牙咧嘴地吓她！你不解风情也就罢了，为什么连良心也不长？如果它不回答，男人就飞起一脚，踢在它流血的地方。它只是哀鸣，依然不回答，男人又补一脚，接着再补一脚，就这样把它踢死了事。

不过，他们中的某个人，执刀割肉的时候（猎物实在太多，在这个身上割一刀，那个身上割一刀，鸟割翅，兽割腿），偶尔也会这样反思的，说我们是不是太残忍了？这样滥打滥杀，是不是在破坏大自然？但立即就遭到同伴的反驳。先驳第一条："'不能只击落飞翔的鸟，还包括留下的鸟卵和鸟巢。'这是杜安说的。跟杜安比，我们这能叫残忍？我们都仁慈得过分了！即便真叫残忍，也不仅不必脸红，还应该高兴，因为这证明了我们是人。残忍本就是人类的专利。动物界同样充满暴力，并借助暴力维持生命，延续物种，但动物之间不存在相互拷问，拷问这事，人才会做；蚂蚁把甲虫拖进洞子，只是把食物放进冰箱，你可以说那是暴力，但不能说是残忍。残忍比暴力更高级。"接着驳第二条："'人类破坏大自然，大自然也希望我们如此。'这是威勒德·佳林说的。这话很有启示意义，因为人类和大自然的抱负，都只有通过其对立面才能实现，忧郁具有最好的喜剧意义，财富具有最佳的贫穷意义，放荡具有最高的道德意义，死亡具有最强的生命意义。"……

他们都很有学问，嘴里冒出的人名，有的像人名，有的不像，看来，那个叫杜安和威勒德·佳林的，跟他们一样是远方人，远到山川之外，远到天涯海角，总之与这架大山无关。本来就无关，前面说了，他们来这里，只是一种超越日常乐趣的生活方式。此时与此地，都不过是偶尔才用的激素药，用的时候觉得好，不用也就忘了。现在他们还在使用的过程中，所以吃吃喝喝时，人人都挖空心思，说上几句杜安和威勒德·佳林式的狠话或者启示录（他们都是当成俏皮话来说的），仿佛只有这样，才配得上享用这野味，也才配得上享用这野苍苍的山林，特别是，才配得上在他们之间形成的暧昧不清、黏稠潮湿的气氛。

天色晚了，他们走了，能带走的带走，不能带走的扔下。扔下的多为残尸，因为好肉（他们认为动物身上有好肉和坏肉）都被割下了，要么当场烤来吃了，要么装进了猎袋里。

除了猎杀，还有捕获。那些人背来沉重的线网，在山野平林间铺开，吹着模仿雌鸟或雄鸟叫声的哨子——有的是放电媒，但或许是为了打发无聊，多数是拿支歪歪扭扭的铜哨子吹——，引诱它们朝罗网里扑，然后捉住它们，装进笼子，提到鸟市兜售。

它们，画眉、百灵、绣眼、锦鸡、乌鸫，都是天地间的至诚歌手。在画眉和百灵鸟柔美的花腔里，暗绿绣眼连续不断的单音唱显得格外高亢。锦鸡惯于早起，华美铺张的羽翼，背负着朝阳新鲜的光芒，嘎嘎鸣叫着，在透明的空气里游弋。乌鸫则是鸟界精灵，也可以说是鸟界的巫公巫婆，整个上午，甚至整个白天，都不挪地方地站在一个梢头上，学着林子里的各种鸟叫，学一阵，暂时停下来，左顾右盼，看有没有鸟为它鼓掌。不仅如此，它还透彻人世，在烽火连天的岁月，它叫的是："女吃一辈子，儿吃一会儿。"意思是生女可以终老故土，生儿却会战死沙场。在重男轻女的年代，它叫的是："儿吃一辈子，女吃一会儿。"意思是儿子才是自己的人，女儿终究是别人的人。它没有原则，东边规劝人，西边怂恿人，它的全部乐趣，就在于卖弄自己的歌喉和字字清晰的发音。

那些从山下来的捕鸟者，吹出的哨音却是浑的。

哨子和吹哨子的人，都不懂鸟心，也没有鸟的灵魂，因而无法跨越物种的界限。

有一天，李成又听见这些人在吹哨子，心里很不屑，他从他们跟前路过，说："一个破玩意儿也想充男女？"那些人没听清，停下来。李成又说："你们那不行，我给你们叫个人来，让他学鸟叫，保险叫一声就引来一大群。"那些人兴奋得"哈"了一声，说："老叔，那人在哪里？麻烦你帮我们叫来，我们不会亏待你。"说罢给李成递烟。李成瞄了一眼烟盒上的牌子。他虽然不抽纸烟，但他知道，这些人抽的烟，比他家老大老二抽的，至少低了三个档次。他宽厚地用手一挡："我不抽你们那个，我抽叶子烟。"那些人自己点了，再次请老叔帮忙。李成叹了口气，说："叫不来了，那人死了。"那些人愣怔了一下，呵呵笑，说老叔你这人，真有趣。言毕又鼓圆了腮帮，把哨子吹得满山价响。

李成之所以临时改变主意，是他在电视上看过一台节目，其中一个男人表演口技，学摩托车发动的声音和锅炉厂放气的声音，又学了一点锣声鼓声鞭炮声，就逗得台下的观众发疯，不停地朝他挥舞荧光棒。如果把杨浪找来学鸟叫，被这些山下人知道了，又通过他们传到更远的地方去了，更远地方的人，会不会也来请杨浪去电视上表演？这个在千河口谁也打不上眼的家伙，连亲哥哥也羞于认他的家伙，会不会也像那个脸膛肥厚的男人那样，到处向观众挥手，到处吃香喝辣？李成觉得，杨浪跟他一样，在千河口住惯了，去外面风光可能风光，却一定会非常难受的，于是他就改变了主意。

他不知道，杨浪就躲在附近的另一片山林里，正在学鸟叫。

他的声音没有哨音响，也没有哨音频繁，但他学鸟叫的时候，不是学，而是他本身就变成了鸟，因此鸟都听他，齐刷刷地朝那片山林飞去。山林动荡，天空也跟着动荡。天空本来是不存在的，如果没有太阳、月亮和星星，也没有鸟，便不会有天空，是高于大地之上的事物，创造了天空。此刻，杨浪学鸟叫的声音，或者说他对鸟的召唤，高于他脚下的土地，也高于他自己，他的声音和鸟一起，创造了那片喧闹、生动和自由的天空。

180

然而，总有一些性急的鸟掉入罗网。今天掉一些，明天落一些，山里的鸟进了城，被锁进笼子（在进城途中死去的，则被扔掉或上了餐桌），去唱它们调门完全不同的歌。

之后又来了一些城里人，这些人由林业所长领着，来得浩浩荡荡又光明正大。他们是来买树的。买大树、古树，栽到城里去。听说千河口东院有棵枝叶盖地的黄桷树，他们来看了，惊讶了一番，但不买。这棵树的躯干空得像一艘竖着的独木舟，能在里面藏好几个人。不买还有个原因，就是千河口不通公路，无法搬。于是又去别处。

在长达七年的时间里，老君山都活跃着由林业所长领来的买主，雪松、罗汉松、紫荆树、香樟树，凡粗壮漂亮的，特别是城里人觉得自己需要的，都被挖倒，锯枝剔桠，变成"树虺"，再拿薄膜裹了头，用大卡车运走。

大炼钢铁的时候也没把它们砍掉，烧山的时候也没把它们烧掉，现在却让它们告别故土，背井离乡去了。树是鸟的家，树走了，习惯在大树和古树上栖息的鸟，就没有家了；如果它们没被猎杀和捕获，就只有三条出路：要么从大树和古树上下来，降尊纤贵地找个新家；要么骄傲地死去；要么跟那些被搬走的树木一样，告别故土，流浪远方……

只留下一座空山。

一座声音稀微的山。

事物的每一个侧面，都可以构成自身的核心，色彩、气味或者声音，都可以。从这种意义上说，声音是乡村的核心，也是世界的核心。乡村消失，是因为乡村声音的消失。

卷四：千年调

但日子还是在继续着。

杨浪一如往常，凌晨三四点钟就起床，去村子里转悠，接着去林子、古寨和废弃的学校转悠。村子空了，山空了，他似乎并没因此感到悲伤，惯于退缩的性格和数十年的阅历，使他不用费力去想就能明白：损耗和遗失，在人的一生中占据着不可比拟的地位。

所以他还是很早起床，在声音缺失的地方去回忆声音，在声音存在的地方去化入声音。

不过，现在起得这么早的，不只杨浪，还有夏青。

夏青的心太"猴"了，她一个人，至少种了八个人才能种的田地，她恨不得把丁河口所有的空田空地都种出来。每当她经过一块荒地，都会站下来，莫名其妙地用锄头刮两下，刮两下后沮丧地感觉到，除非自己再多长出两只手，否则根本没有能力种更多的庄稼了，于是恍恍惚惚地离开。

"那女子命苦。"有一天，李成这样对杨浪说。

杨浪并没明白这话里的意思。

他想的是，说夏青命苦，无非是指她还没能像别人那样去镇上买房子，但她不愁吃不愁穿，丈夫符志刚在外面挣钱，儿子小栓也在外面挣钱，就说挣得还不够多吧，只要在挣就好。特别是小栓，以前是夏青唯一担心的，现在彻底走上正轨了，病好了，做事也能干了。据李奎打电话回来说，小栓确实有他爸说的毛病，上工时爱对别人指指点点，而他"指点"的事情，他自己屁都不懂，此外抽烟喝酒也很厉害。对抽烟喝酒这事，李奎不会管束，相反，只要小栓提出来，李奎还会尽量满足他，有好几次，小栓说想抽烟，李奎马上掏钱给他买一条，买的都是好烟；又有好几次，小栓说想喝酒，下工后，李奎就把他带到酒馆，让他喝够。但在正事上绝不姑息。李奎让他单独调配饲料，他就没有机会去胡言乱语地"指点"别人，如果野鸡们该进食的时候，他还在睡懒觉、打洋逛，饲料没配好，或者没按比例调配，让野鸡得不到相应的营养，生长缓慢，肉质口感也差，"我绝对是要骂的，"李奎说，"有两回把眼泪水都给他骂出来了。光流眼泪水怎么行，你流一桶眼泪水，事情不做好，照样挨骂，还要扣工资！现在他完全改了，比我们都起得早，配饲料也不用我检验，因为我放心。"

夏青在院坝里接李奎的电话，扬声器开得很响，坐在家里的杨浪听得如雷贯耳。李奎在那边说一句，夏青应一声，最后夏青说："弟弟，别说骂，打也该！你外甥交到你手头，你就架势管，他要是长了良心，就晓得三舅舅是为他好，就该听三舅舅的话。"

从没听到过小栓把李奎叫啥，现在夏青帮他叫了，叫三舅舅。

小栓确实也听了他三舅舅的话，那个电话过后，大约过了两个半月，夏青就收到儿子寄回的第一笔钱。一千块。小栓让母亲用这笔钱重新去买个手机，说母亲那个花九十块钱买的手机实在太不成样子了。当然，夏青并没去买手机，她只拨打和接听，连短信也不会发，要那么好的手机干什么。她去镇上的农业银行开了户头，把那笔钱单独存起来。她想的是，自己再需要钱，儿子寄回的也一分不花，全部给他存在那里，让他将来娶媳妇。

夏青干活累得苦，但说不上命苦。

对夏青和李成，杨浪怀着一份唯他自己知道的、深入骨髓的感激。九弟和贵生离世，梁春和张胖子也相继搬到镇上过后，这份感激更是不仅装在他心里，还本身就成为他心的一部分。要是没有夏青和李成，他无法想象自己的白天黑夜。他跟夏青一样，从不看电视，夏青是没时间看，因而不买电视，他是根本就不看。李成有电视，但李成知道杨浪不爱看（李成是觉得他看不懂），只要杨浪进了屋，就从不开，正开着也关掉；这说明李成自己也不是很爱看，至少，在看电视和与杨浪这个沉默的活物相处之间，他选择后者。杨浪更是，他对那些从没进入过自己生命的人世，缺乏感觉。对电视里的声音同样缺乏感觉。

近段时间，杨浪经常想起李兵老师曾在课堂上讲过的一个故事，那故事说，某一天，地球上只剩一个人，结果那个人被自己的脚步声给吓死了。当时全班同学都笑，杨浪也笑，但他现在明白了，那故事是真的。不一定成为事实，但它是真的。当别的所有声音寂灭之后，自己就将成为自己的灾难。"当繁花落尽，谁也成不了这世界的守夜人。"李老师这样说。

杨浪还经常想起房校长讲的那个故事：关于狼和羊的故事。他承认，他不喜欢那个故事。仔细想来，那故事疑窦丛生又漏洞百出，比如，老天爷当真存在吗？如果不存在，人们为什么要随时提到他？有了愁苦和灾难，还要向他求救？如果存在，为什么又看不见他？而且他也基本上听不到人们的求告。那故事的漏洞还在于：老天爷为什么要羊和狼蹲到树上去？羊是不会爬树的，狼会不会爬树，杨浪没看见过，不知道，但羊肯定不会爬树，就算房校长说的是一棵矮树，也照样不合情理。

不过，房校长讲的，或许就是一个不合情理的故事呢？

从古至今，都是狼吃羊，不是羊吃狼，而且谁都必须吃东西才能活下去，听说有种青蛙只吃清晨的阳光存活，可只是听说，至少在千河口，没有那样的青蛙，千河口的青蛙要吃蝼蛄，吃青虫，吃蛾子，吃蚱蜢，否则它们就不能活。

如此说来，那故事你喜不喜欢，又有什么关系呢？

只是，老天爷可以创造光明和黑暗，可以任意指派谁对谁有生杀予夺的权利，又何必多此一举，让不会爬树的羊和很可能也不会爬树的狼，蹲到树上去，且让它们变成一模一样的、让他也分不出来的两片树叶，再胡乱指派？这要么证明老天爷并非万能，要么证明尽管天地不仁，却也有不忍的时候。不仁和不忍，都可能不合情理，却也可能是最大的情理。

杨浪读书太少，不容许他把这些事情一路上往深处想，可他能朦朦胧胧地感觉到。

他总觉得有某个地方不对头，但他说不出来。

有一回，他在村子上方的枫垭山口听到猎人们那些让他似懂非懂的话，就更加茫然，更加说不出他感觉到的那一点点东西。

每当这时候，他的眼光就往里沉。杨浪的听觉超凡脱俗，耳朵却长得十分平庸，小，丁，耳垂几乎看不出来，能看出那·点也没有弧度。他就是眼睛长得好。其实看上去也不好，眼皮又单又薄，是千河口人说的"秕壳壳"，然而，在他捕捉到某种声音，或者思谋着某件事情的时候，那双眼睛却能闪现出内敛而生动的光辉。遗憾的是，从没有人看到过那种光辉，包括他自己也没看到过。那光辉是跟着他的耳朵和心走的，一旦分神，就没有了。

不能往深处想，他就不想。说不出来，他就不说。他本来就惯于沉默。

沉默，是因为他觉得自己不重要。

重要的是他们。

他感激他们，想念他们。

这"他们"，既包括村里人，也包括李老师、房校长、桂老师、钱云……在古寨梁子割草那次碰到房校长，他对房校长还怀着芥蒂，也怀有一些陈旧的但真实存在的怨（不是因为开除了他，是因为把他脚冻跛了），但现在一点没有了，只剩下想念了。李老师曾说，从古至今，有一千亿人在地球上生活过，那么多人，杨浪想念不过来，再说他不认识他们，也没"听"过他们，无从想念。他只想念那些在他生活中出现过，然后又消失了的人。

这些人中，自然少不了他哥哥。

他现在上街，连哥哥的消息也很少听到了。其实他是有意躲开，只要有人在谈论杨峰，他就躲开不听。怕人们知道他的身份丢了哥哥的脸是一方面，更主要的是不敢听，听到会让他更想。夜深难眠时分，他想起哥哥，心口会剧烈地疼，像那里硌着块毛毛糙糙的石头。每当这时候，他就起来，梦游一样在屋子里转。他住的房子，是祖辈留下的老屋（旁边哥哥家的房子，是哥哥快结婚时才起的），哥哥在这里出生，他也在这里出生，母亲说，他们生在同一张床上，就是他现在还睡的这张老式木床。他跟哥哥在母亲的子宫里长成人形，然后又降生在同一个地方，被正式承认为人。可是他们太不一样了。哥哥是进攻型的，而他固执地习惯于退守，且以退守为满足，在他那里，草不割不香，李子不笑①不甜，种子不死，也就不能发芽，因而，丧失有时候比获得更重

————————
① 李子笑：熟得咧开了口。

要。这让哥哥很看不起。哥哥从小就看不起他，觉得他傻，觉得他懒，觉得他懦弱。但是哥哥并不是不爱他，哥哥很早就充当起了他的保护人，有谁欺负了他，哥哥一定帮他把欺负还回去。

但是他伤了哥哥的心。

父亲去世后一段时间（具体多长时间记不清了，只记得父亲坟头上的土已是半新半旧），有一天，快黑了还没做午饭，他饿得哭，哥哥说："我削个红苕给你。"红苕窖在伙房的坑里，揭开坑板，热烘烘的腐烂气息即刻弥漫开。哥哥趴在泥地上，上身伏进长方形的黑洞里，摸出一个，脸挣得通红。然后到阶沿下把烂掉的地方给他削掉。他蹲在哥哥面前，盯住那个在哥哥手里变得越来越小的红苕。结果刀尖戳到了他的额头。并没戳深，只流了拍死一只蚊子那么一点血。哥哥却吓得面如土色。"幸亏……没戳到眼睛！"哥哥说，说着用口水给他抹伤处，边抹边求他："弟弟，别告诉妈哟。"妈年纪轻轻就守了寡，独自带着两个儿子，每天累得像牛那样吐白沫，脾气也因此变得暴躁，动不动就打人，当然都是打哥哥，说他不听话，不好好读书，也不好好做事。这天他是答应哥哥的，答应得很温顺。但哥哥不放心，为讨好他，又去摸了个红苕削给他。吃了两个红苕，他就到院坝边去，用柴草逗蚂蚁玩。哥哥则进屋做饭。父亲还在的时候，哥哥放学回来也是立即干活，不割牛草就做饭，罐子提不起，在地上拖，拖得满地锅灰。

那天他正玩得起劲，听到院坝边的石梯上有声音，抬头一看，是母亲回来了。其实不用看，只听声音就知道是母亲回来了，母亲还在很远的地方，他就听到了她的脚步声和喘息声。母亲比别人都回来得晚，下工以后，她要去自留柴山里砍柴。砍柴本是男人的活，现在她既是女人，也是男人。她就像男人那样，用背夹背着一大捆沉甸甸的青枝绿叶，上了院坝。那是一捆马桑柴，马桑水分重，比别的柴更沉，母亲每走一步，膝盖都不能打直，且是两胯撇开了走，样子相当难看，加上被汗水湿透散乱在脸上的头发，还有积在嘴角随呼吸冒泡的白沫，就更难看了。见到母亲，他炸的一声就哭起来。他哭着跑到母亲跟前，拦住母亲的路，指自己的额头，说是哥哥用刀尖儿戳的。母亲没言声，连看也没看他一眼，绕过他，重浊地拄着打杵，一路走过院坝，走到自家的阶沿下，也像男人那样，脚一踮，背一弓，肩一耸，让背夹上的柴捆从头上飞越出去。然后母亲解下背继，扔了打杵，可同时抄起旁边的抓笆，朝屋里大步走去。

那时候，哥哥已站在门边，忧伤地望着他。

是的，哥哥的眼神里没有恐惧，只有忧伤。

母亲在能抓到哥哥的时候，就伸出了手。他们之间，隔着两尺高的门槛，哥哥如平地跳水，往前一扑，扑到了门外，可是门外不是水，是踩了若干辈人的三合土，硬如铁板。先是噗的一声，那是哥哥的腓骨剐在门槛上的声音。接着啪的一声，是哥哥整个身体摔打在地面上的声音。再接着，声音凌乱，笃笃笃，啪啪啪，砰砰砰，嘣嘣嘣。那是抓笆和哥哥身体不同部位接触的声音。抓笆是斑竹做的，干了水性过后，一斧头也锤不烂。哥哥在地上翻滚着，像被拖往刑场即将受戮的猪那样号叫着。但叫一阵就不叫了，也不再翻滚了。他并没有晕厥，但既不叫，也不翻滚，甚至也不拿手挡一下。竹棒打在哪里，他就用哪里承受。这却激起了母亲史大的怒火，下手更重，也不管是打在屁股上，还是打在头上。

那时候，会踢毽子的鲁细珍还是个半大姑娘，是她过来把母亲拖开的。

如果不拖开，后果不堪设想。

哥哥伤得很重，在床上躺了三天。

但更深的伤是在他心里。心被皮肉包裹着，看不见，不容易伤，可一伤到就可能伤碎。从另一方面说，只有柔软的东西才容易伤，可见那时候哥哥的心还是柔软的。然而，从那以后，哥哥变了，在家里变得寡言少语，也再不忧伤。哥哥的目光是卵石做的，看母亲，看他，都用卵石做的目光看。而且行事独断，性情冷漠，非常自私。哥哥念初中的时候，吃穿方面，母亲总是首先满足他，特别是吃，尽量把粮食给他拿足，拿的都是细粮，自已和小儿子，吃粗粮，甚至吃野粮，留少少的一点米，也主要是为了待客，可哥哥却还要把这少少的一点米偷走，他找出母亲不常穿的两只深筒袜装了，捆在腰间，用外衣遮住，带到街上卖掉，请三朋四友去店里吃肉包子。他对家人冷漠，下了山，去了街上，对同学和学校周围的街娃子，却热情似火，朋友总是很多。

——后来，哥哥初中毕业回家劳动几年，人长圆了，西院的刘二娘去马伏山贺家梁一个远房亲戚家奔丧时，为他相中了一个女子。那女子名叫贺秋萍，皮肤黑黑的，鼻翼左侧有颗绿痣，做事手脚麻利，割草的时候，草只管自己往她手里跑。爱说媒的刘二娘觉得，从年龄和长相看，说给杨峰合适，就去说了。中院的马四娘，也就是刘三贵的母亲，在那边也有亲戚，她走亲戚时，特意捡个空当，去贺秋萍家说了一大堆白话。马四娘以拆散别人姻缘为乐事，千河口把这叫“说白话”，也叫“打移子儿”，当初九弟和贵生本来都有机会结到女人，都是被她“打移子儿”打掉的。马四娘说哥哥的白话，最厉害的一句是：“杨峰那人沾不得哟，是个好吃嘴儿啰！”那年月，好吃跟懒惰一样，是最受山里人鄙薄的毛病，女人好吃就找不到婆家，“张家那女子，啥都好，就是嘴巴离不得饮食。”有了这句话，等于是说张家女子啥都不好，她便只能秋月春风等闲度，预备着当老姑娘；女人如此，男人更是，男人好吃的同义语就是结不到婆娘。马四娘的话让哥哥几乎万劫不复，但女方同村有哥哥的同学和朋友，他们说，杨峰不是好吃，是义气，他请我们吃肉包子，我们吃两个，他只吃一个。贺秋萍的父亲觉得自己就是个义气人，也喜欢义气人，义无反顾地把女儿嫁给了他。

但当时哥哥做的那些事，把母亲的心又伤了。特别是哥哥结了女人分家过后，还有出门过后，就不再过问母亲和弟弟，简直把母亲的心伤透了。母亲觉得，她自己无所谓，但弟弟你不能不管，弟弟二十多岁还找不到女人，眼看就要打光棍，你不该既当聋子又当瞎子。尤其是，当你发了财，如果掰出个三两万，给弟弟修间大房子（当时还不兴去镇上买房），再给他拿笔兴家费，就算弟弟懒得痒痒都不抠，想必也有女人愿意跟他，可你就是不拿，你硬着心肠，让弟弟饿着男人的身子骨，由二十多岁饿到三十多岁，成为板上钉钉的光棍，这就把母亲的心伤流血了。母亲大概早就忘记了在那个黄昏里怎样打他，那次虽然打得毒，却并没伤到骨头，说起来也是较为平常的一次。那天，鲁细珍把母亲拖开后，母亲看着横在地上的儿子，埋怨鲁细珍："背时女子，为啥不早些来拖呀！"不过这样的埋怨也是经常性的，所以母亲忘记了。

然而哥哥没有忘。他不仅记得母亲那次打他，还记得为什么打他。他虽然没说，但从他眼神里看出，他早就发誓离开跟母亲和弟弟牵绊着的家庭，也要离开这个地方。

离开之后，他对千河口人，包括对整条清溪河流域人，都变得冷漠了。杨浪不明白为什么。他只能大致猜想：当初，哥哥请那些人吃肉包子，很可能并非心甘情愿，很可能还埋着什么说不出的屈辱。哥哥的那些屈辱，他和母亲都不知道。

要么就是另一种可能：哥哥是在逃避。逃避自己。母亲毒打过他，弟弟伤害过他，但他无法不去爱他们，理智和自尊又让他不愿去爱，便用薄情寡义甚至冷酷无情来掩饰自己的深情。他做人的强势，绝不允许自己向感情投降，更不允许让别人看出他在向感情投降，就连整个故乡的人都不愿见了。他认定自己没有亲缘，如果有，也来自远方。

然而，远方真有他的亲缘吗？

有件事情，杨浪一直埋在心底，不敢把它掏出来仔细看看，下细想想，就如他曾经不敢去想秋玲和小凤在火匣坳的那段对话一样。不过，对秋玲和小凤的那段对话，他是不忍去想，对另一件事情，他是觉得自己没资格去想。

这件事情是：千河口那些出门打工的，偶尔从远方回来（以前是回到村里，现在是回到镇上），都穿得很周正，可恰恰是这种周正，还有他们身上的气味，说话的声音，让杨浪觉得，他们远离家乡，走在陌生的人群里，该是怎样的形单影只。然而，就在前不久，他在镇上碰到西院庹传昆的堂孙女庹倩，庹倩刚下车，跟赶场的老乡打招呼，说的竟是普通话。别人回到家乡，至少要说家乡方言，尽管说得有些夹生，或者故意夹生。庹倩却直接用的是普通话。而就是这个庹倩，在家乡时胆子细得跟秋玲的姐姐秋华差不多，甚至比秋华还不如，秋华无非是不敢走夜路，可听说庹倩刚出远门时，大白天也不敢单独去菜市场，天天哭，天天想回来，却又没回来；直到有一天，她听到街上有狗叫，才大惊失色："天呢，这里的狗跟我们那里的狗叫得是一样的嘛！"从那以后，她才放开了胆子。但现在，她回到老家，跟乡亲们打招呼也用普通话了。然而，她的普通话让杨浪掀腾起波翻浪涌的怜悯。怜悯她铁了心丢掉故乡，更怜悯她只凭一口普通话，很可能在天南地北的远方也找不到故乡。

她，还有他们，多半是觉得故乡不好，没有办法，才强认他乡作故乡的。

是这样吗？

——哥哥是这样吗？

如果是，哥哥会是多么孤单，多么痛苦……

多年以后，杨浪也无法说清自己分明已经答应了哥哥，为什么一看见母亲，却又立即哭着告状。他当时觉得委屈——这是他记得起来的，可现在想来，他真不是单为自己委屈。不单为自己，还为谁？为哥哥吗？为母亲吗？为睡去之后就不再醒来的父亲吗？……父亲下葬后将近一个月时间，他天天找母亲要父亲，母亲总是简简单单一句话："你爸走了。"当时他并不理解，父亲"走"了人世间最遥远的路，他只是觉得，父亲明明就在屋后的坟林里，却既不回来跟他们一同吃饭，也不回来跟他们一同困觉，他去坟林里哭，父亲也不搭理。父亲是铁了心不要他了。所以他委屈。父亲最让他委屈。当他慢慢理解"走了"的真正含义后，尤其觉得委屈……

然而，无论杨浪怎样为自己出卖哥哥的行为辩解，都显得苍白无力。

于是他不辩解。

他本来就没打算辩解。

一切责任全在他，是他伤害了哥哥。

钱云出卖他，他看上去是原谅了钱云，其实心里并没有，至少没有全部原谅，因此哥哥不原谅他，他完全能够理解。他对哥哥的伤害，远远大过钱云对他的伤害。

有些东西，一旦失去就无法挽回。明白了这层意思，杨浪更加想念哥哥。一种很痛的想念，深藏不语的想念。他不进哥哥的屋去，并非他说给别人的理由（哥哥没把钥匙给他），更不是懒，而是不想去"碰"。随便碰到什么，都会唤醒他的痛。他很清楚哥哥的房子跟他住的老房子连着榫头，可他对某种可能的结局，怀着奔赴的心情，怀着迷幻般的期待。

期待的没有到来，老房子只垮了半边，而且是他很少去活动的半边。

他还活着。

活着，就止不住想念，绵绵不绝。

在四处无人的时候，在夜深人静的时候，在纠缠不清的睡梦里，他不知道把哥哥说话的声音，打鼾的声音，发怒的声音，在屋子和院坝里不耐烦地走动的声音……模拟过多少回了。他病态地模拟着那次他出卖哥哥过后，母亲毒打哥哥的声音，他用由此获得的痛楚，来鞭笞自己，同时也让自己的内心自欺欺人地通向安详与平静。

这种想念越深入，杨浪越是珍惜身边的人。

夏青虽然跟他住同一个院坝，但她是女人，杨浪不好有事无事去她家里坐，因此李成那里成为他唯一可以走动的人家。他往李成那里走，以前是从中院经过，现在故意不走中院，而是从黄桷树下面的一条小路过去。中院没一个人了，那种在寂静里奔流的声音，像口深井，让他沉陷。他承认，自己有时候迷醉于那种沉陷，正因此，他才要避开。黄桷树下面的这条路，先往下垂，再蛇行向西，其间，要穿过中院外面的慈竹林。竹子久无人砍，荫翳蔽日，新生的笋子争不到阳光，还没成竹便枯萎了；笋子枯萎，竹鞭却在蹿集，累累实实，将那块曾现小半碑身的卧碑，完全吞没。杨浪从这里路过，也总是听到深井里的声音：寂静的声音。他避不开这种声音，从头至尾都避不开。播种时节，他去锄地，好几回都挖到人骨，掌骨、肘骨、肩胛骨、胴子骨，都挖到过，有次一板锄下去，直接翻出一个骷髅，野草惨白而强韧的根须，把骷髅裹住，眼窝和鼻孔里，更是根须成堆；根须是植物的嘴，到处找养分吃。每当挖出这些，他会有片刻的惊悚，但也就是片刻，他很快定了心，把骨头拾起来，淡淡的惘怅里，是跟山野一般旷邈的宁静。他知道这是某个祖先的骨头，那祖先活着的时候，很可能也来锄过这片地，他现在是锄祖先们锄过的地。听着静谧而沉厚的回响，他于怅惘之中，有了感动，觉得自己是一棵树，从前世一路长过来，时光漫长，根子深密。

——但此时此刻，他却不想听到那声音。

当声音稀缺，寂静弥漫，他便宁愿从声音里听出寂静，而不是从寂静里听出声音。

于是他关闭自己的听觉，快速穿过竹林。

竹林那边是一条更窄的小路。

小路那边就是西院。

西院里住着李成。

看到李成的房子，一种有温度的声音才浸漫而来。

邱菊花刚住到镇上去的时候，杨浪曾担心李成也丢下村子，跟着邱菊花去，后来发现不必担心。李成似乎离不开村子，现在比以前更加离不开，往往个多月甚至两三个月后，他才去一趟镇上，看看小孙子，理理发，也购些化肥、农药和生活必需品回来。邱菊花已经很久没回来过了，先前在天气好的周末，她会把小孙子带上山住一天，小孙子说，山上一点不好玩，她就只好不上山了。其实是她自己也不想回来了。她已经习惯了镇上的生活，一旦习惯，才发现镇上啥都比山上方便和舒坦，还能随时去老大老二家走动。她不像李成那样敏感，她觉得老大老二包括他们的女人，都是很孝顺的，也是很好相处的，自她上街以来，自己做饭的时候非常少，大多数时候，不是被老大请去吃，就是被老二请去。她没专门为老大老二带过小孩儿，现在专门为老三带，老大老二却

· 194 ·

不计较，还经常请她吃饭，帮老三省了一笔生活费，这样的哥哥是不多的，这样的嫂嫂更稀罕。至于老大家的蛇，现在少多了，因为数量少，尼龙口袋都能扎紧，蛇跑不出来，也就不那么吓人了。

几十年同吃一锅饭，同睡一张床，而今一个住在山上，一个住在镇上，住过一阵后，李成和邱菊花都觉得，这样分开过的日子，其实蛮好的。他们的年龄实在不小了，李成应该有八十岁了吧，邱菊花也有七十二三，但他们的身体都还相当硬朗，特别是李成，绝对看不出有那么大岁数，如果不是因为长年风吹日晒让他显黑，他比当年的房校长还禁老。

夫妻二人，在身体还硬朗的时候分开过一段时间，真的很好。

这是李成目前最深的感触。

他觉得一辈子都没像现在这样自在过，撒多少谷种，栽多少秧苗，施多少肥料，种多少洋芋、苞谷和油菜，全由他一个人说了算，空田空地那么多，因此往哪里种，也由他说了算。整个村子，除了杨浪抱住属于他自己的那点田地（就连那点田地他也没种完），李成和夏青，脚底和眼底，都变得无限宽阔，像一直被禁锢在某道门里，以为世界就只有门之内那么大，突然把门推开，才发现高天厚土。

他们都种了大大超出自己份额的土地，尤其是夏青。

夏青种那么多，是她认为自己不得不种那么多。她老是显得急吼吼的，一点也不从容，而且越来越如此。儿子离开后，她每天比杨浪更早起床，把猪食煮好，再把一天的饭煮好，大清早，她已经喂了鸡，喂了猪牛，接着慌忙脚手地把饭刨进嘴里，此后院坝里就难得见她的踪影。她只在下午两三点钟露一下面，是回来喂猪牛（猪牛比她金贵，一天吃三顿，她只吃两顿），喂了猪牛又不见了，直到天黑尽，才又听见她开门的声音，然后是宰猪草和收拾杂活的声音，到最后，才是热冷饭冷菜的声音；如果天气暖和，热都懒得热。可天气暖和的时候，闷了整整一个白天的饭菜又容易馊，即使浸在凉水里。馊的也吃下去。她似乎感觉不到那股馊味儿。

有天晚上，大约十点钟的样子，杨浪站在院坝里望天，天上云层很厚，但云层的缝隙，偶尔飞速地跑过一颗流星；屋脊和后山的林梢，萤火虫往来穿梭。这证明明天不会下雨。明天是赶场天，他要上街去领津贴，买盐巴。他准备望了天就回去睡觉，正要起步，突然闻到一股刺鼻的馊味儿，是夏青揭开盖子，要吃饭了；为防老鼠和灰尘，再热的天，饭菜都得用锅盖盖住。夏青把饭端到阶沿下，坐在青石坎上吃，吃得很响，从屋里照出的灯光，让她头发被橡皮筋束住的地方，泛出隐隐的红光，此外整个身体都在暗处。杨浪在更深的暗处。更深暗处的杨浪对暗处的夏青说："夏青，你那饭好像臭了呢。"夏青吓得差点摔了碗，她不知道杨浪在那里。她模糊地骂了一声，又笑了，说："没有啊。"杨浪说咋没有，我这么远都闻到了。夏青继续吃，吃得更响。"闻起来臭，吃起来不臭。"她大口咀嚼着说。这或许是实话，吃饭之前，她干嚼了几颗花椒，那花椒麻得！若是病人嚼几颗，开刀都不用打麻药了！

杨浪没再言声，进屋去了。夏青的咀嚼声盖过了夜虫的鸣唱。夜虫到处是，不仅在屋后的阳沟里，还在垮掉的那半边屋子里，多雨潮湿的季节，还会跑到床底下来，一叫一整夜。杨浪希望虫鸣声再大些，让他不要听到夏青。可事实上，夏青的声音一直响个不停，直到他睡过去。

最近一段时间，夏青甚至恨起了黑夜，因为黑夜里她不能下地。她曾在薄薄的月光里下地，第二天去看，发现昨夜的锄刃铲断了好几窝豆苗，她把那几窝豆苗拾起来，看几眼，在膝盖上挞几下，又看几眼，随即恶狠狠地诅咒夜晚。她是在向土地"要"。但有时候杨浪觉得，她不是在"要"，而是在"交付"。多年以前，房校长用他狭窄尖厉的声音讲狼和羊的故事，那故事的收尾一句是："土以万物为食。"杨浪分明感觉到，夏青正是在把自己变成食物，让土地吃掉。

李成跟她就完全不同。

李成没种夏青那么多，然而在他自己的感觉上，他比夏青种得更多。很多土地他没有去碰，但它们存在于那里，他啥时候想种，都可以去撒上种子，因此他完全有理由认为："那些土地是我的。"每当他站在院坝边，朝山上山下望去，只见竹木青葱，台梯层叠，留在田里的稻茬，在风里微微颤抖，稻茬周边长着野豆子，豆蔓的绿和稻茬的黄，使田土织锦般好看，那些织锦般的田土，还有那些眼下杂草丛生，但只要犁耙一翻就欢欢喜喜奉献庄稼的荒地，都从容娴静，坦然地面对白云朵朵的天空。

每当这时候，先民们那种"插占为业指手为界"的快意，就在李成的心里汹涌激荡。他享受着先民的快意，却无须付出先民刀耕火种的劳苦，更无须担忧被后来者抢占，那份风和日丽的美满，是夏青永远也不能体会的。

在庄稼上，李成尽自己的力量，也止于自己的力量，该睡觉时睡觉，该抽烟时抽烟，该吃饭时吃饭；如果杨浪没去他家，他也闲得无聊，就打开电视瞧几眼。如此，他比邱菊花在家也没种那么多土地的时候，倒更加悠闲，天黑前他必然归屋，下雨天也绝不出工。遇到下雨的日子，他会主动到东院来，但每次来，夏青都关门插锁。"下雨天还去地里溜，"他对杨浪这样说他的干女儿，"把地踩死了，庄稼哪能扎根？祖祖辈辈当农民，连这个都不晓得！"那时候他低头裹着旱烟，语气慈祥。

他在杨浪家一坐就是一两个时辰。

但这并不是说，李成很喜欢跟杨浪聊天。他跟杨浪聊天，显得很吃力，因为杨浪基本上不说话，也没有什么表情。不说话，没表情，都没有关系，关键在于，如果遇到那些需要意会的暗示，杨浪完全没那个脑子。他脑子里少根弦，甚至少几根弦。他只能照字面意思去理解，而字面上的意思许多时候根本就不是意思。这才是最让人着急，也最让人生气的。

　　比如李成说："刘三贵的脚不对呢，走路比你还跛。"杨浪就做出很同情的样子。他同情起什么来，像他正从被同情对象的心里，过了一遍。说到刘三贵脚跛，他就只看重那个事实，并跟刘三贵一同承受那个事实，绝不会问：刘三贵为什么跛？这让李成解释起来，很没有趣味。

　　当然他还是要解释的。

　　听李益说，梁春上街过后，有天专门去访过刘三贵。刘三贵的门是掩上的，只留了条小缝；他不想见人，也没想到别人会去看他——确实也没人去看他，倒没别的原因，主要是他女儿太发财也太招眼了，你不主动跟人接触，别人也就尽量离你远些，免得背个"舔肥"的污名。刘三贵已经习惯了别人不去他那里走动，更没想到梁春会去，他扔下梁春悄悄走了，害得梁春比杨浪还像块石头，且往自己身上养毒（这些事他都听说了），梁春一定是恨他的，怎么可能去看他呢？所以刘三贵完全没有防备。加上梁春虽然住到了镇上，却还没学会镇上人的规矩，镇上人的规矩是，要去见谁，先在电话上约，走到人家门外，即使大门敞开，也要敲几下。梁春没学会这个，他还是按山里的套路，想去哪家，起身就去，去了，只要门没上锁，就直接推开。区别也就是这点了：千河口的门朝里开，是推；镇上的门朝外开，是拉。那天梁春拉开刘三贵的家门，刘三贵正站在屋中央，弯腰捡了块什么东西，要往沙发边的垃圾桶里扔。他走路竟一高一低，幅度比杨浪还大！惊诧当中，梁春喊了声"三贵"。刘三贵已快到垃圾桶旁边了，听到喊声，猛然停住，扭过头来，见是梁春，愣怔着说不出话。

但终于说出来了。

"进屋坐。"他说。

接下来，他就以那种扭曲的姿势站在那里，等梁春进屋。

如果是在千河口，有客人来，主人会马上给客人备凳子，凳子分明干净得很，也用手抹一下；当然这里不需要备凳子，宽大的沙发摆在那里，坐十个八个也成，但至少，主人会迎过来，以表明自己的热情。但刘三贵没有，他就那么站着，在感觉梁春准备进屋、低头看路的瞬间，他身子一挪，重重地把自己摔到了沙发上。

他是怕梁春看到他的脚跛。

他不知道梁春已经看见了。

如果他不那样遮掩，梁春会以为他的腿是临时出了毛病，那么一遮掩，梁春就知道，他是真跛了。"喔喔喔——"一声鸡啼在梁春的耳朵里响起。这只鸡远在河南，刘三贵把它偷来吃掉之前，每天都能听到它的啼鸣。刘三贵正是从啼鸣声注意到了它。它被吃掉的次日，它的主人打早就寻到工地上来了。那地方把鸡叫鸡娃子，把所有外地人都叫老乡，那人刚好问到洗脸的刘三贵："老乡，见到我的鸡娃子吗？"刘三贵连忙摸出手机，看了一眼回答："六点十二。"那时候他早就能听懂当地人说话，却装着把鸡娃子听成了几点钟。那人摇摇头，往前走了。刘三贵蒙着嘴笑，另外几个吃了鸡的，也笑。鸡主人太大意了，刘三贵洗脸的盆子，被火熏得焦黑，好大一片搪瓷都烧掉了，如果他揪住了深问，就能倒叙回去，把那只鸡问活：被放进盆里炖，被扯毛，被烫，被绞脖子，被饭团引诱，最后，鸡又鲜鲜活活的，歇在它自己的窝里。

——要是碰到个不大意的人呢？……

梁春没进刘三贵的屋。

他说我不进屋了，我来看看就是了。

说完把门掩上，走了。

回到家，梁春并没吱声，是汤广惠发现了异样。住到街上后，梁春找不到"豁拉子"，不能在身上养毒，可他每天夜里照样抠，像他在心里养了毒，心里的毒就蹿到身体上了。身体是心的衣服，心里的万般症结，总会反映到身体上来，正如咬人的虱子，都不是藏在皮肤上，而是藏在衣服里。可自从那天他出门去一趟，就不再抠了，黯淡如土的脸，也慢慢有了血色。汤广惠高兴，却也想知道原因。她知道直接问是问不出来的，便使了个花招，说在某一天的某个时候，她进超市去了，王玉梅来找她耍，王玉梅说分明听见你在家里咳，为啥不给她开门？梁春这才分辩，说那时候他没在家，他找刘三贵去了。汤广惠说："哦。"

她小心翼翼的，怕话一多反而封了他的嘴。

住到镇上的梁春，跟所有住到镇上去的村民一样，不再关心太阳，也不再关心雨水，看时间不是从天色里看，而是从钟表和手机上看——若不是要照管外孙上学，根本没必要关心时间，或者说时间根本就不存在。他整天都躺在沙发上看电视，尤其是晚上，盯住电视不转眼，但手却在身上不停地抠。这证明他没看进去。他看到和抠到睁不开眼睛的时候，就在沙发上睡了。汤广惠觉得，他身体本来就枯，这样子成天不挪窝，会枯死的，买菜的时候，就拉着他同去。后来，汤广惠又以各种理由，比如她要给外孙缝扣子，要去裁缝店把裤脚改短，要去交水电气费，要去请人来修洗衣机、通下水道，等等，总之是脱不开身，逼着梁春一个人去菜市场。独自买了十几天菜，他好像也慢慢体味出了镇上的生活，有时也出门转转街，偶尔还去张胖子家串门，陪着张胖子喝减肥茶，吃降压药（当然他不喝也不吃，他只是陪着）。或许是买菜和串门都必须说话，他的话又多出了一些。但只是"一些"，而且往往是你要他说的时候，他不说，你不要他说，他反而会说几句。

这时候，汤广惠就故意做出不要他说的样子。

这一招很管用。沉默片刻，梁春说："三贵的脚跛了。"汤广惠又是一声："哦。"接着又是一阵沉默，梁春说："跛得比那东西都凶。"汤广惠缄口不语。梁春说："他心里养着毒啊。"这意思是，刘三贵非常孤单。刘三贵扭过头的那一刹那，梁春就被他脸上的孤单镇住了，正像当年，他被丁老婆婆的死镇住了。传说刘三贵染了头发，在梁春的想象中，刘三贵就一直是满头青丝，可他见到的，却如朔风里的草茎，又枯又白。从年龄上说，那头发依然算得上茂密：茂密的枯，茂密的白。他就被那茂密的枯和白镇住了。

但这回却是以毒攻毒，梁春身上的毒好了，不再抠了。

只是刘三贵为什么跛，他没有说。他说他不晓得。也确实是不晓得。他听到的那声鸡啼，只有他自己听到，不会讲给任何人听。不过那声鸡啼也说明不了什么。

汤广惠把这事宣扬出去，人们就猜：是在外地做工时受伤的吧？

如果真是这样，刘三贵有啥必要掩饰？

如此，想象和猜测的空间，就变得无限宽广。

李成给杨浪解释，也无非是想象和猜测。

但不管怎样，如果杨浪是个谈话的对手，单是猜想这件事情，就可以打发整整一个白天，甚至无数个白天，可那东西，脑壳里弦都没长全，实在太傻了。

比较而言，谈论刘三贵还好一些，至少可以天马行空，而另一些话题，你明明有答案，而且只有一个答案，却不能说；你不说，杨浪就啥都不懂，那才真正把人气死。

比如李成说夏青："那女子命苦。"话里分明藏着玄机，杨浪就是领悟不出来。他领悟不出来，李成就只能把答案往肚里吞，比当年吞下被铃舌崩断的两颗牙齿还难受。再难受也得吞，毕竟，夏青是他干女儿，他不能随便把干女儿的事情讲给外人听。

夏青命苦，并不是苦在筋骨。

是苦在心里。

符志刚在外面有女人。

不仅在外面有女人，还有儿子。

这件事情，是邱菊花透露给李成的，邱菊花又是从许宝才那里听来的。

许宝才丢下药箱，先去了江苏昆山，后来去了上海青浦。在老家的时候，因为撬了孙凯的饭碗，让他饱受非议，从内心说，他想当医生，也想把孙凯挤掉，但真的挤掉了，又感到不安。后来听到别人的议论，且大都不愿去他那里看病，便觉得没有意思。孙凯见了他更是连招呼也不打，这让他在没意思上头，又添了一层悲凉。加上乡里人少了，他只能挎着药箱，像牛贩子那样在大山里游走，他发现，再这么把赤脚医生做下去，就真的只能打赤脚了。不如去外面打工算了。他是个直性子，做事心劲足，特别吃苦耐劳，吃饭穿衣之外，又无任何其他需要花钱的嗜好，挣的钱都是净钱。他在昆山挣了一笔，又去已从药监局局长位置退休的二舅那里借了一笔，到青浦过后，便不再给别人打工，而是自己开了家磨石厂，手下有二十多号人马。就是那段时间，他把家口也带去了。他待工人非常宽厚，端午发粽子，中秋发月饼，遇到淡季，活路不多，但又不能放了工人，怕突然接到一笔订单，接到订单无力完成，也就等于丢了一个客户，工人没事干，磨皮擦痒，他就带工人去附近游玩。那年的四月十二，他带工人去了青浦区金泽镇。那里有条横江，江面不宽，却水势汪洋，某些地段跟清溪河很相像。横江两岸，油菜花无边无际，农人清闲，蜜蜂忙碌；近水处，顶开沃土和败叶的茭白，嫩枝灼灼；白鹭在江面上飞，高兴了啸叫一声，把浪花吓得乱迸。那天，他们在镇上玩了，又去西岑社区，他之前去过那里，他对工人们说（工人大多来自西南和西北的偏远农村）："你们去看，人家一个社区，比我们那里一个镇还体面。"

在西岑社区逛了一圈，回到车站，正准备上车的时候，他意外地看到了符志刚。

车站对面有家超市，符志刚正从超市出来，撕着一包香烟的封条。许宝才开始有点怀疑那是符志刚，尽管长得实在太像，因为他听说符志刚在浙江，后来一想，符志刚在浙江嘉兴，嘉兴离这里近，很可能是到这里办什么事，或者跟他们一样来游玩。他正要张嘴喊他，见一个四五岁的男孩跑过去，抱住符志刚的腿，接着又见一个女人走到符志刚身边，很自然地挽住他的胳膊。

"我一家伙就把嘴蒙住了，"许宝才说，"还打了我个人两个嘴巴子。怕志刚看见我，我头一低，躲到一个工人背后。工人以为我碰到仇人了呢，说：'许哥，你指，这街上谁是你仇人，我们去帮你把他做掉！'当然是开玩笑，他们知道我这人，怎么可能会有仇人。就说孙凯，也是他把我当仇人，我从没把他当仇人。"

邱菊花听许宝才说这些，是在老二李钟家里。许宝才来普光镇买房，让岳父岳母住，再说他们自己一家将来也是要回来的；买房就找到李钟，李钟正招待几个从县城来的生意伙伴，就顺便留许宝才喝酒。他在酒桌上说了那次去横江游玩的奇遇。邱菊花听到这事，当然不信。她不信，就像那些过着平稳日子的母亲，不相信自己的女儿会遭到不测。

可偏偏遇到许宝才是个一根筋。如果夏青真是邱菊花的女儿，许宝才也会像别人那样，在外面说得风生水起，在当事人及其亲属面前闭口不言，但夏青只是邱菊花的干女儿，那就不算啥了，通常是，即使不像梁春在徐家梁的那个干儿一样，只到保爹保妈家走两年就不再走动，但大体说来，干儿干女也只是在年少和年轻时候跟保爹保妈关系密切，到了一定岁数，那层关系就淡了；那仅是刷在桌面上的漆，不是桌子本身。因此许宝才脖子上绷着青筋，发誓说："如果那都看错了，我这眼睛就是屎日瞎了！"

他算是邱菊花的晚辈，晚辈本不该在长辈面前这样说话，但许宝才的直性子，主要就表现在他说话没个言高语低，当初村民不愿去他那里看病，除了怀疑他的医术，还因为他不会说话。孙凯看见面色痛苦的病人进了屋，会说："没事的，你先坐下，我看看舌苔。"类似的话放到许宝才口里，就变成了："你做出那样子吓哪个？未必要咬人？坐倒，我看看狗舌头！"不仅对平辈兄弟这样说，对姑娘和年龄相仿的长辈也这样说。尽管大家都知道，孙凯是言温药猛，许宝才则相反，许宝才弄药的时候，都要给病人详详细细讲病理和药理，表明他的行医资格证，不是因为二舅的关系混来的，而是他自己有学问，有本事，他说药不是钱财，钱财越多越好，药以"分寸"为高。还说，药和病之间，病显，药隐，病强，药弱，因此药要顺着病的毛毛抹，要具备十足的耐性和坚韧的毅力，去探寻病的规律，而病最重要的规律是，必须慢慢好，如此才不伤及其余，也不伤及整体，古话说"病去如抽丝"，并不仅仅是对病好得太慢的无可奈何的叹息，还是对病的规律的正确描述；一服药下去猛然间就好了，是好了这里，坏了那里，就像踩跷跷板，使劲一踩，这头下去了，那头又上来了，而身体健康的标志，全在于内部的平稳与和谐。对他的这套理论，人们渐渐也接受了，加上孙凯不看病，千河口死人的速度也并不比以往更快些，就更是觉得，许宝才或许也不是想象的那样无用。

可还是不习惯听他说话。作为医生，他竟然不知道话也是药。

那天在李钟家，许宝才完全没注意到邱菊花吃饭的速度减慢了许多，自顾自地接着往下说："车站和超市之间的那条马路，还不如老二家的饭厅宽。"他夸张地用手比画了一下，按他的比画，那条马路不仅没有老二家的饭厅宽，还没有一根条凳宽。"志刚弯下腰抱他儿子的时候……"邱菊花立即厌恶地打断他："你晓得那就是他儿子！"许宝才却没看她，只看着津津有味地听他说话的李钟和李钟的老婆肖婷婷，照自己的思路说下去："志刚弯下腰抱他儿子的时候，他后脑勺上那块疤我都看得醒醒豁豁。"符志刚小的时候，跟几个伙伴把一块门板斜放着，玩梭梭板，结果门板上一颗锈蚀的钉子钩掉了他后脑上一块皮，从那以后，那块指头大的地方就不长头发。"那女的长得倒是一般般——当然比夏青好看多了，"许宝才干下一杯酒，兴致更浓，"再说年轻，最多二十五六，散着头发，脑顶上染了撮黄毛，周围的头发都是板栗色的，耳朵上吊了两个暗红暗红的大圆圈圈儿，她挽着志刚走的时候，那圈圈儿就荡啊荡的，像两个风火轮。"

酒桌上笑声四起。大家都看着肖婷婷，因为她的耳朵上也吊着那样的两个圈圈。肖婷婷偏偏摆一摆头，让两个圈圈调皮地荡起来，在耳垂上哗、哗、哗。

只有邱菊花没笑，她悄然下席，离开饭厅去了客厅，坐在沙发上，忧伤地看着电视。

李成上街的时候，邱菊花把这事对李成说了。

符志刚是否真的在外面有了女人，还有了儿子，仿佛成了一桩需要她来决定的事，她拿不定主意，便征求丈夫的意见。

李成的意见是："我早就晓得了！"

其实他并不晓得，但听邱菊花这一说，再联系符志刚多年来的表现，许宝才的话应该是真实的。再说许宝才本来就不爱无中生有；他说话没个言高语低，但无中生有的话从不说。在同一块土巴上住了若干辈人，谁的家风，谁的脾气，都知道。

——邱菊花认为自己也知道，可是她现在不这样认为了。

比如符志刚，爹妈死得早，家里没个成头的，要找到女人本是件难事，村子里大多以为他要走杨浪他们的老路，成为千河口这代人中的第四条光棍，可他不仅找到了女人，这女人还特别吃苦，特别顾家，靠的是啥？靠的是志刚自己的踏实和本分。他和杨峰、李奎三人，第一批远离故土，乡邻们谈说的时候，不为杨峰担心，也不为年龄最小的李奎担心，就为符志刚担心，他实在太本分了，去街上卖鸡，买主说，绑鸡的稻草要除一两秤，他老老实实就除一两。他完全就是凭着对夏青的一腔情义出门的，他说过，夏青不嫌弃他，他就要对得起夏青，让夏青过上好日子。结果呢？人家杨峰发了那么大的财，混出那么高的地位，老婆也还是原来的老婆，听那些去省城见过贺秋萍的人说（杨峰不愿见家乡人，都是老婆贺秋萍为他挡），她还是那么黑，鼻翼左侧的那颗绿痣也还在，气质也还是那么土——在家乡时看不出她土，可去省城看她，尽管她穿得很洋气，倒反而显得特别土——但从她嘴里冒出来的，是东京、伦敦、旧金山、巴厘岛……你以为人家是在你面前显摆，其实不是，她现在过的就是那样的日子。她才是真正过上了好日子。原以为本分的符志刚，发誓要让夏青过上好日子的符志刚，却不仅没把钱给夏青挣回来，还在外面有了女人，有了儿子！

事实上，在听许宝才眉飞色舞讲述这事的时候，邱菊花就跟丈夫一样，也觉得自己"早就晓得"了。除情理上的推断，她还想到了另外的证据，就是小栓那次去浙江。小栓一定是在那边察觉到了啥，要么是听别人说，要么是亲眼看到了，否则他不会突然变得古怪起来，还抽烟喝酒，被他爸爸很快送回家后，他连话都不大说；后来他去李奎那里，开始那段时间，又有了在浙江时的毛病，多半是环境一变，又让他回想起了在浙江的所见所闻和带给他的刺激。他去浙江那年都十五岁了，该懂的事情都懂了。

"你说咋办？"邱菊花问丈夫。

"这些事情，"每每遇到相对慎重的事要他发言时，李成便一如既往地低头裹着旱烟，"装着不晓得算了。未必要去告诉夏青？那不把她怄死，也要怄疯。"

接着他严肃地交代："你不要出去乱讲。给老二和婷婷也打声招呼，叫他们都不要出去乱讲。"

但就在那当天，李成从街上回去，就对杨浪暗示："那女子命苦。"

那第二天，李成就对夏青说："志刚在外面有女人你晓得不？"

这又是一个落雨天，淅淅沥沥的秋雨。雨从前半夜就下，一直没停过，屋檐水先是一滴、一滴，后来滴滴答答地连成串，被风摆动或驱赶时，滴答声要么更小，要么更大。夏青的屋檐底下，放着一个洗脚盆和一个木桶，洗脚盆接满了，木桶接了大半。水从瓦沟里流下来，濡染着焦黄的烟尘。她是拿来镇清亮后煮猪食用的。午饭过后，李成穿着大儿子买给他的带帽雨衣来到东院，夏青的门照例锁着，他朝杨浪的屋子觑了一眼，没见杨浪，但听见他轻重不一的脚步声。李成急忙躲了，借雨声的掩护，从杨浪屋外的一条巷道穿出去，走向后山。

他并不知晓杨浪的耳朵灵敏到能从混乱中听出秩序，也能将进入他的各种声音条分缕析，不管这些声音有多么繁复。开始杨浪听见李成朝东院走来，就像在落雪天里，坐在温暖的炉火前，听到故人来访的消息。李成穿过梁春家留下的畜棚，进了院子，杨浪便朝墙角的水缸走去。是去给李成取烟。杨浪自己不抽烟，因为李成到他家来的时候多了，他赶场时就特意称了几斤旱烟，备在那里招待李成，李成每次进屋，就给他取上几匹。旱烟用塑料布裹着，放在水缸旁边，这样既能保证烟叶的干燥，又能给予适度的润清。他走向水缸时，却听见李成进了他家旁边的巷道，朝屋后去了。他出门来，瞧见李成穿着军绿色的长雨衣，就知道不是来找他说话的，来找他只需戴着斗笠就行了，穿雨衣是怕树枝草梢或傍田埂的长叶庄稼扫了裤腿。这证明李成是要下地去。

杨浪望着李成的背影，大声问："你也要雨天上坡？"

在大巴山区，上坡和下地是同一个意思。

李成放慢脚步，但并没回头，"我的猪感冒了，打喷嚏，"他说，"我去弄些蛾树叶来给它治治。"

夏青和李成都养猪，李成只养了一头，夏青却跟贵生生前一样，养了五六头，这时节已长得肥头大耳，半夜里，猪们放屁的声音从畜棚传过来，响彻整个院落。除了猪，夏青还养着一头黄犍牛；现在也只有她才养牛，犁田用。李成使牛的时候，就去她那里借，当然，所谓借，其实不必跟她说，见牛在棚里拴着，直接拉去使就是。李成曾经买过一台微耕机，用过几天就扔了，那东西快是快，却冰冰凉凉，不像牛，在它身上拍一拍，温嘟嘟的，皮肉和毛发的质感，能从手上传到心里去；此外还可以跟牛说话，牛世世代代为人劳作，便能懂得人的语言，甚至能懂得人的心事，它用鸣叫、扇耳、甩尾，来和人交流。在只有阳光和野风的田土里，李成需要这样的交流，因此他还是宁愿用牛。杨浪不用牛，当然更不用微耕机，他种的水田那样少，用铁锹就能深挖出来。

夏青养了牛，又养那么多猪，猪牛饿了，锐声嘶吼和撞圈栏的声音，自然超过放屁，简直炸耳惊心，尽管它们是养在傍黄桷树的虚楼底下的。那幢虚楼和虚楼底下的畜棚，主人是鲁细珍的哥哥，也就是小凤的父亲，他离开前，把钥匙交给了夏青，请她帮忙看守。鲁家不跟人来往，别人家婚丧嫁娶，连帮忙也不请他们，让他们觉得自己被孤立，心里便有了恨意。许多年来，只有几个光棍汉和夏青没做过办酒设席的大事情，也就不存在不请鲁家帮忙的情况，因此鲁家恨不到他们头上去。要看守房子，最好是同院人，不被恨的同院人，只有杨浪和夏青。当然不可能找杨浪。鲁家一去不回，也没个音信，夏青便把猪牛吆进了那虚楼底下的畜棚。这位置虽跟夏青的住房隔着一段距离，但在一条线上，有风没风，都能闻到冉冉的臭气，何况风总是不缺的。而正是这股臭气，让她感知自己的日子，并对日子怀着期待。李成就是这么说的，李成说自己养猪不是为了杀肉吃，而是为了闻到那股臭气，他说牲畜的臭气代表着兴旺。

只有杨浪既不养牛也不养猪。

有家才养猪，自母亲去世后，杨浪的家就不成其为家。

这时候，他见李成连头也没回，只好把烟叶放回去，心里很是孤寂落寞。这种情绪是如此鲜明和凌厉，刺得他本就有些跛的腿，厉害地颠了一下；本就是一塌一塌的腰，厉害地"坐"了一下。这在他是极其少见的，甚至根本就没有过。

他不知道这是为什么。

或许是老了。"跟李成一样，我也老了，我没有李成那样老，可确实老了……"听着李成越来越远的脚步声，他这样想着。

李成走完那条房檐遮阴的巷道，爬几十步梯坎，就进了坟林。这是东院的坟林。每个院子都有每个院子的坟林。以前除了堰塘附近那几座无主的坟茔，坟林都打整得很光生，比活人住的院坝还光生，现在大多是草根累累了，住到镇上去的，偶尔还回来收拾一下，若是整家人都去了外地打工，数年不归，哪能顾及祖坟，想都不想了。野草和刺藤把坟身罩住，只露出隐隐的土包或石墙，草刺丛中夹着笋子和竹枝，也没人去经管。千河口人不允许竹子长在坟林里，竹鞭旺盛而强健，一路往下扎，就可能扎进死人的眼眶，如此，死人的后代就会变成瞎子。千河口人最感到恐惧的事情，是看不到这个世界，因此他们在坟林中见了竹子，会立即连根拔去，还要把那竹子烧成灰，扬进风里；即便甲和乙有仇，甲在乙的祖坟周围发现了竹子，也会去乙家告知。不过这已是古老的忌讳了，而今好多家的祖坟上长了成片的竹子，也没听说谁家的后代成了盲人。

东院的坟林，只有六座坟打扫得干干净净，其中两座坟里，埋着杨浪的父母，另四座坟里，埋着符志刚的爷爷奶奶和父母。站在穿坟而过的小路上，能清楚地看见正南方志刚家的四座坟，坟前坟后，一片落叶都没有，坟的两旁，还理了水沟。在志刚父母的坟头前，各有三炷柏香的残枝，明显是最近留下的。这些天，既不是志刚父亲的生期和祭日，也不是他母亲的生期和祭日，且早就过了七月半的鬼节，为啥要去烧香？李成想不明白。

他只是很心酸。志刚家的祖坟越像祖坟，他越心酸。

"志刚啊，你不要天良啊！"

李成听见自己这样说。并没说出口，但他明明白白地听见了。他听自己的声音也像别人听他的声音，因为舌头老要去顶掉牙漏风的豁口，声音里带着肉肉的、淡紫色的舌头味儿；在咬铃舌咬掉的两颗牙旁边，又自行掉了两颗，豁口更敞，那股味儿也更浓。

雨越下越大。秋天并不太深，但毕竟是秋天，玉米早收过了，稻子也割过了，漫山遍野，无论是林地、庄稼地或荒地，都一律还给了大自然，钓鱼草爬地牵着长藤（像真的能在地面上钓到鱼），响铃草的蓝花还在盛开，螃蟹草的黄花也依旧艳丽，但山菊已含苞欲放，团团簇簇，大有将满目秋色一笔收的架势。此外知了已喑哑了叫声，茅草已枯干了尖儿，青冈叶的绿色血液，也不似先前畅快奔流……秋雨携着秋气，落在这各具色彩和形态的万物之上，响声便也有了色彩、形态与气息，响声是万物的镜子。

李成当然无法分辨这些，他耳朵里嗡嗡嗡的，都是那句他没说出口的话：

"志刚啊，你不要天良啊！"

既然他不要天良，夏青就有理由知道，并应该采取相应的措施。昨天，李成还说不能告诉夏青，通过一夜的默想，他的想法变了。他现在就是去找夏青。看了符家的祖坟，走在泥泞的路上，听到自己耳朵里的嗡嗡乱鸣，他越发觉得，自己有责任将真相告诉干女儿。

他凭着一个庄稼人的直觉，还有对夏青的了解，估摸着她可能在哪里干活。这时节本没什么活路非干不可，该收的收了，该种的还要等些时候，但有事无事去把地挖几锄是可以的。夏青有块地在滚牛宕，那是她自家的地，尽管地力相当好，可因为实在太远，她放弃了一季，很可能，她要去把它办出来，隔些日子种洋芋，或者秧红苕、点油菜。那块地下面的斜坡上，长了满坡的野地瓜叶，猪牛都特别肯吃，如果夏青要弄猪牛草，也可以顺便。

果然在那里。夏青光着头，披着簑衣，簑衣尾子上雨水成行，头发上也是，一张脸像被水淹住了，衣服早湿透了，湿透一次又湿透一次，她的脚一动，鞋口就溢出泥水花。她小小的个子挥着锄头，腰一曲一伸，猛然间看见全身包裹只露出鼻子眼睛的李成，吓得锄头抡在半空，定住。

把李成认出来后，她依然惊诧，放下锄头问："爸爸，你这是去哪里呀？"

李成说："我不去哪里。"

夏青愣了一下，说："这么大的雨。"

说完又挖地。

李成说："你做那么多干啥子哟！"

夏青边挖地边回答："不做咋个……"

"不做饿不死人！你就该不做！"

李成声音不大，可话里深含的愤懑让夏青纳闷。

"我问你一句话。"见夏青只是抹了把脸上的雨水又接着挖地，李成这样说。

夏青停下来。

"志刚在外面有女人你晓得不？"

这一声是暴喊出来的，带着满腔怒火。

听滚牛宕这名字，就知道是一块被围困的洼地，且面积不大（夸张的说法是如一头牛滚出的宕子），李成的怒吼声撞到前面的山壁，随即荡回来，撞到后面的山壁，两相撞击，声音碎裂，四处乱碰，因此，整块宕子响起接连不断的怒吼声：

"志刚在外面有女人你晓得不？"

"志刚在外面有女人你晓得不？"

"志刚在外面有女人你晓得不？"

……

夏青处于声音的交汇处，正如河流的交汇处，清浊不一，又强行融会。那是她的脸色。

但雨天里几乎看不出她的脸色。

当声音止息，她又在挖地了。

"不只有女人，还有儿子呢！"

这一声喊比刚才更响，怒火也更旺，从山壁碰撞出的声音，如闪电之后的雷鸣。

夏青在雷鸣声里弓着腰。她并没有被击倒，几乎也没有感觉到什么痛苦。她弯腰是因为锄头的楔子掉了，她把楔子上上去，走到地边，对着一块石头使劲"笃"，将锄头"笃"结实后，又回到原处，继续挖地。

这让李成大惑不解。

不过他很快就理解了。从情形上看，夏青也早就晓得了。

她可能比他们谁——包括许宝才——都先晓得。

如此重要的消息，李成本想第一个告诉夏青的，结果她先就晓得了。

这让李成深感遗憾和失落。

朔风越过秦岭，自北而南，自西向东，沿"背二哥"们大半个世纪前用肉身在米仓山开辟出的栈道，迅速挺进大巴山区。那是冬的浩大使者，以"不仁"为己任，但正如房校长讲过的那个故事，如果老天爷对羊仁慈，狼就会饿死，对草仁慈，羊就会饿死，这时候的仁，将成为另一种不仁；也正如朔风，对黄叶仁慈，嫩芽将无从吐露，大地就不会有春天。世间万物是环环相扣的局，各自安稳又相互挤对、彼此滋养。风还在远处，败叶飘零之声就已传来。这是声音的河流，把奔腾当成唯一的方向——奔腾既是它的方向，也是它的使命。

　　风进千河口地界，已过子夜，一觉醒来，落叶在山野积了厚厚一层。什么都是白的，天是白的，地是白的，就连那些落叶，还有山下的清溪河，都是白的。这不是雪（入冬以来，千河口还没下过一场雪），是被风吹了。风能洗去所有的颜色，让天地归还于白。风也能把时光吹走，让春节随风而至。

　　腊月三十的大年一过，很快迎来正月十五的小年。

　　过小年要吃猪脑壳肉，表明一年的开端，从这一天正式启动。就连杨浪也遵循这样的规矩，仿佛他对未来同样怀着期待。他本来就从没说过放弃未来，尽管他不养猪牛，不能从自家畜棚里，闻到李成所说的那种代表着兴旺的臭气。钻石有钻石的未来，尘土也有尘土的未来。不过，在杨浪的脑子里，或许根本就不存在"未来"这样的词语，如同所有的山里人，尽管对死早有准备，年纪轻轻就看到自己的棺材或者留在山林里预备着为自己做棺材的树木，可不到立马咽气的时候，从来不会为死亡分神，哪怕像九弟死之前那样，因为自己的伤情和于盛华的缘故，情绪上有些低落，或者像张胖子在老家时那样，抽空就向老婆交代后事，其实内心里照样没为死亡分神。活一天，就吃一天的饭，做一天的事，操一天的心，如此而已。

　　杨浪遵循规矩，更大的可能在于怀想。

　　怀想是在规矩中完成的，规矩是形式，也是内容。

　　吃猪脑壳肉是在中午，也不知是谁规定的，反正是在中午。可这天到了下午三四点钟，夏青还没从坡上回来。她真的变成生前的贵生了，比贵生还贵生，贵生至少会在大年三十休息下午半天，而夏青哪有休息的时候。大年三十那天她没去上坡，但也没休息，她很早起来，戴着草帽，接长竹枝扫把，扫去屋顶和板壁上积了一年的阳尘，然后打扫房前屋后。把这些忙完，就该做年饭了。杨浪上完坟刚回来——他不仅上了父母的坟，还上了九弟和贵生的坟，并且跑到霞沟去，给那个名叫于盛华的人上了坟——，夏青也朝坟林走去。她端着筛子，筛子里放着酒碗、肉碗、饭碗以及香蜡纸钱和一圆鞭炮。几分钟后，鞭炮声响起，啪啪啪啪，尽管声声相连，每一声响却都显得那么孤零零的，跟杨浪之前放鞭炮一样。鞭炮响过很久，夏青也没回来。杨浪都吃完了饭，洗过了碗，她还没回来。待她回来，走路就一踮一踮的，膝盖处的土痕像印染在裤子上。这证明她在坟前跪了相当长的时间。她是对逝者有所求吗？她在求什么呢？路过杨浪的家门外时，杨浪对她说话："一直不下雪啊夏青。"她转过头，说："呃。"然后笑了一下，笑得很惊异，像是有了抑制不住的快乐。她是求到了吗？她笑的同时已回过头去，匆匆忙忙走过阶沿，进了屋，没多久出来，把门锁了，拎着包袱朝后山爬去。那是要回她的娘家白花嘴。她回白花嘴也只有一个目的：上坟。那里跟千河口一样，空了，夏青的父母已去世，三个哥哥都去新疆落了户，安了家。她当天晚上就回来了。

此后的十多天，整个白天她总是在坡上待着，天黑甚至天黑许久才回家。猪要么卖了，要么杀了，等到节后正式开场，才再去街上买双月猪儿来养，所以她连中途回家喂猪的事也免了；牛还养着的，但比较而言，牛比猪好伺候得多，只要草料放足，它就可以用小半时间来咀嚼，用大半时间来安安静静地反刍。

因此夏青可以很晚才回家。

家是她的黑夜。

她回家只是为了度过黑夜。

今年春节，符志刚没有回来。出门这么多年，他是年年春节回来的，但今年没有。小栓也没有回来。腊月十九那天，李奎来电话说，他想爸爸妈妈带着他们的儿子去贵州过节，腊月三十那天的团年饭一吃，就由他开车，带一家人去贵州纳雍、水城、六盘水和云南宣威、昭通一线旅游，他们旅游去了，养殖场只好交给小栓照管，交给别的人吧，要么没时间，要么不放心。夏青跟杨浪一样，只为自己过节。也只有他们俩，代表千河口过了这个春节。李成腊月二十三那天杀了自己家的猪，并卖给杨浪二十斤肉和十斤猪油，二十四那天帮夏青杀了猪，二十五就去了镇上，二十六跟邱菊花带着小孙子去了市里，次日一早从市里乘飞机去了贵阳。机票是李奎给他们订上的，也是李奎开车，把他们从贵阳接到了息烽。

正月十七，李成回到了普光镇。

当天傍晚，他就回了千河口。

出趟远门，他不仅没有疲态，还显得更精神，更年轻了。他把脸刮得青格格的，连蓄了多年的山羊胡子也刮了，穿着三儿子为他新买的呢子大衣，戴着银灰色鸭舌帽，蹬着深棕色大头皮鞋，看上去比房校长还要气派。——多年没在普光镇见到房校长了，听说他在镇上的那套房子也早就卖了，还有人说，房校长两三前年就已经"走了"。

李成的归来，对杨浪来说是件大事。自李成离开以后，杨浪天天都站到院坝边去，望着黄桷树下面的那条小路。李成从镇上回来，要从那条路上过。不仅如此，杨浪把转路的距离，也大大延长了，过了堰塘，下了朱氏板，一头扎进密密匝匝的青冈林，林子里有条悬垂的山路，他沿着这条路继续下行，走到一条平缓的垮口。那地方叫哭垮，背后笔陡的山岩上，立着的正是古寨，许许多多年以前，千河口的先祖们为守护来之不易的栖息地，居高临下，将阵雨般的火铳和飞石投向后来者，后来者横死野岭，他们的妻女前来收尸，哭声恸地，哭垮也因此得名。走过这条数百米长的大垮，便与从古寨拐下的"三十丈"相接，因过于陡峭，塆子尽头也就简便地称作了"陡处"。杨浪站在陡处，朝下张望。下面是钱云的老家凉桥村。钱云家的房子自然早不存在了，凉桥村已经没有房子了，杨浪知道这些，他不是望房子，是看有没有李成的身影。现在人少了，割草的少了，砍柴的少了，枝柯横逸，深草夹道，看不清，他便不用眼睛，只用耳朵。

可是，他只听见风拨空枝的声响，这样的空弦音蕴意深远又毫无内容。他知道再听下去，空弦音就会给另一种声音注入阳气，那声音来自时间的深处，暴烈而悲凄。杨浪赶场的时候，曾在这里听到过无数回，他不想听，现在更不想听。他既觉得累，也觉得冷。非常冷。没下过雪，却比哪年都冷。他转过身，朝村子的方向走。

他以为李成永远也不会回来了。

可是他回来了，在正月十七这天。

杨浪很后悔没去陡处接到他（他去过陡处，但提前回来了），只在院坝边看到了他。他喊李成，李成就上来了。他本来就准备先上东院看看。

"夏青又上坡去了？"李成站在院坝边问。

杨浪说，她不上坡就过不了人日子。

李成眯了一下眼睛。他以为杨浪已经知晓了夏青心头的苦楚。但从杨浪石头般的表情——盼星星盼月亮地盼着李成归来，可真的见到李成，杨浪还是那副万古不变的表情——看出，他并不知晓，那句话不过是随便说说。

"志刚啥时候走的？"李成又问。

"志刚啊，"杨浪说，"去年正月初二走的。"

李成怔了片刻，"你是说，他今年没回来？"

杨浪没回答。很多话他都是不回答的，如果本来不需要回答，或者他已经回答过了。

李成摸出旱烟来裹。"志刚已经下定决心，不要家里的这个女人了。"他裹烟的时候这样想，"要么是许宝才的那些话跑到了他的耳朵里，他不好意思再回来。不好意思回来，也等于是不要家里的这个女人了。"

杨浪邀李成去家里坐，李成说我走热了，就在外面站一会儿，我抽完这袋烟就走。

事实上他接连抽了三袋烟，天黑下来才离开的。

夏青回来时，院坝里烟味未散。她从这烟味得知保爹回来了。

她问杨浪："爸爸回来了？"

其实她不需要问，因此也不必等杨浪回答，立马进屋去，提着一个沉甸甸的布袋子，去了西院。

那袋子里装的，是给保爹保妈的年礼。

年礼本来该在正月初一到正月十五之间送，但这期间她没机会，年前的腊月二十九，是去年的最后一个赶场天，她就在那个赶场天买好了年礼，给保爹的是两瓶白酒，两盒灯影牛肉，给保妈的是一件暗红缎面夹袄，一顶绒线帽子，还有两封冰糖。买好之后，她本想放到老大老二家，可老大老二不像老三，并不认她这个干妹子，有时在街上碰见，她打招呼，他们不忙的时候会应一声，如果还有别的人在跟他们说话，就懒得应了。特别是老二媳妇肖婷婷，最近两次碰见，不仅懒得跟她搭腔，还对她很轻贱的样子。于是她把礼品背回了村子，等保爹回来后亲手交给他。

李成没吃夜饭，夏青没吃午饭，夏青便在保爹家做了饭吃。

开始还好好的，可突然，夏青就哭了。

隔着两重院子，杨浪听见，夏青哭得肝肠寸断。

这是他第一次听见夏青哭。

她为了什么事哭，还哭得这样伤心？

漆黑的、空荡荡的千河口，游荡着一个妇人的哭声……

次日中午，杨浪去找李成，见门锁着。晚上去找，还是锁着。他这样去了四五天，李成的家门上都挂着那把挂了几十年的大铁锁。

这么说来，他是上街去了。

刚回来又上街，很可能是他大孙子又惹麻烦了，杨浪想。

他大孙子李灯是李益家老五，前面四个都是女孩儿；说是大孙子，只因出自长房，论年龄，李灯比他二爸的儿子还小。自从离开村子跟父母去了镇上，李灯就没消停过，在中心校读书，几乎每天打一架，读到初二实在读不下去，就辍学回家，成天在街上闲混，混过几年，他爸李益让他跟自己学做生意，可他瞧不起老爸的生意。主要是觉得，长天白日地坐在家里卖建材、收山货，实在无聊。他表示愿意跟老爸的一个朋友周叔叔学开车。周跑长途，常去汉中、西安，有时跑得更远，要到河南三门峡和山西运城。学开车自然不必跟长途，李灯之所以想跟周叔叔走，是以为跑长途十分好玩，没想到枯燥得让人发疯，跟了不满一月，他不愿意了。于是又去学厨师。他家有个亲戚在新疆石河子开川菜馆，就去跟那人学。学了二十多天，那边打电话给李益，说你还是让他回去吧，我管不了他，稍微一管，他就拿菜刀在自己手臂上划，划出一条一条的血口子，我看着害怕呀。可真让他回来，他又像立即醒悟了似的，发誓说今后一定听话。他在那边待满三个月，到底回来了，学来的本事是一条鱼也不会烧。李益说，你既然敢用刀划自己，证明你不怕痛，再说你小时候又喜欢打架，干脆去武校好了。又把他送到本县南坝镇的余门拳武术学校。

南坝镇兴场立市千余年，历来是三教九流汇聚的码头，因明惠帝朱允炆——史书称"不知所踪"的建文帝——逃亡至此，以兵变推翻了建文帝的明成祖朱棣，派老师唐瑜过来对建文帝监视截杀，由此兵气更炽，武术大兴。其中以余门拳最为有名。余门拳的发展史，便是一部格斗史，提砍砸压，短手寸劲，攻击目标是眼睛、后脑和下裆，口诀是"一打眼睛二打迈①，三打腰身四打快"。有人曾劝李益，说万万不能让李灯去武校，尤其不能去余门拳武校。余门拳太凶狠了，远的不说，只说近百年间，其弟子内御土匪，外抗倭寇，所到之处，鹤唳风声，令敌胆寒，可现在既无土匪，又无倭寇，你让他去学那么凶狠的拳法干啥子？李益也有这担心，但他听说过一句话，叫"穷文富武"，有钱人才能送儿子习武，历代武术家，也以富家子弟居多，所以把儿子送进武校是件很体面的事情。当然，更重要的是，李益希望武校老师能帮他治一治儿子，要把李灯治住，非下狠招不可，余门拳打人狠，习时必挨狠打，挨一阵狠打，他就知道老实了。

　　李灯去那里学了三年，真是收心务正，成为掌门人盛爱的高徒，但他谢绝了留校任教的邀请，带着胀破衣服的黑疙瘩肉和满身功夫，走出了武校朱红色的大门。他出来就在县城里混，倒也没有无事生非地跟人打架，却利用从武校学来的本钱，进出赌场，威吓别人——他一出武校就迷上了夜店，同时迷上了赌博，让父亲对他变老实的愿望彻底落空。他最喜欢的赌博方式是摇骰子，只能赢，不能输，若是输了，特别是输得太惨的时候，他便叫来老板，阴着眼睛说："你这骰子有问题。"说时两指一合，骰子粉碎。见这阵势，谁还敢不把钱还给他。在县城混了些时日，觉得码头太小，又去市里，市里混了，又去省城。他拒绝结婚，也不回家，家里谁都对他无可奈何。事实上，近十年来，他跟家里

----

　　① 迈：步法。

和家里跟他的联系，都细若游丝了。

谁知他又跑了回来。他遇到高人了，欠了那高人二百八十万赌债。

李益骂天骂地，暴跳如雷。

他跟他爸爸先前一样，留着山羊胡，他暴跳如雷的时候，就揪自己的山羊胡。

但最后还是割肉剔骨，帮儿子还了那笔巨款。

遇到高人之前，李灯是来去如风的人，这之后，完全变了，就像弹簧拉过了，既不能伸也不能缩，变成僵死的一条。他的胆气被废掉了。加上多日不练又荒淫无度，功夫也所剩无几。曾经一度时期，千河口和镇上人还悄悄议论，说李成家里很可能要出两个劳改犯（第一个指李奎），现在没有谁这样想了。

不过说李灯全变了也不对，他还是不愿在家里待着，还是要到县城和市里去混。像以前那样强吃别人，他已无心无力，而混总得花钱，李益是再不给他一分钱的，他就找亲戚朋友借。所谓借就是肉包子打狗。日子长了，再傻的人也不会扔肉包子去打狗了。他在江湖上的名声已经败坏，找熟人朋友借即使可能，也极其有限，于是借起了高利贷。因急着用钱，利息高到三角，甚至五角，他照借不误。借高利贷不比借亲戚朋友，那里有铁一样的严酷法则，到时候还不上，是要断手断脚的。每当被追债，他就回家找父母。债主怕他逃匿，往往一路追踪到普光镇。近一年多来，李益家常常鸡犬不宁。

每遇这种事，李益态度鲜明，他对债主们说："你们可以收他的命，收了他的命，是帮我减了个负担，我不仅不找你们的麻烦，还要请你们喝酒。但是，你们不能断他手脚，如果只断他手脚不收他命，我就要收你们的命！"

这样的话，不知道债主们听了怎么想，李灯的母亲和奶奶是绝对听不得的，婆媳俩又哭又闹，合力逼李益帮儿子还钱。李益大多数时候是听的，他知道拖得过初一拖不过十五，且拖一天是一天的利，超期不还的利就不是三角五角的事；但偶尔，他气得骨头稀软，心却坚硬，便捂住耳朵不听，这时候邱菊花就给李成打电话，叫他赶快去镇上。

李成去不去镇上其实没什么作用，李益最终是要给的，但毕竟多个劝解的人。

杨浪以为李成又上街劝解去了。

可他不该四五天也不回来。

更不该十多天也不回来。

问夏青，夏青只是简简单单一句话："不晓得。"

他是不回来了吗？

农历二月初五，杨浪去赶场，走到苏湾的石拱桥，听见几个人坐在桥垛上闲聊，这几个人他很陌生，却听见从他们口里冒出千河口，他以为又要说到他哥哥，不想听，立即加快脚步，登上拱桥的梯子。虽如此，他的耳朵其实还是在听。却不是说他哥哥，而是说"李益的老汉"。李益以他在普光镇经营的独一无二的生意，全镇人几乎都认识他，说到他很正常，怎么说到了他老汉李成？杨浪装出无事人的样子，走到桥栏处，望着乱石累累的河汉。少雨时节，河汉里几股细流，虫子一样在乱石底下钻来钻去，河汉两岸枯干的芦苇，被风吹拂，倒是拨弄出潺潺流水声；远处的清溪河，波动着一轮一轮冰冷的肋条……

杨浪望着这些，心直往下沉。

当他离开拱桥，朝街上走去时，能分明感觉到自己的脚比平时更跛。

那几个人说的话让他苦涩。

他深知，世间的许多事情，近处的人往往毫无察觉（尽管他的耳朵很灵），正如灯光只照光晕之外的地方，因此近处的秘密大多从远方传来。——他知道，但是他不信。

那几个人说得很笼统也很含混，到了街上，杨浪听到了更详细更清晰的解说。

说的是李成和夏青。是这样说的：

因天气太冷（这是事实，天天打黑霜），上了年纪的李成肺上不好，怕吸寒气，起得很晚，干女儿夏青每天早上就去帮他煮猪食。夏青先为保爹煮好猪食，再回来煮自己的，因此她比往常起得更早。李成把后门的钥匙给了她，打开后门就是灶。这天，大约凌晨三点半钟，夏青已蹲在李成家的灶前。她刚把火发上，李成就起来了，趿着煴鞋，披着李奎为他买的那件大衣。他的身上暖烘烘的，而夏青虽进屋有几分钟，还发燃了火，可她卷进来的寒气依然在屋子里奔突。李成强忍住才没打喷嚏。他走到干女儿身边，干女儿才发现他。夏青"噫"了一声，很不好意思，说："爸爸，打火机冻住了，打好一阵才打燃，把你吵醒了。"李成似有若无地点点头，不知是表明干女儿确实吵醒了他，还是表明吵醒他没关系。点过了头，李成说："天寒地冻的，起来这么早干啥呀？你该多睡一会儿。"夏青把一根长柴在膝盖上撅断，"反正睡不着，"她说。静了片刻，李成说："人一辈子，三穷三富不到老，九磨十难不到头。不管遇到啥事，要晓得想开些。"夏青手上忙着，沉默不语。李成靠近半步，重复着"想开些"的话。他的两手开始是环抱在大衣里的，这时候散开，递给夏青一瓶罐装饮料，"王老吉，"他说，"我昨天去街上买的，专门给你留着。"夏青一手喂柴，一手摆动："爸爸你个人留着喝，我又不渴。"李成说："现在不渴总有渴的时候嘛。"对保爹给自己的东西，夏青向来不好拒绝，她觉得拒绝了东西就是拒绝了保爹的心意。于是她伸手去接。从灶孔里蹦跶出的火光，喷在她的脸上，火光融化着她脸上的冰霜，痒，她去接的时候，手先在脸上蹭了一下。而蹭在她脸上的，还有李成的手。李成摸到的脸，真的就像一块冰。"冷成这样……"李成说，"志刚那狗日的，硬是不要天良！"他这样骂着，腿一屈，捞住夏青的腋窝，将她"端"起来，把她的脸捂进暖烘烘的大衣里。夏青说："爸爸！"李成说："这么冷，先去爸爸床上煨一会儿。"夏青说："爸……爸……"李成再不言声，把她往卧室里架。夏青说："我睡够了，不睡了！再说我也不冷！"李成不言，使着劲儿。尽管他身体很好，尽管他做过石匠，后来还当了杀猪匠，毕竟上了年纪，角力中他被推倒在地。依然握在他手里的饮料，趁势逃脱，哐当当地藏到了暗处。夏青也趁势逃脱，跑了。李成在冷地上把自己也坐冷了，才攀住旁边的烘笼爬起来……

杨浪听到这些，还以为是自己的耳朵走火入魔。

他只想堵住每一个传说者的嘴，因为那不是事实。他记得太清楚了，李成是正月十七回的村子，第二天，也就是正月十八，李成离开了村子，而那时候，他和夏青都没有养猪。

可杨浪知道他不可能堵住别人的嘴。这类话题，永远都比空气扩散得更快。

他涌起一种冲动，要去找李成。他要告诉李成，传言是假的，他可以做证！

但他不清楚李成住在哪里。他甚至不清楚邱菊花平时在街上住的房子是李奎买的，还以为她住在李益或李钟家里。李益和李钟他都不想见，那兄弟俩偶尔在街上碰见他，要么就像不认识他，要么就喊一声"那东西"；在村子里喊他"那东西"，他觉得无所谓，到镇上还这样喊他，他很难过，真的很难过。然而，为了宽慰李成的心，他还是决定去。李益和李钟的家在哪里，他同样不清楚。——从千河口搬到镇上去的，包括同在一个院子住了几十年的梁春和张胖子，他们在镇上的门朝哪方开，他没一个清楚。

想了想，他朝河边广场那边的滨河路走去，准备去福康诊所找孙凯问问。

河边广场白天比傍晚安静得多，但还是有两队老人各占一块地盘，用录音机放着曲子跳舞，每队统一着装，一队黄，一队绿，背后都印着一排字，黄衣印红字，绿衣印白字，黄衣上的字是"玲妹火锅"，绿衣上的字是"美好超市"。"玲妹火锅"和"美好超市"，在普光镇都相当有名，但他们还嫌不够。或许这真是一个酒好也要吆喝声的时代，或许这也真是一个拼了命做大做强、让大树底下寸草不生的时代。

杨浪刚走过广场，就碰到邱菊花了。

邱菊花站在台梯上看那两群人跳舞，见了杨浪，马上挨过来给他打招呼，其主动到急切、热情到亲热的程度，是以前从没有过的。

打了招呼，邱菊花接口就说："夏青那婆娘……"

这称谓，特别是那口气，让杨浪愣住了。那是愤怒的口气。邱菊花脸长，头上的绒线帽子奇异地让她的脸显得更长，比皱纹还要密实的愤怒，也因此显得更加旺盛。

"夏青那婆娘，硬不是他妈个东西，我以前简直没把她看出来！你杨浪——"她拉了一下杨浪的袖子，"你杨浪是长着眼睛的，你说我跟李成平时是咋样在待她？可以说从没见过外，都是把她当亲生女儿，我李奎回来，还给她拿钱呢，还把她小栓带到身边呢！这些她都记不得了。记不得也就算了，你不该忘了恩还要负义，更不该张起两片小×乱嚼！你说，"她又拉了一下杨浪的袖子，"未必李成看得上她？你自己男人在外面乱搞，整年整年地不回来，你荒慌了……你也赶场啊？"邱菊花对一个笑嘻嘻地走过来的妇人说。杨浪不认识那妇人。看样子，邱菊花想尽快把那妇人打发走，可她攀住邱菊花的肩膀，说她儿子下个月要回来订婚，须尽快买套房子，让女方到时候能见到"硬通货"，她想在李钟那里买，枝枝叶叶地找邱菊花问起了价码，其实是想跟邱菊花套近乎，看能不能便宜点。

杨浪趁势抽身走了。

他觉得自己没有必要去找李成了。

对身边的所有人、所有事，杨浪始终抱着理解的愿望，但大多不能理解。他无法剥去生活的壳，无法辨识虚假的外壳和真实的核心，或者真实的外壳虚假的核心。

那传言分明是不真实的，可听邱菊花的意思，好像是夏青自己说出去的。也不知她是通过什么方式说给了谁。不过她现在赶场的时候多了，几乎逢场必去，因为她要卖菜。钱云曾经就读的普光中学，已从河对面的罗家坝半岛迁到了镇上，半岛整个变成了蔬菜基地，且在镇子与半岛之间，建了一座两车道的钢架桥，菜农再不是坐木船过河，去来十分方便，哪有她夏青的市场。但她卖得便宜，她不计成本，不计劳力，只想把菜换成钱。

夏青是在赶场的时候说出去的吗？……

邱菊花愤怒而刻薄的言辞，久久地在杨浪的耳朵里回响。这跟她以前提到夏青时生母般的慈爱，判若两人。对此，杨浪同样理解不了其中的关节和转变。

邱菊花或许没有注意到，也可能根本就不知道，她戴的帽子，还有穿在身上的暗红缎面夹袄，都是夏青为她买的。幸亏杨浪也不知道，否则在他不理解的世界里又会增添一层。在回来的路上，他爬到陡处，突然听到凄哀的哭声，哭声遥远而切近，跟正月十七那天夜里夏青的哭声交汇。那天夜里，他是在夏青的哭声里睡去的，他现在想起来了……

从那以后，李成再没回过村子。

他放在老家的粮食、衣物、锅碗瓢盆和两只鸡（李成本来养了六只鸡，有四只不见了，或许是死在哪里了，或许是变成了野鸡），是李益带着几个背夫上来搬走的。有个背夫问那台电视机怎么处理，李益说不用搬了，"那鸡巴玩意儿，都老起黄斑了，搬去谁要？莫占了我的地方！"问话的背夫正想说既然你不要，就送给我吧，可话没出口，李益就拾起一个秤砣，把电视机砸了个窟窿。背夫伤心地看了好几眼。

大巴山深处的春天来得这样迟，到了三月，别处该是花红柳绿，而在千河口，麻柳树还没吐芽，青冈树还没上水，枯黄的地表也没有泛青的意思。俗语说，三月三，蛇虫蚂蚁往外钻，往年倒差不多是这样，那些卑微的生物初出洞口时的好奇、试探和胆怯，也正是初春的样子。可是今年还看不见它们的样子。天没有尽头地冷下去，太阳很久没出来过了，铅黑色的天空，像融化了似的直往下沉。

在这样的天幕底下，活动着两个人，一个在田土上劳作，一个在山野间转悠。

那个走在路上的，像承受不住天空的重量，显得那般矮小。究竟往哪里去，他越来越拿不定主意，而且他发现，近来，随便看见什么，听到什么，都会让他动情，比如刚才，一只小小的白头翁站在桦树枝上梳理自己的羽毛，羽毛掉了一根，朝树下飘飞，白头翁停下来，惊异地看着，直到那根本来长在它身上的羽毛落到地上，定住不动，它才不再看，继续梳理自己。见到这景象，他的眼眶竟然湿答答的。听到一只斑鸠叫，同样如此。事实上他尤其听不得斑鸠叫，那种跟土地一样古老的生物，叫声里饱含孤独。亡灵般的孤独。这样容易动情，真不是好事。

证明他老了。尽管他确实老了，可一旦被证明，他还是叹息了一声。

在举棋不定的时候，他就不做选择，直接朝鞍子寺走。

那边有他的事做。

他把学校打整出来了。

他不仅锄去了断头佛像和断头战将周围的杂草，还锄去了整个操场上的杂草，把操场和乒乓球桌上干成灰的鸡鸭粪便，都扫进了下面的田里，将教室外面的高台和梯坎，也扫得很洁净。每过两天，他就去那边看看，有了灰尘，再扫。他不仅听到了扫把摩擦地板的声音，还听到了存留在旧时光里的声音，李老师上课的声音，房校长和桂老师走路的声音，同学们在操场上打闹的声音，钱云跟他悄悄说某个笑话的声音，他都听到了。他还听到了鱼池里那条青尾草鱼吃草叶的声音。但鱼池又干了，没有鱼了。操场边刺槐树的枯枝败叶，掉落在池子里，他将枯枝败叶除去，用石块和黄泥把龙眼堵严。他相信在未来的某一天，池子里有了水，鱼又会自己长出来。当然，他也听到了佛的声音，佛说："我这里太潮湿了，我快闷死了，麻烦你把我搬到透光通风的地方。"佛的声音让他深怀怜悯又无比愧悔。每当听到这声音，他就勾了腰使力扫，并用一块特意买来的毛巾，把佛身抹了一遍又一遍，像这样做，能让他自己心里好受些……

这天，他扫完地，直腰的时候，看见了不远外孙凯留下的房子。那房子修得牢固，本身完好无损，但屋前的土坝上，长满了紫藤、葛藤、蛇藤和龙须藤，像是藤蔓的聚会；以前那里就惯生藤蔓，孙凯忙乎了许多个日子，以为已将它们斩草除根，谁知道，哪怕只留下发丝样的根须，它们也静静潜伏，等候时机东山再起，收复失地。藤蔓攀墙抱柱，绞缠生长，看上去柔弱无力，实则比钢筋还硬，桶粗的大树也会被它们缠出深深的凹痕。眼下新叶未发，像是死了，等到煦风一吹，那种生长的伟力，就会即刻爆出噼噼啪啪的声响。

"可惜了。"他出声地说。

他是在可惜那几间房子。

他走到那几间房子前，发现藤网交织的阶沿底下，不仅有扫把，还有锄头弯刀。他钻进去，取出了那些工具。

三个钟头后，当他看见焕然一新的房舍，心里突然注入一团光明。

天快黑下去了，可他分明听见那团光明注入的声音，如鸽子般扑扇着翅膀。

"如果我把三层院子都打扫干净，"他想，"那不就还是一个村庄吗？"

垮掉的房子他不能起，但打扫出来是可以的。反正他不像夏青要侍弄那么多田地，他有的是时间。够他吃的洋芋和红苕是种下的，够他吃的油菜和小麦也是种下的，他的地里还有萝卜，还有青菜，还有包心白，够了，非常够了。在撒谷栽秧之前，他空闲得很。

他觉得，既然自己有那么多空闲，就应该去收拾出一个村庄。

这想法让他激动不已。

三层院落，东院还住着人，虽垮了几间房子，毕竟存着人气，西院也是一个多月前才走了最后一个人，比较而言，中院最为不堪，九弟死后，那里就没有人了。

于是他从中院着手。

次日黎明时分，他已背着花篮，扛着铁锹和扫把，站在中院的口子上。

他又听到了那种来自深井里的声音。

但这回他既没沉陷，也不回避。

他宁静地倾听着，让那声音把自己牵进了院坝。

夜色怨妇似的，拽住黎明，迟迟不去，眼前啥也看不见。可他等不及，在模糊流淌的晨光里，他已开始了劳作。

断垣残壁，瓦砾成堆，去年留下的铁线草，见缝插针，蓬勃蔓延，盘盘绕绕地将瓦砾缠住。但天色稍亮，就能看出这里曾经是个院落，是千河口最大也最热闹的院落；正因为看得出来，才格外让人感慨。他首先要做的，是将瓦砾和败草清理掉。本以为安居乐业的蟑螂，被拾瓦的碎响和铁线草绷断时弹拨出的金属音，惊得四散逃逸。他将好瓦一片一片捡出来，码在一边，再将碎木头烂瓦块背走。背这东西是很坏花篮的，许多木头上钉着铁钉，铁钉穿透篾片，锥破他的棉衣。他将它们背到中院外侧竹林旁的空坝上（那里曾经是一孔窑，后来被填了），背完之后，又回过头下细收拾那些好瓦。好瓦还剩了千多片，它们从屋脊倒下时，以为地面是另一片屋脊，便顽强地保持着自身的完整，忠实地履行着自己的职责。他将好瓦分别码在断墙旁边，将墙固住。然后去院外砍来竹子，又去山里割来茅草，做了几条两米宽的屋檐，护住墙，也护住瓦。"总有一天，"他这样想，"他们是要回来的，这么好的地方，怎么舍得……即使千河口的老住户不回来，也一定会有另外的人来……到那时候，这些墙和瓦，说不定就还能派上用场。"他立起的是另一个堡垒，跟二里地外的古寨，有着完全不同的性质。古寨拒绝，这里迎纳。砌瓦的时候，他在形式上也做出迎纳的姿势：两竖排上去，中间留着一道门，那道门永远敞开。

最后，他打扫院坝和空屋（其实就是屋基）。长久不见天日，院坝上的石板发暗，发黑，像蒙着一层油腻。空屋里的灶台忠厚地蹲在那里。乡里人的灶台奇大，通常要占去伙房的一半乃至多半，灶台上安大锅、中锅、小锅，大锅煮猪食，口子多的人家用中锅熬稀饭，春节前也用中锅点豆腐、蒸米豆腐，还在中锅上面的横梁上吊汤圆，小锅炒菜，总之，日子的清贫与热络，全都摆在灶台上了。嵌在灶台上的铁锅，大多锈烂，他将烂铁片收在一起，再打扫屋子。他从门槛或者门槛的印迹辨识着别人的房间。无意中闯入了别人的房间，为此他感到羞愧，还有轻微的生理上的不适。那些霉烂的鞋袜、衣裤和帽子，是主人穿戴过的，主人走了，把它们留下，留下旧时光和旧生活的痕迹，也留下将它们穿上身时那种棉质或丝绸的细响——他都听到了。

不知是因为风的缘故，还是老鼠和虫子的缘故，他分明觉得，这件东西是九弟的，却到了许宝才的屋子，这件东西是苟军的，却到了刘三贵的屋子。每个人的东西都散发出同样的气味。很可能不是风，也不是老鼠和虫子，而是它们在自主地串门。它们也感到孤单。他特别精心地把九弟家的般般件件，不漏过一块破布，一根线条，一丝头发，全部收拢，跟中院其他人的东西混在一起，焚烧了。

物品自主串门的情形，西院更明显，贵生留下的稻穗残渣，满院里窜。李成还在的时候，贵生门前被老鼠遗漏的谷粒，就会在院坝的石缝间发芽；西院的石板残损厉害，好些地方翘了，破了，破掉的干脆揭走，成为浅坑，所谓石缝，就是正方形的土坑。谷粒发芽生秧，李成并不拔掉，相反，他还把洗脸水倒进去，把它们养起来，让它们长成稻子。长成稻子后，被鸡啄掉就啄掉，不啄掉便在太阳底下结出果实，飘出稻香，然后果实萎地，来年再长。把稻田搬进院坝，李成似乎很享受这种感觉。现在李成走了，鸡没有了，鸟儿也那么少，季节一到，该是整个院坝都成为稻田了。

只是贵生养的那成百上千只老鼠，失去了往日的乐园，不知流浪到了何方。它们当初集体进食的声音，老远就能听到，包括此刻，杨浪照样能听到。他第一次发现自己喜欢那声音。对他来说，任何有关村落记忆的声音都是好声音。他似乎充分理解了老鼠们当初的幸福。他曾以为，贵生离世，他最悲伤，现在他明白了，还有老鼠，老鼠跟他一样悲伤。同时他也明白了，贵生当初为什么要把自己辛辛苦苦种出的粮食，用来喂那些老鼠，后来他简直是爱上了那些老鼠——这不仅仅是因为孤单，还有别的。世上的爱分为两种，一种是愧疚产生爱，比如杨浪对哥哥的爱，一种是付出产生爱，比如贵生对老鼠的爱，付出越多，爱得越深，直至难以自拔，到最后，你已经分不清是在爱你爱的对象还是在爱自己的付出。不管怎样，事情就这样发生了。人人喊打的东西，被人所爱……

整个西院，只有李成家的房子还立着，而且上着锁。杨浪走到他的屋前。不走前门，走后门。后门外有条石砌的水沟，水沟外侧有口井。千河口共三口井，西院占了两口，另一口在中院的竹林底下。三口井中，数李成家后门的这口最甘甜，井后一棵何首乌，根粗藤壮，汪翠凝碧。可二十多年前，跟李成隔着两户人家的庞老婆婆栽到里面淹死了。她死了不到半个月，那口井枯了，何首乌也死了，像它们都在等着庞老婆婆一样。

这时候，杨浪从枯井旁边迈过水沟，贴近后门。年深日久，松木门板惊出指拇宽的裂缝，他能很方便地看到里面的情形。里面堵着一口土灶，黑森森的，还能有什么情形？但杨浪看的，就是那口灶和灶孔前的柴旮兀。他想象着某天夜里在这里发生的事情。

真的发生过，抑或仅仅在传说中发生？

如果真的发生过，且是夏青自己说出去的，杨浪相信，夏青不会去说给别人，只可能去说给邱菊花。她有很多委屈，找不到人诉说，就去找到保妈。每次上街卖菜，她都会捡最好的留下，去送给保妈，她多半就是在给保妈送菜的时候说给保妈听的。当然，那要等李成不在家，或者她打电话直接叫保妈出来。她忘记了保妈是保爹的女人，也忘记了保妈和她都是女人，同时忘记了她是比保妈年轻许多的女人，她在保爹那里受到的委屈，变成了保姆的委屈，而且比她的委屈更加凛冽，更加遒劲，更加无可奈何，因而也更加悲凉，她以为保姆的满堂儿孙绝大部分都在身边，丈夫也在身边，就能找到人听她诉说，让委屈轻易得到排解，不知道类似的委屈越是亲近的人越无法说，于是只好带着刻毒的怨恨——本来是怨恨丈夫，却最终把所有的怨恨都转移到了夏青身上——去说给外人，说给天下人。

总之，话从夏青口里出来，在邱菊花口里传播。

话的腿长在人的嘴里，从夏青嘴里出来时，或许是原封原样的（杨浪觉得，事情如果真的发生过，只应该发生在夏青去送年礼那天夜里），传出去后，就走样了，再一口口相传，就走到十万八千里去了，深夜变成了凌晨，做饭变成了煮猪食，而且编排得那么有鼻子有眼……

里面很黑，看不见灶台那边据说是李成攀住它爬起来的烘笼。杨浪知道李成的伙房里有个烘笼，粮食收回来又逢雨季的话，就把烘笼架在临时砌的石灶或砖灶上，将粮食倒进去用炭火烘干，用了几十年，补过好多次，重得像口铜钟，那颜色也正是古铜的颜色。看不见也就罢了，可杨浪总想看见，他不仅想看见那个烘笼，还想看见李成是怎样被夏青推倒在它旁边的。这是偷窥，他知道，但他并不脸红，因为事情过去好久了，他啥也看不见。

真正让他脸红的，是偷听。别人偷听是当场偷听，他不需要，每一种声音都能在天宇间保存，什么时候想听，打开按钮听就是。

由于不相信，使他尤其想追寻真相，也就尤其想听。

但他最终没有摁下那个按钮。

他怕。怕听到那种声音——让千河口失格，也让乡村失格的声音。

而且正是那些声音，让李成离开了……

他拿起扫把，将井台周围，那条水沟，以及李成的房前屋后，仔细清扫。

当他把中院和西院都打整完毕，已到三月底了。

他的手上起了很厚的茧子，有些茧子被磨破，痛得钻心。

他准备休息两天，再打整东院。

对杨浪所做的事，夏青并不知晓。她种的田地都在东院以东，李成离开后，她便不再往中院和西院那边去。

其实杨浪也有二十多天没看见夏青了。他只在夜里听到夏青的声音。能听到就好！对现在的他来说，夏青的声音已成为声音中的声音，可以让别的一切声音失去意义，也充满意义。

这样说，不仅仅是因为在而今的千河口，除了他，就只剩夏青了，还因为：夏青曾跟李成一起，帮他收拾过屋子。那是很多年前的事了，那一年的那一天，那一天的那个黄昏，李成想把"跑跑女"林翠芬带给他，先和夏青进了他的屋，帮他收拾了床铺、地板和灶台。床铺是夏青打整的，那天李成回到堰塘边碰见他，就对他说过，李成不说，他也知道。歪斜的席子拉得很周正，铺盖叠成豆腐块儿的样子，还把枕头平平展展地放在铺盖卷上，露出干净的一面。只有女人才会这么细致。何况他听得见那声音——夏青抖搂被子的声音。他知道，自己不该去听，可是，在他稍不留神的时候，那声音就长着舌头，撩进他的耳孔。这让他觉得自己很不洁，甚至很卑鄙。九弟死的那年，三个光棍兄弟在七月的某个下午一起喝酒，贵生让他学沈小芹叠衣抖被的声音，他突然有了怒气，善心的九弟以为是老让他学他从未得到过、跟他没有任何关系的"跑跑女"，伤害了他，这方面的原因不是没有，但他之所以发怒，主要是针对自己。那一刻，他又听到了夏青为他抖搂被子的声音……

除了那种让他别扭和心烦意乱的声音，他需要夏青各色各样的声音。

现在尤其需要。

可这天夜里，也就是杨浪打整完西院的这天夜里，到很晚的时候，夏青的屋子里也没有任何声音。只有黄桷树旁边的畜棚里，传来猪牛喊饿的哭叫。她又养了五头猪。未必还在地里？天空乌云密布，黑得天地一统，她不应该还在地里。意识到这一点，杨浪的心乱糟糟的。他躺在床上，几次披衣起来，想去看看，觉得不合适，又躺下了。然后他听见外面起了风。风像一支夜袭的军队，开始只隐隐作响，一旦得手，便鼓盆击缶，狂呼乱嚷，躯干空洞的黄桷树，枝桠倾覆之声如大河咆哮。这加剧了他的不安。他心一横，穿上衣服，趿上鞋子，开门出来。出门就接连打了几个摆子。风寒刺骨，饱含雪意的彤云在空中飞驰。都到三月底了，还冷得这样不成体统。在他打扫院落的二十多天里，太阳是出过的，尽管太阳也怕冷，每次都出来得很晚，且出来露个面就回去了，但毕竟出过，并让天气暖和了许多；因这缘故，有的树木已抽新芽，小草也怯生生地张开了眼睛。——今晚却又刮起这么割人的寒风。说是冻桐子花的第二个冬天吧，又早了些。是第一个冬天还没结束吗？或许是。

杨浪把衣服合拢，顶着让他换不过气的烈风，走到夏青的屋前。

脚下"噗"的一声。

是他惊扰了歇在门口的几只草花鸡。

夏青当真没有回来。

杨浪伸出手，摸到了门钮。门钮上挂着锁，锁针插进锁眼里。

寒气透骨。他觉得时间在他心脏里停了一下，他的心跳也跟着停了一下。

"不可能……"他想。

他想的是，夏青不可能也像李成那样，阴悄悄就离开了村子。

绝对不可能的，她的猪牛还在。再怎么她也不会丢下她的猪牛。何况她种了比往年更多的庄稼和蔬菜。

　　算算日子，今天不是赶场天，她不会在街上还没回来。

　　杨浪有一种不祥的预感。

　　他立即反身回去，换了双鞋，穿过屋后的坟林，朝后山爬去。他并不知道夏青白天在哪里干活，也缺乏李成对夏青的那种了解，但走向更高的地方，仿佛是山里人的本能。他这时候才觉得应该有把电筒，没有电筒也该舞个火把，他自己是不需要的，只要在千河口地界，他无处不烂熟于心，伸手不见五指的黑夜也能走得稳稳当当，何况刚才的那阵大风，把阴云赶走了好多，几颗高远的星星慈悲地吐放着微光。可此时此刻他是去找人，那个人不一定在路上。他边走边犹豫，是不是应该回去做个火把来，犹豫着却没有回去，是不想耽搁一分钟。

　　他走的路完全正确。爬了大约二十分钟，他听到一声喊："杨浪！"

　　风弱了些，但还是呜呜乱鸣，那声喊刚一出口就被吹散。

　　不过杨浪还是听得明明白白，这是夏青的声音。

　　虽然听清了，他还是有些陌生。他这才注意到，夏青平时很少喊他，或许根本就没喊过他——既没喊过他名字，也没喊过"那东西"。

　　"杨浪！"又是一声。

　　那声音从头顶上的夹夹石传来。

　　他迈开不灵便的腿，气吼吼地往上跑。

　　夏青坐在路当中。这条路从两块巨石的夹缝中穿过，低处可拉过一头牛，高处宽不过五寸。

　　她摔了岩，两条腿肿了，不能下地。万幸的是，没像当年的九弟那样还摔伤了脑壳。她是在酸梨树坡摔的，一个多钟头前。从酸梨树坡

　　　　　　　　　　　· 236 ·

到夹夹石，要下两段败叶覆盖的土坡，还要下一段石梯和土路间杂的陡坎。那几处地方她是倒挂着爬下来的，爬到这里再也爬不动了。

"只有我背你了。"杨浪说。

夏青没作声。

杨浪蹲下去，把她往背上捞。夏青的牙缝间，不停地挤出哧哧声。

杨浪使了很大的力气去背，可他差一点向前栽倒。他觉得自己背着的是一片树叶。

风声止息，只响起杨浪一轻一重的脚步声。其中还有夏青的脚尖刮着地面的声音。尽管夏青的个子也是小小的，但杨浪实在太矮，又背着她走下坡路。

"李奎对我小栓好。"夏青突然说，说得没头没绪。

"……唔……"

"他妈叫他不要小栓了，可李奎还是要他。"

杨浪想问：李成呢？李成叫没叫李奎不要小栓了？

可他没问。他又只回了声："唔。"

背回家，放在伙房的灯光底下，杨浪才看清夏青的两条腿肿成了啥样子。那样子就是不成个样子。像架在火上烧过。

"今晚上不能去给你弄药……"

"弄啥药！不要弄药。没伤到骨头，我晓得。过几天，肿一消就好了。"

杨浪木了一下，转身出门，回到自己家里，提来小半胶壶白酒。

"你自己用手揉一下。"他说。

"嗯。"夏青说。

"杨浪，"夏青又说，"我的草花篮还在酸梨树坡。"

杨浪再次出门。

　　到了酸梨树坡，他老半天才找到夏青的草花篮。在一重岩坎底下。岩坎底下是不足两米宽的艾蒿地，如果弹出这片艾蒿地，就是七八丈高的石壁，石壁光光的，浸水在石壁上流，青苔在石壁上长，青苔泛绿的时候，石壁就是绿的，青苔萎枯，石壁便黑如锅底。如果背着花篮的夏青再翻一转，她从此就没有声音了。

　　花篮上捎了一大转草，藤条缚着的，没有散开。

　　草花篮不知比夏青重了多少倍的感觉。

　　"未必她是蚂蚁变的？"杨浪想。

　　或许，她就是一只蚂蚁。蚂蚁才能搬动比自己重很多倍的东西。

　　进了院子，杨浪把花篮放在夏青的阶沿上。

　　夏青说："杨浪，你帮我喂喂猪牛要不要得？"

　　杨浪又把花篮往院外的畜棚背。

　　夏青说："不要，上面是牛草，下面是猪草。"

　　杨浪将藤条解开，把牛草捞出来，抱着走了。皮面上的草冻得硬翘翘的，跟猪草接触的地方，捂得暖暖和和。草香在他怀里跳荡、弥漫。每把草都用草要子缚住，杨浪走到牛槽旁边，先将草放到地上，一把一把解散，抖松，再丢进漏斗状的木槽里去。这头牛他从没喂过，连看到它的时候也不多，可是它认他，它弯着脑袋，用短促的角，轻轻地，又无限深情地蹭他的手。几步过去就是猪圈，猪听到人声，昂扬地欢叫着，可人声在牛圈那边就停住了，老半天也没去理它们，昂扬变成了委屈，欢叫变成了哭喊。杨浪加紧把牛草收拾完，立即回转，从锅里舀一桶猪食，桶柄往肘上一靠，提着走了。多年没干过这活，加上脚跛，累了那两趟更跛，一路上泼泼洒洒。

　　牛闻到猪食桶里的水汽，顿时忘了吃草，朝从圈外路过的杨浪蹦跳着，喷着鼻息。鼻息火烧火燎，突突地冒着热烟。它是渴慌了。杨浪将猪食倒进石槽，又去下面还没翻犁的冬水田里，提了满满一桶水来，给牛喝。牛将嘴筒扎进水桶，只听吱啦一声，水桶罄尽。他又去提来一桶，牛才喝够了，感激地朝他摇几下尾巴，继续吃草。

走出畜棚，杨浪情不自禁地看了看黄桷树。

黄桷树的树身空成了竖着的独木舟，刚才吹那么大的风，以为要把它吹断，可是它没有断，它现在又稳稳地立着。它以这样的姿势，站立了上百个甚至数百个春秋。它的肚腹是怎么空开的？不知道。比杨浪更老的老辈人也不知道。烧土灶炉炼钢的时候，本来要把它砍掉，可觉得它空成那样，砍下来也劈不了多少柴，就留着了；那些城里来买树的，也因为它空，把它放弃了，否则再不通公路，他们也能想到别的办法把它弄走……

"杨浪，你帮我热一下冷饭要不要得？"当杨浪提着空桶回来后，夏青说。

杨浪去生火，为她热饭。

"杨浪，你等着我吃完饭，把我背到床上去要不要得？"

杨浪说："唔……你吃，我先回去一下，等一会儿我过来背你。"

"按理我比你晚一辈，我不把你叫浪爸爸，你生气吗？"

杨浪难得一见地笑了笑，"那都是好多年前定下的辈分了，"他说，"最近至少三四代人，我们两家都没有过姻亲，还有啥辈分不辈分的。你随便叫。"

"我也是这么说呢。"

说过这句，夏青沉着眼睛，还要说什么，趁这空当，杨浪出门去，回了自己的家。

他在家里静静地坐了一会儿，又过来背夏青。

"我吃了一大碗饭，更重了。"

"你不重。你太瘦了。"

"再瘦，骨头也有几十斤，说不重是假的。你的脚还跛呢。"

"跛倒不怕，主要是老了。"

"都不年轻了。"

夏青的卧室在地镇楼里，地镇楼高于地面将近一米，杨浪撑上去，着实费了些力气。

"今晚上要不是你，我就死了。"

"没那么容易死。"

"看这天冷得，冷也要冷死。"

见杨浪没回话，夏青又说："但我晓得我不会死，我晓得你要来救我。"

"……为啥？"

"我说不来，反正我晓得。我坐在夹夹石，连吭都没吭一声，我就坐在那里等。"

"我就在想呢，要是你吭一声……我开始在西院，后来又刮大风……"说这话时，杨浪非常自责。他觉得无论如何，他都应该听见夏青摔了岩。可在西院的时候，他却费了那么多心思，想去听李成。

小心翼翼地把夏青放到床上，帮她理好被子，又从缸里给她舀来一碗水，杨浪才走。

接下来的几天，杨浪为夏青喂猪喂牛，煮饭洗碗。应夏青的要求，他还在她床头放了个便桶，夏青靠手的力量，能够挪到那便桶上去。

让夏青心安的是，她摔岩的那天，到后半夜，云又聚起来，接着开始下雪，几天来一直没停过。整个冬天都没下过一场雪，季候上的春天走了那么远的路，雪却下得扯天扯地，千河口银装素裹，竹木断裂之声此起彼伏。在这样的雪天里，是不适宜也没办法去坡上干什么农活的。幸亏她种的萝卜那么多，杨浪扬开积雪，捡萝卜缨子割，猪牛就有的是吃的。猪还是嫩娃子，萝卜缨子辣，不喜欢吃，可不吃又饿，在槽边转来转去地哇哇叫，杨浪可怜它们，就翻红苕藤割，夏青地里的红苕藤也多得是。

夏青的腿确实没伤到骨头，几天后，肿消去大半，她可以勉强下地了。

这反而让杨浪为难，他不知道自己是否还要为夏青做饭。

夏青说："杨浪，你还要帮我弄几天猪牛草。"

杨浪说："那还用说。"

夏青说："杨浪，你还要帮我煮几天饭。"

杨浪说："唔。"

夏青说："杨浪，你给我煮饭的时候，为啥不把你的一并煮上？我不缺那点儿米粮！"

杨浪没言声，但他照夏青的吩咐做了。

这样，他就跟夏青在一张桌上吃饭了。

这天吃晚饭的时候，夏青突然说："杨浪，你能帮我做一件事吗？"

杨浪一时没反应过来。他想，这些天来，我不是一直在帮你做事吗？

夏青放了筷子，脸色变了，声音也变了："你帮我……帮我……学学志刚说话……我只求你学这一回，随便学几句，我听听就好，听了这一回，我就把他丢开了……"

那天夜里又刮大风，又是乱云飞渡。

云动天不动。大风过后，天空晴朗。

星星越聚越多，银河灿烂奔流。

子夜时分，风刚刚停下来，杨浪突然听到一个声音，缥缈、奇异而神秘。

那是许许多多年以前，那个披发跣足的女人栽水的声音。

接着声音变幻，由远及近，宏阔苍凉。

那是千河口的先祖们，在齐声传颂中院外竹林里那块卧碑上的碑文——

碑阳：

吾本南人，鱼米生鲜。汉河纵横，九曲连环。不为世巧，不为戚怨。和邻睦里，孝悌为先。贼兵突至，荒岁相接。倾巢之下，安有完卵。廪无余食，藏无积帛。群凶害直，血溅钩帘。于西窜迹，一步三顾。鹤响难留，逸隐地偏。故里千河，托名此间。草木际野，目与色共。地大物瘠，以勤以俭。斩荆伐木，寒耕暑耘。松明点灯，麻布为衫。互为表里，结庐三院。共济同舟，罔有内外。开济明豁，宏深包含。恩及卑众，禽鱼自安。河流后退，岸上即河。桑梓天涯，重开井泉。人得其所，乃怡乃欢。继属千秋，瓜瓞绵绵。孰播其馨，勿忘其源。志于斯石，山高日远。

碑阴（录初西窜者，凡二十九名）：

刘荣　冉大九　冉美莲　许文虎　许锦华　任永健　孙轩

李义宣　李新勇　李霞　张小艳　张顺福　何巧巧

苏雪梅　杨小琼　杨富贵　罗兴元　孟慧　贺吉秋

苟佳明　高广美　姜玉兰　曹葵花　梁西海　庹家乐

鲁菊　鲁朝晖　鲁秀　蒲清明

图书在版编目 (CIP) 数据

声音史 / 罗伟章著. —— 北京：北京十月文艺出版
社，2016.7
　ISBN 978-7-5302-1583-8

　Ⅰ.①声… Ⅱ.①罗… Ⅲ.①长篇小说—中国—当代
Ⅳ.I247.5

中国版本图书馆 CIP 数据核字 (2016) 第 082912 号

声音史

SHENGYIN SHI

罗伟章　著

出　　版	北京出版集团公司	
	北京十月文艺出版社	
地　　址	北京北三环中路 6 号	
邮　　编	100120	
网　　址	www.bph.com.cn	
发　　行	新经典发行有限公司	
	电话（010）68423599	
经　　销	新华书店	
印　　刷	三河市三佳印刷装订有限公司	
版　　次	2016 年 11 月第 1 版	
	2016 年 11 月第 1 次印刷	
开　　本	880 毫米 × 1230 毫米　1/32	
印　　张	7.75	
字　　数	192 千字	
书　　号	ISBN 978-7-5302-1583-8	
定　　价	29.80 元	

质量监督电话　010-58572393
如有印装质量问题，由本社负责调换。